裏火盗裁き帳

吉田雄亮

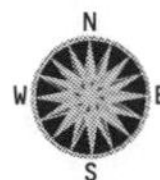

コスミック・時代文庫

この作品は二〇〇四年九月に刊行された『裏火盗罪科帖（四）鬼道裁き』（光文社時代小説文庫）を改題し、大幅に加筆修正を加えたものです。

目次

第一章　擾乱

一

黒雲が、寝静まった江戸の町々に重く垂れ籠めている。

深更のさなか、まさしく漆を塗り込めた暗黒が、巷を支配していた。

突然――。

木材を叩き割る音が、寂然の気を揺るがして響きわたった。

結城蔵人は、立ち止まった。気配で、数十歩背後にいるはずの木村又次郎も足を止めたことがわかった。

結城蔵人は、火付盗賊改方長官・長谷川平蔵が、石川島人足寄場創建にあたり、本来の職務である、盗賊など凶悪犯の取締りが手薄になることをおそれて、老中首座・松平定信と計らい、隠密裡に設けた組織「裏火盗」の頭領であった。木村又次郎もまた、尾行、張込みを得意とする、裏火盗の、得難い一員だった。

蔵人は、修羅場（しゅらば）の連続ともいうべき、いままでの探索の経験から、二人連れだって夜回りするときの形を、横並びで行動するのではなくひとりが先行し、数十歩遅れて、残るひとりがつづくように変えていた。

このやりかただと、先行のひとりが不意に何者かに襲撃され、もしも、不覚をとって一命を落としたとしても、見届けた残るひとりが襲撃者を尾行し、その住処（すみか）、あるいは正体につながる一片でも探索しうる、との狙いがあってのことであった。もちろん、先行の者が襲撃者と乱闘になったときには、後続の者が駆けつけて共に戦うこともできる。いわば二重三重の備えともなりうる、見回りの形といえた。

耳をすまし音の方角を探った蔵人は、一気に走り出した。足音を消した走り方だった。背後から、やはり足音を殺した木村がつづく。

疾駆（しっく）するときは、どうしても足音が高くなる。それでは屋敷内へ斬り込むときなど敵に気配を察しられて、迎え撃たれることは必至であった。蔵人は、足音を消す足捌（さば）きは、裏火盗の探索には必要な技と考え、名うての盗賊で雁金（かりがね）の仁七（にしち）との二つ名を持ち、いまは改心して鬼平こと長谷川平蔵の密偵をつとめる、船宿「水（すい）

月」の主人・仁七に頼んで、裏火盗の副長・大林多聞、柴田源之進、安積新九郎、真野晋作の面々に厳しい鍛錬を強いた。この効あってか、いまでは年嵩の大林多聞をのぞく全員が、ほぼその走法を修得している。

茅町の大通りから、隅田川へ抜ける通りへ走り込もうとして、蔵人は不意に動きを止めた。町家の蔭に身を潜める。駆け寄った木村又次郎も、蔵人の背後に身を置いた。

「打ち毀しだ」

振り向くことなく蔵人が告げた。

背後で、木村が息を呑むのがわかった。木村は蔵人にさらに身を寄せ、肩越しに前方を見据えた。

打ち毀しにあっているのは、米問屋［常陸屋］であった。尻端折りの、月代を伸ばし放題のむさ苦しい風体の数名の男たちが、店先に立っている。手に丸太棒を持ち、周囲に警戒の視線を走らせている様子からみて、見張り番の者に相違なかった。

常陸屋の屋内から漏れ出た薄明かりが、男たちの身につけている、薄汚れて継ぎの当たった、よれよれの着物を映し出していた。飢饉つづきで故郷を捨て、江戸へ流入してきた無宿人であることは明らかだった。

「斬り込みますか」

木村が刀の鯉口（こいぐち）を切った。

「無用」

にべもない蔵人の物言いだった。

ふう、と木村が息を吐いた。その息遣いに憤懣（ふんまん）のおもいが籠められているのを、蔵人は感じ取っていた。

（無理もない）

蔵人は、そうおもった。探索して暴きだした悪を処断し、葬り去ることこそ裏火盗の任にある者の為すべき唯一無二のことである。が、打ち毀しという大罪を犯す輩（やから）を目前に見ながら、裏火盗の長（おさ）たる結城蔵人は、

「何もするな。見て見ぬふりをしろ」

と命じているのだ。配下の者が不満を抱くのは当然といえた。

「……石島（いしじま）殿への斟酌（しんしゃく）ですか」

低いが、噴き出す怒りを懸命に押さえている声音だった。

蔵人は黙っている。蔵人とておもいは木村と同じであった。

（常陸屋へ斬り込み、打ち毀しを仕掛ける奴どもを退治する。それが、おれの務めなのだ）

蔵人は、無意識のうちに刀の鯉口に手を当てているおのれに気づいた。

蔵人は鯉口から手を離した。拳を握りしめる。その蔵人の動きから、木村は蔵人のこころの内を感じ取っていた。

「御頭……」

木村の語尾が震えた。

「何もいうな。いまは、いつ何時探索に就いても、遅れをとることなく務めを果たすための準備の時なのだ」

常陸屋を見据えたまま、蔵人は告げた。おのれにも言い聞かせるような物言いだった。木村は、何もことばを発しなかった。

常陸屋からは物音ひとつ聞こえて来ない。

（おそらく、粛々と打ち毀しが行われているのであろう。打ち毀しを指図する者の力が並々でない証だ。これでは、まるで腕利きの『盗みはすれど殺し、女犯の非道はせず』を貫く、正統派の盗っ人の押込みを彷彿とさせる動きではないか……）

蔵人は、おのれのなかに唐突に湧き出た、

(正統派盗賊と変わらぬ動き)

とのおもいに一瞬、戸惑っていた。なぜそう推考したか、おのれにも説明しがたいものが、その思考にあった。

(おそらく……)

蔵人は、おもう。

(この一月の間に打ち毀しにあった米問屋［出雲屋］、同じく米問屋［豆州屋］、油問屋［陸奥屋］。それこそ根こそぎ、蔵に蔵した品物、金銭を奪われているにもかかわらず、三軒とも怪我人は出ても、暴動騒ぎに付き物の死人が出ていない。そのことが、おれに正統派の盗賊の盗みぶりを、おもいおこさせたのかもしれぬ)

最初の打ち毀しが起こった日の翌夜から、蔵人ら裏火盗の面々は、夜回りをつづけている。が、打ち毀しの場に出くわしたのは、今夜がはじめてだった。

いまのところ、蔵人が予測していた以上に、打ち毀しの暴徒たちの動きは統率されたものにみえた。

蔵人は、夜回りをはじめて三日目のことをおもいうかべていた。

その夜蔵人は、長谷川平蔵の急な呼び出しを受け、平右衛門町の船宿水月へ出向いた。

神田川に面した二階の座敷で、ひとり盃を傾けていた平蔵には、いつもの磊落さはなかった。居住まいをただして控えた蔵人に、

「楽にしてくれ。今夜は、わしが下座に坐るべき立場かもしれぬ」

訝しげに、かすかに眉を顰めた蔵人を真正面から見つめて、平蔵はつづけた。

「打ち毀しの探索、表立っての動きを、しばらくの間、止めてくれぬか」

「それは……」

どういう意味か？　と問いかけて、蔵人は口を噤んだ。平蔵が石川島人足寄場の運営に時間を割かざるを得なくなったとき、平蔵留守のときの、探索の差配役として選んだのが、火付盗賊改方与力・石島修助だった。石島は、指示されたことは十二分にこなし、それなりの働きをする、いわゆる官吏としては非常に有能な人物であった。

が、長所は短所に通じる。差配役を任されたものの、石島には長谷川平蔵にある融通無碍の発想はなかった。ために探索は後手後手とまわり、裏火盗発足の後は、事件落着の手柄を結城蔵人に譲ることが多かった。

石島と蔵人は、もともと俗に言う、

「そりが合わぬ」

間柄で、当初こそ石島は蔵人にそれなりの気配りをしていたが、蔵人の働きが顕著になるにつれ、対抗意識を露骨に剝き出し、ことあるごとに蔵人に敵対するようになっていた。

その石島が、

「此度の打ち毀しの騒動、われらの差配役で仕遂げうること。裏火盗の方々の助力、無用に願いたい。蔭ながらの動きもご遠慮いただきたい。そのこと、御頭様より結城殿にお伝え願いたく」

と一歩も後に引かぬ勢いで、平蔵に申し入れたというのだ。

「わしも、留守中の差配を石島に任せるといった手前、一度は石島の顔をたてねばなるまいとおもうてな」

平蔵は、ことばを切り、うむ、と首を捻った。おのれの歯切れの悪さを、おのれ自身納得しかねている風情であった。

「ご斟酌、無用に願います。石島殿とのこと、わたしにも及ばぬ動きがあったのではないかと考えるときもありますれば」

平蔵は、応えなかった。

しばしの沈黙ののち、いった。

「蔵人。そちの働きぶりに、石島もいささか神経をとがらせておるのだ。そち贔屓の同心の相田倫太郎などは、公然と『結城様が御頭の留守を預かっておられれば、火盗改メも、もっと南・北両町奉行所の奴らに、大きい顔ができようものを』と言いふらす始末でな。石島のこと、困ったことだが、少しの間、辛抱してくれ」

蔵人は、無言で頷いた。

いま、町家の蔭に身を置いて、常陸屋の打ち毀しをじっと見つめる蔵人の脳裡には、

(それぞれに立場がある。配下の面子も立てねばなるまい。が、石島に多くを望めぬことはわかっている。しかし、いまはこうするしかあるまい……)

と悩み抜いたに違いない、隠そうとしても隠し切れぬ苦渋が澱んだ、はじめて見た平蔵の顔が染みついていた。

「木村」

低いが、力の籠もった蔵人の声音であった。

「は」

蔵人のおもいがつたわったか、木村の短い応えに、緊迫があった。

「常陸屋の打ち毀しを為した者どもの顔を、しかと眼に焼きつけておくのだ。かならず役に立つ日が来る」

「一人たりとも見落とすものではございませぬ」

木村がわずかに身を乗り出した。

二

常陸屋から奪った、米俵や小判などを入れたとおもわれる布袋を、無宿人たちが次々と運び出した。その後から数人の浪人がつづき、さらに墨染めの衣を身にまとった雲水が三人、つらなって出てきた。

網代笠をかぶった雲水は一方に大数珠を、残る手には棒を把持していた。杖術で用いられる長めの棒で、用心のために雲水が持つにしては、不釣り合いのものといえた。

雲水の一人が、大数珠を持つ手をかざして何やら指示している。

（様子からみて、どうやらしんがりをつとめた雲水が、打ち毀しを差配している者らしい。網代笠に隠れて顔が見えぬ）

蔵人は眼を凝らした。

刹那――。

蔵人の面に、驚愕が走った。

雲水の網代笠の下の顔は、眼だけしか見えぬ黒覆面で覆い隠されていた。

（網代笠をかぶるだけではあきたらず、覆面をつけてまで顔を隠すとは、どこまで用意周到な……）

蔵人は飛び出して雲水に斬りかかり、まずは網代笠を断ち割って、二の太刀で覆面を斬り裂いてやりたい衝動にかられた。

背後で、

「このまま手をこまねいて見張ることしかできぬとは」

切歯扼腕の口惜しさからか、木村の声音は呻きにも似ていた。

打ち毀しの一味は、それぞれ三人の雲水を先導役に、三方向へ別れて引き上げていった。

（別々の方向へ引き上げることで、万が一にも途中、火盗改メ、町奉行所などの手の者に見つかって戦いとなり全滅したとしても、一組だけの損失ですむ。残る二組が運ぶ奪った米や財物は、手つかずで残るという目算か。何という深謀。これは寄せ集めの無宿人どもの為し得る、たんなる暴動ではない）

蔵人は、推考する。

（かねて仕組まれたことだとすれば、この打ち毀し騒ぎ、当分の間、おさまることはあるまい。蚊帳の外へ追いやられた身、無駄になるかもしれぬが、このままひそかな探索をつづけるしかなかろう）

蔵人は、引き上げる暴徒たちを見つめていた。江戸府内は広い。

（夜回りの途上、打ち毀しの場に遭遇することじたい、嵐にあい遭難して大海を漂流する小舟を見つけだすにひとしい。千載一遇の機会、見過ごすこと、まことに惜しい）

込み上げてくる無念さを、蔵人は、懸命に押さえこんだ。

三組に分かれた打ち毀しの一味が、それぞれ町家の蔭へ消えた後も、すこしの間、蔵人は、姿を消したあたりを凝然と見据えていた。木村又次郎もまた同じおもいで瞠目していた。

重苦しい気が、その場を覆っていた。

ややあって――。

蔵人は立ち上がった。その場に、無念のおもいを振り捨てたかに見える動きであった。

「引き上げる」

いうなり踵（きびす）を返した蔵人を、木村が追って、つづいた。

貞岸寺（ていがんじ）裏にある住まいに戻った蔵人は、しばしの仮眠をとった。

台所から、雪絵（ゆきえ）が葱（ねぎ）でもきざんでいるのか、俎（まないた）を叩く包丁の音がひびいてくる。いつもながらの、ひとときの安らぎをおぼえる音色であった。

（むかし、母上が朝餉（あさげ）を支度する物音で目覚めたものだった）

その母も、すでに逝去（せいきょ）して久しい。蔵人は床のなかで、しばし母の記憶をたどった。

（あのころがおれにとって、一番こころ安らかなときだったのかもしれぬ）

台所から根深汁（ねぶかじる）の香りが漂ってくる。葱を実にした根深汁には、味噌（みそ）汁とすまし汁の二種があり、蔵人は味噌味のものを好んだ。雪絵は蔵人の好みを察してか、根深汁をつくるときは、かならず味噌味に仕立てた。

雪絵は、かつて小身の御家人の娘に擬して、悪の一味から裏火盗に送り込まれた、七化けお葉との二つ名を持つ女盗っ人であった。が、触れ合ううちに蔵人に恋心を抱くにいたった雪絵は改心し、蔵人の傍らに住み暮らす日々を選んだ。雪絵が盗っ人であった事実を知る者は、蔵人のほか長谷川平蔵、仁七の二人だけで、大林多聞ら裏火盗の面々には、そのことは知らされていない。

蔵人は、やおら起き出して庭に面した雨戸を開いた。

早朝の柔らかな陽光を浴びて、裏庭に生い茂る木々の緑が、鮮やかに色づいて見える。

戸を開け終わった蔵人は、着替えて黒の着流しとなり、濡れ縁に坐った。

冷ややかな微風が蔵人の頬をかすめて通り過ぎていく。蔵人は眼を閉じ、清澄な気の囁きに耳を傾けた。

と——。

異質な物音を感じとった蔵人は、神経を研ぎ澄ました。半ば習性と化した、足音を消した独特の歩き方だった。山門を抜けて境内に入った足音の主は、まもなく本堂の裏手へ通じる、両側に木々の茂る脇道へ入ってくるはずであった。

（ここまでの技、どれほどの修練を積んで身につけたものであろうか。おれも含

め皆、もっと鍛錬せねば、今のままでは足下にもおよばぬ）

蔵人は、おのれらの未熟に、おもわず苦い笑みを浮かべた。

足音の主・仁七は、すでに木々の切れたあたりにその姿を現していた。仁七は長谷川平蔵と蔵人のつなぎを務めながら、裏火盗の探索にもかかわる、蔵人にとって、

「実に頼りがいのある」

かけがえのない、俠気あふれる男であった。

顔を向けた蔵人に、仁七が軽く腰を屈めて笑いかけた。早足で近寄ってきた仁七にただならぬ気配が垣間見えた。

「どうした？」

蔵人の問いかけに、濡れ縁の前にしゃがんだ仁七が告げた。

「奇妙な坊主の噂を聞き込みまして」

「坊主？」

蔵人の脳裡に、米問屋常陸屋の打ち毀しを指図していたとおもわれる、雲水の姿が浮かんだ。三人の雲水は網代笠をかぶった上、さらに覆面までして顔を隠していたのだ。

顔をさらすまいとしてのことであろうが、あまりの用心深さに蔵人は、

「異常なこと」

と感じた。

そのことは、ずっと蔵人のこころに引っかかったまま、奥底に澱んでいる。

「話を聞かせてくれ」

「へい。千駄ヶ谷に明泉寺という寺があります。その明泉寺の塔頭・紀宝院に、半年ほど前から寄寓している、玄心という修行僧が噂の主で」

ことばをきって見上げた仁七に、蔵人は目線でつづきをうながした。

「この玄心、なかなかの霊力の持主で、祈禱で何人もの病を治したり、狐など獣の物の怪に憑かれて、気が尋常でなくなったといわれていた者から、物の怪を払ったりして、霊験あらたかな修行僧と評判を呼び、いまでは病人や、狐憑きなどと思い込んでいる連中が、多数紀宝院に押しかけ、門前市をなすほどの有様だということでございます」

蔵人は黙っている。仁七はつづけた。

「玄心はときどき雲水姿で町中へ出ては、托鉢を行うそうで」

「噂の種は、その托鉢か？」

仁七は無言で頷いた。

「玄心坊主、托鉢に立った家の前で、ときどき、『この家には妖気が取り憑いている』と騒ぎたてるのだそうで。困惑した家人は、なんとかなだめすかして、立ち去ってもらおうとするのですが、そのうち立ち騒いでいる雲水が、いま江戸で、『霊験あらたか』と評判の坊主・玄心と知って」

「驚いて、それまでの迷惑ぶりとうってかわって、大慌てで家に引き入れる。そういうことだな」

「図星で」

仁七は、そこで、いつもの癖の、片頬を歪(ゆが)めた薄笑いを浮かべた。唇が引きつったように見える、この笑みを浮かべたときの仁七の顔には、むかしの、強面(こわもて)の盗っ人だったころの凶暴さが剝き出される。蔵人をして、

「片頬を歪めた笑みを浮かべた仁七に、ぎろりと見据えられたら、おれも、あんまりいい気色はしないだろうな」

といわしめるほどの、凄(すご)みのある顔つきであった。

「その玄心の動きに、焦臭(きなくさ)いものを感じ取ったということか」

「元盗っ人の勘というやつで」

蔵人の問いかけに仁七が応じた。

蔵人の脳裡に、覆面をし、網代笠をかぶった雲水の姿が、再び浮かび上がった。

蔵人は仁七を見据えた。

「玄心の身辺、事細やかに洗い出してくれ」

「わかりやした。さっそく仕掛かりやす」

仁七は、裾をはらって立ち上がった。

三

長谷川平蔵は、石川島人足寄場の運営に頭を痛めていた。公儀より下された公用金は三百両に減額されていた。

「これでは寄場に収容した人足たちを食わしてゆけぬ」

平蔵は私費をつぎ込んで、当座をしのいでいた。しかし、四百石の家禄では石川島人足寄場の運営を支えることは、至難の業であった。

苦慮した平蔵は、一案を思いついた。

石川島人足寄場の人足たちを寄場より連れ出し、隅田川河畔にはえている葭(よし)刈りなどの労働をやらせて賃金を得る、という奇計であった。

平蔵は老中首座・松平定信に上申した。

「人足たちの管理を徹底いたし、いささかの粗漏（そろう）もなきよう相務めますれば、是非にもお聞き入れいただきたく」

松平定信は、おおいに渋った。

「江戸御府内に、無法の者どもを解き放つことにもなりかねぬ」

との懸念を抱いたからだ。

平蔵は粘りに粘った。石川島人足寄場の存続がかかっている。何の手も打たずに時が過ぎれば、寄場に収容した人足たちに、日々の食い物を与えることさえできかねるほど、人足寄場の掛りは窮迫（きゅうはく）していた。

「このままでは石川島人足寄場の閉鎖は必至。残された時はわずかだ」

平蔵は連夜、定信の屋敷を訪ね、懇願した。

そんな平蔵の熱意に定信が折れた。

「ひとたび変事が起こったときは、すべての責任を一身に負う、との覚悟で事に当たるのであれば」

と、冷えた目線を平蔵に注いだ定信は、

「石川島人足寄場の人足を、寄場より連れ出し、賃仕事に従事せしむることを許認する」

と告げた。

「さっそく明日より、寄場人足どもを町場で労働させるための準備に仕掛かりまする」

深々と頭を下げながら平蔵は、

（失態があれば、腹を切ることになるかもしれぬ。それなら、それでもいいではないか。無宿人たちの手に職を教え、生きる術を身につけさせるための石川島人足寄場。存続させるための礎となり、組織として永久に確立させることこそ何より大事。やりだした以上、中途で投げ出すわけにはいかぬ）

と、臍を固めていた。

平蔵の動きは迅速を極めた。

町年寄に協力を求めた平蔵は、数日後には大川河岸の清掃、葭刈りなどの仕事を斡旋させ、舟に分乗させた人足たちを、石川島人足寄場より送り出して働かせた。さらに平蔵は、南・北両町奉行所にも要請し、火除地など御用地の草刈りなどの仕事を得て、人足たちにつとめさせた。

「もう少し丁寧な仕事をお願いしたいもの」

との批判が相次ぎ、けっして順風満帆とはいえなかったが、

「われら役向きの者、人足どもへの指導を徹底いたしますので、しばしの時をいただきたい」

と、自ら出向いて頭を下げる平蔵に、

「長谷川さまにすべておまかせいたします」

町年寄たちはそういって、今後の協力を約したものだった。

が、無宿人たちの打ち毀し騒ぎが勃発すると、好意的だった町年寄たちの対応も変わっていった。

そして……。

その日は、嵐かとみまがうほどの強風が吹き荒れていた。

長谷川平蔵は、石川島人足寄場より五十五名の人足を連れ出し、隅田川は浅草(あさくさ)堤(づつみ)の草刈りに従事させていた。

朝五つ半（午前九時）から始めた作業は、花川戸町、山之宿町と順調にすすみ、昼餉(ひるげ)をはさんで、聖天町近くの土手の草刈りにとりかかった。

このあたりは、間近に待乳山聖天社や金龍山浅草寺がひかえている、いわば江戸市中でも殷賑をきわめる、人出の多い土地であった。

町人たちが、老中首座・松平定信が自ら考案した、柿色に水玉を染め出した、石川島人足寄場のお仕着をまとった人足たちを、気色悪げに眺めて、通り過ぎていく。

人足たちは人足たちで、着飾った娘や芸者風の色っぽい、あだな姿の女が道を行くと、作業の手を休め、欲情にかられた、獣じみた眼で見つめる者もいた。

平蔵は、見張り役の人足寄場付きの同心、手下の者たちに、出がけに、

「此度は、いままで出作業を行った場所より作業する処が広い。それゆえ、いつもより多くの人足たちを引き連れてゆかざるを得ぬ。また、繁華な土地柄ゆえ人の往来も激しい。行き交う人々のなかに人足たちとこころをあわせ、不穏な動きをする者がいるかもしれぬ。何が起こるか予測できぬ土地柄。見張りにあたってはわずかの隙も生じてはならぬ」

ときつく戒めていた。

が、作業の終わる夕七つ（午後四時）近くになると、強い陽射しと強風に煽られて立ちのぼる土煙に疲れ果て、平蔵の手の者の緊張も、わずかにゆるみ始めて

いた。

凄まじい突風が、荷車に積み上げた草を吹き上げ、撒き散らしたとき、

「火事だ」

との叫び声が上がった。

平蔵がみると、間近の町家から火の手が上がっている。風向きからいって、浅草堤へ向かって燃え広がっていくと推測された。

と、再び、

「飛び火したぞ」

との声が上がった。火元とおもわれる町家の近くから、火焰が立ちのぼっていた。

「これでは一気に燃え広がりますぞ」

寄場付同心の大場武右衛門が平蔵に駈け寄ってきた。うむ、と頷いた平蔵は、まわりを見渡した。

「風の向きからいって、今なら駒形へは抜けられるな」

「人足どもに隊列を整えさせる暇があるかどうか」

大場の顔が引きつっていた。

と平蔵はおもった。大場武右衛門には、探索方としての能力はまったくといっていいほどなかった。ただ武具や用具の管理をさせれば、他より抜きんでていた。平蔵は、大場の管理する力をさらに役立てるべく、石川島人足寄場に配属したのだった。事実、大場はよくやっていた。出作業に引き連れる人足たちの手配、張り番配置の手際の良さなど、時として平蔵が感心するほどの働きをした。

「火が回る」

「おれたちを焼き殺す気か」

人足たちの立ち騒ぐ声が聞こえた。

「御、御頭。人足どもが」

人足たちを見やった大場が、脅えた眼で平蔵を振り返った。

平蔵は、見張り役たちの顔ぶれに視線を走らせた。絶望が、平蔵をとらえた。このような修羅場で咄嗟の機転を働かせ、人足たちを叱咤して、ひとつの動きをとらせる力量の持主は誰一人見あたらなかった。

(打ち毀し騒ぎの探索に、役に立つ者をまわしすぎたのかもしれぬ。隅田川へ飛び込ませ、難を避けるか。が、人足のなかには泳ぎのできぬ者もいる……)

平蔵は判断に迷った。

そのとき——。

再び、突風が吹き荒れ、一気に燃えさかった火焔の撒き散らす火の粉が、一気に平蔵に襲いかかった。

「このままでは逃げ場を失いまする。御、御頭」

大場が悲鳴に似た声でわめくのと、

「助けてくれ」

「死にたくない」

人足たちの叫び声が上がるのとが、ほとんど同時だった。

半鐘が鳴り響いた。恐ろしいほどの火の勢いだった。建ち並ぶ町家の数軒はすでに火に包まれていた。吹き荒ぶ風に乗って火焔が舞い上がり、次々と家々に燃え移っていった。もはや平蔵に思案の時は残されていなかった。

「人足どもを解き放ち、明朝六つまでに、本湊町の揚場へ集まるよう命じるのだ。御上にも温情はある。命令どおり戻ってきた者にはよきこともあるぞ、と申しつたえよ。よいな」

「ただちに手配いたしまする」

平蔵の下知に、大場が人足たちへ向かって走った。

颪に煽られ、炎が轟音を発した。平蔵は、振り仰いだ。さながら大蛇が舌を躍らせるように、紅蓮の炎が天空高く舞い上がり、右に左に走りまわった。その動きにつれて家々が火光を発し、光炎の塊と化した。もはや火勢を防ぐことは、容易ならざる有様となっていた。

長谷川平蔵は身じろぎもせず、火柱となって連なる町家を瞠目していた。その傍らを、解き放たれた寄場人足たちが、血走った眼をぎらつかせ走り去っていく。平蔵の間近で燃えさかっていた町家が、凄まじい音を発して崩れ落ちた。

平蔵は、微動だにしない。

翌朝六つ。

平蔵は、石川島人足寄場への渡船場・揚場にいた。ほとんどの人足たちが集まっていた。

大場が番屋の前に立つ平蔵に歩み寄ってきた。

「御頭」

いいかけて大場が、ごくり、と生唾を呑み込んだ。大場の顔に困惑が滲み出ていた。

「どうした？」

「十六人。まだ十六人もの人足が戻ってきておりませぬ」

平蔵は黙って頷いた。予期せぬことではなかった。平蔵は大場をみやった。

「もう少し待ってみよう。人足たちにも、それぞれの都合がある。突然の、やむを得ぬ事情で遅れているのかもしれぬ」

大場は目をしばたたかせ、何度も何度も首を縦に振った。間断なく襲いかかる不安を打ち消すために、無意識のうちに大場が為した所作であった。

一刻（二時間）過ぎても、十六人の人足は姿を現さなかった。平蔵はとりあえず、集まった人足たちを数隻の舟に分乗させ、石川島人足寄場へ運ばせた。

暮六つ（午後六時）になった。平蔵は番屋の上がり框（かまち）に坐して、十六人の人足たちを待った。大場と配下の数名は、揚場の船着場の脇で立ち番をしている。

（もはや戻るまい。十六人探索の手立て、どう段取るか）

平蔵は脇に置いた大刀に、ゆっくりと手を伸ばした。

四

聖天町で発生し、町家数十軒を全焼、あたりを焼野原にした火事騒ぎで、

「緊急のためのやむを得ぬ処置」

との事由で一時的に解き放たれた、浅草堤で草刈りの出働きをしていた、石川島人足寄場の人足五十五名のうち十六名が、命じられた時刻に集合場所の揚場に戻らず逃亡した、との風聞は、その日のうちに松平定信の耳に入っていた。

「ただちに長谷川を呼びつけい。何時でもかまわぬ。今夜のうちに存念のほどを聞き、向後のことを段取らねばならぬ」

癇癖の証の、額の青筋を浮き立たせて吠え立てた、定信の剣幕に驚いた家臣たちが、平蔵の居場所を求めて四方八方へ散った。入れ違いに、当の長谷川平蔵が、北八丁堀の堀川に架かる越中殿橋近く、松平越中守添地に設けられた船着場に猪牙舟を横付けしていた。

「すまぬが用が済むまで待っていてくれ。今夜のうちに、石川島人足寄場へ渡る仕儀になるかもしれぬ」

船頭にそう言い置いて、平蔵は船着場へ降り立った。

（御老中に『腹切れ』と迫られたら、どう言い抜けるか。なかなか骨の折れることになりそうだ。このくらいのことで、親からさずかった二つとない命、むざむざ捨てるわけにはいかぬわ）

ふっ、と不敵な笑みを浮かべた平蔵は、夜陰を切って聳える白河藩上屋敷の大甍を見上げた。


平伏した平蔵を冷ややかに見据えた松平定信が、

「逃亡した人足どもをすぐにも引っ捕えるのだ。職を賭して、いや、一命を賭して仕掛けるがよい」

と厳しく叱責し、さらにつづけた。

「老中のなかで、つねに論議の的になっていることがある。『火盗改メの長谷川は罪人の処罰が甘すぎるのではないのか。二段階ほど重き罪にして、やっとつり合うほどのものだ。町人どもへの人気取りもほどほどにせよ、ときつく叱りおくべきではないのか』とな」

「おそれいります。向後は、罪人どもの処断に、深く気配りいたしまする」

平蔵は、額を畳に擦りつけんばかりに、さらに頭を下げた。

松平定信は八代将軍・徳川吉宗の孫として、御三家のひとつ、田安家に生まれた。後に白河藩松平家の養子となり、藩主として藩政を改革した。血筋の良さにくわえて、政においても目にみえる功を残している。

「清廉潔白の士」

として、町人たちは定信の老中首座就任を歓呼の声で迎えた。定信の前任は、賄賂を当然のこととして政を行った、金権の老中・田沼意次である。汚濁にまみれた田沼意次とは、対極にある人物ともいうべき、定信への町人の期待と評判は大きかった。

「何々の由」

との書き方が多かったため『よしの冊子』と名付けられた、寛政の頃の幕政や世間の風聞、公儀の役人などの評判を書き留めた冊子がある。

『よしの冊子』は、定信の側近だった水野為長が書き記して、定信に提出していた文書をまとめたもので、このなかに定信にたいする町人たちのおもいが、いかに常軌を逸したものであったかを、彷彿とさせる話が書き残されている。

「此間、四十歳位に相成り候女。町奉行所へ罷り出、私は越中様の御妾に相成り申し度と願い候に付き、大いに叱り付け、返し候由。其後又々西下へ直に罷り出、御妾に御抱え下され候様にと、願い出候に付き、公用人に大いに叱られ帰り候よしのさた」

越中様とは松平定信のことであり、西下とは定信の屋敷の呼称である。『よしの冊子』に書かれたことを要約すると、

「四十歳位の女が『定信様の妾になりたい』と町奉行所へ申し出てきたが、役人が叱りつけて返した。が、その後、その女は直接定信の屋敷へ押しかけて、『定信様の御妾にしてくれ』と願い出た。しかし、公用人にひどく叱られて帰った由」

ということになる。

「妾になりたい」

と女が申し出るほど、老中首座就任当時の松平定信の人気は、絶大だったのである。

が、定信の、武芸を奨励し、奢(おご)りを戒めて質素倹約を強要する行き過ぎた政は、庶民の顰蹙(ひんしゅく)をかい、失望を生んだ。

定信を揶揄(やゆ)した、

「世の中に　蚊ほどうるさきものはなし　ぶんぶといいて　夜も寝られず」

［ぶんぶ］は［文武］を意味している。後世に語りつたえられるこの狂歌がすでに落首されていたにもかかわらず、定信自身は、いまだにおのれは人々の信望を集めている、との過信を抱きつづけていた。

学問のみで、世間の荒波に揉まれる経験が無きに等しかった定信には、言葉のみで人を動かそうとする、致命的な欠点があった。

平蔵を呼びつけたこの夜の定信は、相手が自分の意見に同調するまで、しつこく同じ事を言い募るという欠陥を露わにして、とどまるところを知らなかった。平蔵への叱責は、延々二刻（四時間）にもおよんだ。定信は感情を剝き出しに怒り、吠え、何度も、

「此度の失態、一命を賭して仕掛かるがよい。逃亡せし寄場人足たち全員を捕縛するまで、目通りかなわぬ」

とまで言い放った。

平蔵は、決して口を開かなかった。ただ平伏し、定信の怒りにまかせていた。

平蔵が定信の叱責を受けていた頃、千住宿近くの、千住道沿いの古着屋［伊佐屋］に、十六人の荒くれたちが押し込んでいた。水玉模様のついた、寄場人足の

お仕着を身にまとった男たちは、主人夫婦を縛り上げ、抵抗した奉公人二名を殴り倒した。

店内にある古着を物色し、水玉模様のお仕着から、気に入ったものに着替えた寄場人足たちは、仕入金や蓄（たくわ）えなど、四十両余の金子を奪って逃亡した。

翌朝、なかなか開かない表戸に、不審を抱いた隣家の主人が、裏口を壊して伊佐屋へ入り込んだ。

声をかけたが返答がない。いったんは引き上げかけた主人だったが、思い直して勝手口の引き戸に手をかけた。

主人は仰天（ぎょうてん）した。本来なら突っかえ棒がかけられ、開くことのない引き戸が何の抵抗もなく開いたからだ。

おそるおそる屋内に足を踏み入れた主人は、奥の座敷で、高手小手に縛り上げられた伊佐屋夫婦と、かなりの乱暴を受けたらしく気を失って横たわる、傷だらけの奉公人たちを発見したのだった。

江戸南・北両町奉行所の差配地は南は高輪（たかなわ）、北は坂本（さかもと）（浅草）、東は今戸橋（いまどばし）までの江戸府内で、それより外の土地は道中奉行、関八州（かんはっしゅう）取締出役の差配するところであった。

火事場から解き放たれた、石川島人足寄場の人足たちが、潜伏地に江戸府外の千住宿近くを選んだということは、人足たちが、はなから逃亡するつもりでいたことを意味していた。

なぜなら、差配の境界点にあたるこのあたりは、町方同心の岡っ引きにあたる関八州取締出役の手先である目明かし番太が、土地の見回り、悪事の取締りにあたるだけで、江戸府内にくらべて探索の網の目は、極めて粗(あら)いものであった。

隣家の者に救出された伊佐屋の主人は、目明かし番太に事件を届け出た。

目明かし番太の報告を受けて、関八州取締出役から、月番の江戸南町奉行所へ伊佐屋押込み事件が通報されたのは、事件発生から二日後のことであった。何者が押し入ったかは、盗っ人たちが残していった水玉模様のお仕着からみて、明らかであった。

翌日、

［伊佐屋に押し込んだは、火事騒ぎで逃亡した、石川島人足寄場の人足たちとおもわれる。この件、火盗改メにて探索なされるがよろしかろう、と判断いたし……］

云々(うんぬん)と記された書付と、伊佐屋に遺留されていた水玉模様のお仕着が、南町奉行所より、清水門外の火付盗賊改方の役宅へ届けられた。何のことはない。

「火盗改メが犯した失態。そちらで始末なされよ。われら、何一つ手伝う気はござらぬ」

との意図が、露骨にこめられた南町奉行所の処置であった。


役宅の奥の座敷で、長谷川平蔵は、目の前に積まれた十六枚の水玉模様のお仕着を凝然と見つめていた。

下座に与力・石島修助が座っている。心なしか顔色が青ざめ、引きつっていた。

(石島は、いつもこうだ。難局に直面すると黙り込み、おのれからことばを発しようとはせぬ。迂闊なことをいって責めを負わされてはたまらぬ、と顔に書いてあるわ)

平蔵は、石島に目を向けた。

「石島、打ち毀しの探索、どうなっておる」

「いまだ手がかりをつかめませぬ。神出鬼没の輩、どこに潜みおりますものか、皆目見当がつきませせぬ」

石島は大儀そうに大きく溜息をついた。

重い沈黙がその場を覆った。

平蔵が、石島を正面から見つめていった。

「逃亡せし人足たちの探索、結城にも任せようとおもうが」

平蔵が蔵人の名を口にした刹那――。

石島の面が紅潮し、引きつった。

「その儀は、平にご容赦願いまする。わたしにも立場がございます。もともと人足たちを逃がしたは、寄場付きの者の落度。責めを負うべきは……」

「そのようなことを申しているのではない」

静かだが、厳しさを秘めた平蔵の声音であった。平蔵の眼は、わずかの変化も逃さぬ鋭さで石島を見据えていた。

「それは……」

いいかけた石島が、平蔵からあわてて目をそらし、黙り込んで俯いた。

「十日待つ。それまでに何らかの成果を出すのじゃ。打ち毀しを仕掛けおる無宿人どもと逃亡した寄場人足たちとが、どこぞで繋がりを持つやもしれぬ。十日たってもいまと何ひとつ変わらぬときは、くだらぬ意地は捨てることだ。よいな、石島」

「は。御頭のおことば、肝に銘じておきまする」

石島は深々と頭を下げた。

五

病気の見立てをよそおって、大林多聞の診療所にやってきた、火盗改メ同心・相田倫太郎は、診療所の裏口より抜け出て、ひそかに蔵人の住まいを訪れ、長谷川平蔵が、逃亡した寄場人足たちのことで、松平定信より厳しく責めたてられ、窮地に陥(おちい)っていることを語って聞かせた。

「打ち毀しをなした輩の探索も、さっぱりはかどらないところへもってきて、逃げた寄場人足が押込みをはたらく。これでは火盗改メは役立たず揃いか、と蔑(さげす)まれてもいたしかたありませぬ。この上は、是非にも結城様に御出馬いただき、御頭のためにも一働きしていただきたい。なに、石島様への御懸念は無用です。なんせ、御役目大事で汲々としているお方。事が落着すれば、さも自分の手柄のようにふんぞりかえって……それだけの人物ですよ」

相田倫太郎は、口角(こうかく)泡を飛ばして、

「探索に乗り出していただきたい」

と蔵人をかき口説いた。

が、蔵人は首を縦に振らなかった。長谷川平蔵が、なぜ裏火盗の動きを封じたか、その意味するところが、蔵人には分かっていた。

(すべてが火付盗賊改方の組織を、ゆるぎないものにするための、布石なのだ)

石島修助と蔵人の仲が、しっくりしないまま時が過ぎていくことは、決してよいことではなかった。たとえ石島の、蔵人にたいする一方的な妬心(としん)、やっかみが生みだした事態であっても、日々の務めに、ひずみを生じるのは明らかだった。

(蔭の扱いとはいえ裏火盗は、定められた差配の領分を超えた探索をなすべく組織された、火盗改メの別働隊なのだ。表の火盗改メ、蔭の裏火盗の連結が揺るぎないものであればあるほど、探索の効は高まる)

蔵人は、つねづね、そう考えていた。

「いまは探索に手を染める気はない」

と、あくまでも動こうとしない蔵人に、不満を剝き出した膨(ふく)れっ面で、相田倫太郎は蔵人の住まいから出ていった。

(すべて長谷川様の判断に任せる。先走った動きは慎(つつし)まねばならぬ)

座敷にひとり坐して、蔵人は、ともすればはやり立つこころを懸命に押さえつけていた。

（いま探索すべきことは他にあるのだ）

蔵人は、探索すべき気掛かりな人物のことにおもいを移した。

「人に憑いた狐を祓う妖僧」

との噂を聞き込んだ仁七が蔵人に、

「焦臭いやつ」

とつたえた、千駄ヶ谷の明泉寺の塔頭・紀宝院に寄留する、玄心のことであった。

いま、その玄心を、柴田源之進と安積新九郎が張り込んでいる。数日にわたる張込みにもかかわらず、玄心に疑わしい動きはなかった。

「それにしても大変な繁昌ぶりで……しかし、身共にはわかりませぬ。祈禱で病が癒されるなど、あり得ない話です」

との柴田源之進の復申が、不意に蔵人の脳裡に浮かび上がってきた。蔵人も、柴田と同じおもいであった。

（祈禱にことよせて、病を治癒しうる、何らかのからくりを講じているに相違な

い。人心を乱す手立て、必ず暴(あば)いてみせる）

蔵人は、玄心がそろそろ動き出すころ、と見計らっていた。

（柴田と新九郎のことだ。まずは手抜かりはあるまい）

蔵人は張り込む柴田と新九郎へ思いを馳せた。

明泉寺の境内の一角に在る紀宝院は、正門と、門からつらなる塀の切れるあたりに裏門がわりの潜(くぐり)があるだけの、塀に四方を囲まれた、瀟洒(しょうしゃ)な造りの寺院であった。柴田と新九郎は、たがいの姿が見極められるほどの距離を置いて、張り込んでいた。長時間坐り込んでいても疑われぬためにと、柴田と新九郎は、絵画好きの浪人を装って、大木の根もとに腰を下ろし画帳を開いて、絵筆を走らせていた。

門前には、玄心の祈禱を望む町人が、数人ほど立ち列んでいる。

突然、町人たちのわめき声があがった。

顔をあげた柴田の目は、門を閉めようとする坊主の、高飛車(たかびしゃ)な対応と動きを捉えていた。門内へ入りこみかねない町人たちを突き放し、坊主が容赦なく門扉を閉じた。

未練げに門を見返りながら、町人たちが去っていく。いつもは夕の七つ（午後四時）まで門は開け放してあった。昼の八つ（午後二時）にはまだ間がある頃合いである。玄心に、いつもと違う動きがあるのは明らかだった。柴田は、新九郎に視線を走らせた。新九郎が絵道具を片づけている。柴田も、慌てて、拡げたままの画帳を閉じ、絵道具をしまうべく風呂敷をひろげた。

玄心は健脚であった。それも並みの健脚ではない。

（山歩きに馴（な）れた修験者でも、これほどの早足で歩む者はめったにいない。獣を追って山から山へと移動する、身ごなしの軽い猟師に似た動きだ）

尾行しながら安積新九郎は、心中で呻いた。新九郎は熊野（くまの）・吉野（よしの）とつらなる峻険の地・大峯（おおみね）山系の山中で、修験者たちが、身を守るために創りあげたさまざまの技を集大成して生みだされた、皇神道（すめらぎしんとう）流の修行を積んだ、山育ちの者である。その新九郎が、ほどよい間隔を保ちながら後をつけていくことに、息が上がるほどのおもいをしている。それほどまでの、玄心の早足であった。

（江戸育ちの柴田さんには、この尾行、かなりつらいものとなっているはずだ）

新九郎は、後からつづいて来る柴田の気配が次第に遠のいていることを、背中に感じていた。

玄心は黒の僧衣を身にまとい、網代笠を目深にかぶった、雲水の出で立ちであった。それが癖なのか、大きく肩を振って歩く。玄心の手に下げた、三重に巻いた大数珠が、歩をすすめるたびに大きく揺れて、鳴った。

新九郎は数珠玉が触れ合って発する、衝突音に耳を傾けた。規則正しく発するその音に意識を集中することで、新九郎は呼吸を整えようと試みた。新九郎は、目で玄心の後ろ姿を見つめつづけることに、かすかな疲れを感じ始めていた。等間隔で足が動き、肩が揺れる。同じ動作の繰り返しに、注視していた新九郎は、眠気さえ覚えたのだった。その眠気を避けるための動き。それが耳で大数珠の音を聞くという行為であった。あるときは目で、あるときは耳で、玄心の動きをとらえる。新九郎はおのが動きを分散させることで、こころの散漫を、取り除こうとしたのだ。

(玄心はすでに尾行に気づいているはず)

玄心の身のこなしには、武芸で鍛え上げた者のみが持つ、特有のものがあった。新九郎もかなりの修行を積んだ武芸者だった。後を尾(つ)けながら、

「斬り込むとすればどこを狙うか」

と窺ったが、玄心の後ろ姿のどこにも隙を見いだせなかった。

(武芸者としてもかなりの業前の持主)

と新九郎はみていた。

(これほどの者を相手に気配を消しうるほどの尾行の術を、おれは、身につけていない。咎められたら、その時のこと。出たとこ勝負でついていくだけだ)

新九郎は、そう開き直っていた。


紀宝院を塔頭に持つ明泉寺は、玉川上水の川岸に沿って建立されていた。田地に囲まれたのどかな地で、間近なところに千駄ヶ谷八幡宮や別当瑞圓寺、紀伊家の下屋敷、旗本・御家人の屋敷などが建ちならんでいる。

紀宝院を出た玄心は、牛込弁財天町を経て江戸川橋を渡り、護国寺門前の音羽町へ入った。

一気に足をすすめた玄心は、突然立ち止まり、大数珠をかざしては何やら経文を唱え、再び歩き出すという所作を何度か繰り返した。

新九郎には、玄心の仕草が何の目的でなされているのか、読みとることができなかった。新九郎がわずかに振りかえると、視線の端に首を傾げている柴田の姿が見えた。柴田も、新九郎と同じおもいでいるようだった。

玄心が紀宝院にもどったのは、暮六つ（午後六時）を少し過ぎたころだった。音羽で何度も繰り返した所作に、どんな意味があるかわからぬが、玄心が音羽を外出の目的の地としていたことだけは明らかだった。

明泉寺の総門はすでに閉じられていた。塔頭である紀宝院へ入るには、総門脇に設けられた潜門より入るしか手立てはない。玄心が、その潜門から門内へ姿を消すのを、新九郎は田地沿いに立つ大木の蔭に身をひそめ、凝然と見つめていた。

第二章　邪　気

一

町家の前に立ち止まり、大数珠をかざして何やら経文を唱える。玄心の、その行為にどんな意味があるのか。張込みを終えてもどった、柴田源之進と新九郎から復申を受けた蔵人は、玄心の動きについて、さまざまな角度から推考した。が、深更の刻（とき）となっても、蔵人は何の解答も得られなかった。

（玄心の張込み、おれがやるか。おのれの目で玄心の一挙手一投足を見つづけることで、玄心のこと、少しは分かるかもしれぬ）

蔵人は、相田倫太郎には、

「逃亡した無宿人たちの探索には、手を染める気はない」

と告げた。が、時がたつにつれ、

（長谷川様の窮地、何もせずこのまま手をこまねいているわけにはいかぬ。石島殿への遠慮も、もはやこれまで）

　とのおもいが次第に強まり、夜には、探索の段取りを組み立てはじめていた。

　暴徒たちの統率された動きからみて、すぐにも連絡がとりあえるところで、数人ほどが組になって暮らしているのではないか、と蔵人は考えていた。

　打ち毀しで奪われた米や油が、相当な量になっているにもかかわらず、どこに隠されているのか、手がかりのひとつも摑めていない。蔵の数棟もなければ収納しきれないはずであった。町々に、それらの米や油が分配されているふしもなかった。また、暴徒たちが強奪した金を分け合ったとすれば、それまで貧しかった者が急に金回りがよくなった、などといった類（たぐい）の噂が、必ず出てくるはずだった。

　そう推考した蔵人は、すでに木村又次郎と真野晋作に、打ち毀しで奪われた物の隠し場所の探索や巷（ちまた）の噂の聞込みを行わせていた。

　いままで蔵人は、木村や晋作が摑んできた情報を仁七を通じて、ひそかに長谷川平蔵へつたえようと考えていた。平蔵は、蔵人からの知らせをさりげなく石島に話して聞かせるに違いない。その結果、一件落着の手柄が石島のものとなっても、蔵人には何ら頓着するところはなかった。事件が解決し、騒動の種がひとつ無くなる。そのことが、おのれに課せられた任務の最大のことと、蔵人はこころに定めていた。

が、この夜、蔵人はその考えを捨てた。長谷川平蔵の石島への配慮も、平蔵の身が安泰であればこその話である。

（長谷川様の指示があるまで先走らぬ、などといっているときではない。御老中の気性からみて、突然の豹変もあり得る）

蔵人は、何度も見せられた、激したときの、額に青筋を立て、目を血走らせて癇癖をあからさまにした松平定信の、鬼かと見紛う形相（ぎょうそう）をおもいうかべた。

（長谷川様を死なせるわけにはいかぬ）

蔵人に、石島への斟酌（しんしゃく）を捨てさせたのは、平蔵への強いおもいであった。

仁七は、蔵人の命を受け、玄心に関わる洗いざらいを調べあげるべく、日夜聞込みをつづけている。多聞と雪絵は、町医者とその助手を務めながら、必ずどちらかが多聞の診療所にいて、裏火盗の面々の、至急の連絡を受ける役割を担っていた。

蔵人は、明日から柴田と新九郎を木村と晋作同様、打ち毀しの探索へ差し向けることにし、玄心の張込みは蔵人自身が、仁七とともに行うと決めた。

（明朝早く、柴田たちの住まいへ出向き、この旨、つたえねばなるまい。その足で仁七のところへむかうとするか）

蔵人は、あくまでも尾行は二人一組でやるもの、と定めていた。

翌早朝、蔵人は吉原田圃に面した、柴田たちの住まいを訪ねた。

「木村や晋作と打ち合わせて段取りを決め、今日から手分けして、打ち毀しの探索をすすめてくれ」

そう柴田につたえた蔵人は船宿水月へむかった。

蔵人が水月へ着いたとき、出かけようとしていた仁七と店先で出くわした。

「もうちょっと遅かったら、あっしは聞込みへ出かけて店にいませんでした。運気にめぐまれてるって証でさ。今日はきっといいことがありますぜ」

仁七が唇を歪めた、片頬のひきつる、いつもの笑みを浮かべた。

仁七の予感はみごとに的中した。

昼九つ半（午後一時）、祈禱を待つ十数人を残し、紀宝院の門は閉じられた。

（玄心は昨日にひきつづき、いずこかへ出かけるに相違ない）

柴田と新九郎同様、画帳を開いて、境内の景色を写す風をよそおって張り込む蔵人は、何を描いているのか、絵筆を走らせていた仁七に視線を走らせた。

仁七も、蔵人と同じ見込みをたてたらしく、すでに絵道具を風呂敷にしまい込んでいる。

蔵人は画帳を閉じ、いつでも動ける支度をととのえた。

ほどなく玄心は潜門から姿を現した。網代笠をかぶり、墨染めの衣。手に三重に巻いた大数珠を下げている以外は、どこにでもいる雲水のかたちであった。

玄心は、鉄砲場から御先手組や甲賀百人組の組屋敷がつらなる、久保町の通りを抜け赤坂御門へ出た。玄心は、新九郎が復申したとおりの、まさしく健脚であった。蔵人も早足の部類にはいる者だった。その蔵人が、

（なるほど、玄心の尾行、ついてゆくだけでも精一杯。見え隠れで行くなど、尾行の技を使う余裕はない……）

蔵人はともすれば乱れそうになる呼吸を、懸命にととのえた。

玄心は外堀に沿って歩みをすすめ、幸橋御門から土橋への通りを直進し、左へ折れて新橋を渡り、堀川沿いに右へ曲がった。堀川に断ちきられ左折するしかない道をそのままゆくと三十間堀の通りとなる。

玄心はその通りに入ってまもなく、とある大店の店先で立ち止まり、手にした大数珠をかざして目を閉じ、経文を唱えはじめた。新九郎と柴田が復申した、

「何のためにやっているのか、計りかねる行為」

に相違なかった。

蔵人は、玄心を瞠目した。

背筋を伸ばして心気を凝らしたその所作は、得体の知れぬ、異様な気を探るさまではないかと、蔵人は推測した。

いつのまにか仁七が、蔵人の背後に来ていた。

「玄心め、狐を憑ける家を探していやがる」

独り言に擬して、小声で呟いた仁七の言葉を、蔵人はしかと聞きとめていた。が、蔵人はあくまでそしらぬふりを装った。玄心の凝らした心気が、蔵人と仁七につながりがあることを、感知するかもしれない。蔵人は、後々の探索のことを考えると、できうるかぎりふたりの関わりを察知されたくなかった。

玄心は数ヶ所で立ち止まり、大数珠をかざして、何やら祈るような所作を繰り返した。

木綿問屋「和泉屋」の前で立ち止まった玄心は、再び右手に握った大数珠を

高々と掲げた。

目を閉じ、経文を誦する。それまでと変わらぬ仕草がつづけられた。

と――。

玄心の手が小刻みに震え始め、大数珠の珠が触れ合って細かく音を発した。音は次第に大きくなっていった。

玄心の経文を唱える声が、数珠がぶつかり合う音が高まるにつれて、大きくなっていく。それにつれて玄心の躰も震え始めた。

蔵人は、玄心の動きのひとつも見逃すまいと、さらに眼を凝らした。仁七も息を呑み、玄心を見据えている。

突然。

玄心が凄まじい気合いを発した。同時に、何者かに突き飛ばされたかのように後方へよろけた。

「喝」

蹈鞴を踏んだ玄心が、足を踏ん張って体勢を立て直した。玄心が必死の力を振り絞ったのは明らかであった。顔面は紅潮し、食い縛ったその口許からは白い歯が剝き出されていた。玄心の、二重瞼の、つねでもぎょろりと大きな眼がさらに見開かれ、首筋は怒張して血管が浮き出ていた。

玄心は仁王立ちの姿勢となり、印を結んだ。

「臨兵闘者皆陳烈在前」

玄心は三重に巻いた大数珠を解き、おのが手に強く巻き付けた。結んだ印がゆるまぬための方策だった。

「天魔外道皆仏性、四魔三障成道来、魔界仏界同如理、一相平等無差別」

玄心が高々と呪文を唱えた。野太い、地の底から響いて来るような声音であった。

「天魔の偈(げ)」

蔵人はおもわず口走っていた。鞍馬古流(くらまこりゅう)を蔵人に伝授した有堂孤舟斎(うどうこしゅうさい)は、精神修養のためにと、密教につたわるさまざまの教え、経文の意味するところを説き、教導した。

門前の小僧習わぬ経を読むの例えどおり、蔵人もいつしか、呪文・経文のほとんどを解するほどになっていた。

刹那――。

玄心が悪霊を祓うかのように、大数珠を大きく振って、大音声(だいおんじょう)によばわった。

「この屋には妖気が取り憑いている。邪悪な獣の霊が棲(す)みついておるぞ」

天地を揺るがすほどの威圧が、その声に籠められていた。

蔵人は眦(まなじり)も裂けんばかりに眼を見開き、次なる玄心の動きを見極めるべく、腰を据えて身構えた。

二

和泉屋の売場にいた手代と丁稚(でっち)が、困惑を露わに、帳場に坐る番頭を振り向いた。番頭が立ち上がり、店先へ歩み出た。

暖簾(のれん)の向こうに、一心不乱に呪文を唱える玄心がいた。玄心を遠巻きにして野次馬たちが群がっている。

「迷惑な。追い払いなさい」

顰(しか)め面(つら)で命じた番頭に、軽く腰を屈めた手代や丁稚が、店先へ飛び出していった。

「商いの邪魔だ」

「みょうな言いがかりは迷惑。あっちへ行け」

手代たちは通りに出てくるなり怒鳴りあげ、玄心を店先から追っ払おうとした。玄心は動かない。それどころか手代たちが目前にいることなど、気にもとめぬ様子で呪文を唱えつづけた。

「オン　デイバヤキシャ　バンダバンダ　カカカ　ソワカ」

動じない玄心に、手代たちが激した。

「面倒だ。こうなりゃ腕ずくしかない」

血相を変えた手代が、玄心の腕をとろうと摑みかかった。

刹那――。

「喝」

玄心が裂帛の気合いを発した。

大音声の気に圧せられ、度肝を抜かれてたじろいだ手代が、おもわず後退った。

くわっ、と眼を見開いた玄心が吠えた。

「この屋に、妖気が宿っているといっておるのが分からぬか。わしは千駄ヶ谷は明泉寺の塔頭・紀宝院に寄留する僧・玄心であるぞ。修行を重ねた上での霊眼で見通した上のことじゃ」

蔵人は、玄心が堂々とおのれの名を名乗ったことに、遠謀の臭いを嗅いだ。はたして、群がった野次馬たちが口々にはやし立てた。

「明泉寺の塔頭・紀宝院の玄心」

「祈禱で病を治す名僧、玄心さまだ」

「憑いた狐を祓ってくださるそうな」

その声に仰天したのは手代たちだった。

「玄心さま」

「いま評判のお坊さん」

手代と幼顔を残した丁稚が顔を見合わせた。

和泉屋を振り返り、手代が呻いた。

「ま、まさか……」

手代の顔が恐怖に醜く歪んでいる。

玄心は、諭(さと)すように告げた。

「この江戸には幕府創建の折り、天下の名僧天海(てんかい)大僧正さまが封じた、魔の潜み棲む場所が存在するのじゃ。平将門(たいらのまさかど)公塚、神田明神(かんだみょうじん)、寛永寺(かんえいじ)は江戸城の鬼門封じのために存する。なぜ鬼門封じをせねばならなかったか。裏に隠された意味を読み解くことじゃ」

低いが野太い、よくとおる声音であった。

蔵人は、いまや、

（玄心、只者ではない）

との確信を得ていた。

（なぜ、このような人心を惑わす戯れ言を申すのか。玄心の狙い、暴かずにはおかぬ）

蔵人は、玄心から視線を野次馬たちにうつした。ほとんどが、見えぬ何ものかに脅えた顔つきをしていた。

（無理もない）

と蔵人はおもった。仁七の耳にも入ったほどだ。病を治す名僧玄心の噂は、江戸のあちこちに流布しているに違いなかった。

玄心の名を聞いた手代が、あわてて店のなかに走りこんでいった。おそらく、番頭に玄心のことを知らせにいったのであろう。

まもなく、手代とともに、五十がらみの恰幅のいい男が現れた。仕立てのいい衣服を身につけているのと、番頭らしき白髪まじりの痩せた男を従えているところからみて、和泉屋の主人とおもえた。

玄心に近づき、頭を下げた五十がらみの男の全身から、当惑が滲み出ていた。

「和泉屋の主人・庄吉でございます。玄心さまの噂は聞き知っております。この場では何かと差し障りが……。座敷へお通りいただいて、我が家に取り憑いている獣の霊のこと、詳しく聞かせていただけませぬか」

玄心は、無言でうなずいた。和泉屋の店先にかけられた、暖簾の奥を鋭く見据えた玄心は、行く手を塞ぐ得体の知れぬ何ものかを打ち祓うかのように、大数珠を左上から右下、右上から左下へと、大きく、強く打ち振った。

玄心が和泉屋庄吉や番頭、手代たちとともに、和泉屋の屋内へ姿を消すと、野次馬たちは三々五々と散っていった。

が、蔵人と仁七は違った。いまや玄心に気づかれることはなかった。仁七は蔵人に歩み寄り、小声で耳もとでいった。

「和泉屋に忍び込んで、玄心と和泉屋の話でも盗み聞いてきましょうか」

「その必要はなかろう。狙った町家へ入り込んでからの玄心は、いままでどういう動きをしていたのだ」

「座敷に上がり込んだら、尻込みする家人たちにかまわず、強引に座敷に俄の護摩壇を組んで、悪霊祓いの祈禱をはじめるのが常で」

「玄心の祈禱はどのくらいつづく？」

「少なくとも数日ほどは……玄心は、悪霊の調伏護摩の、火中に投げ入れる相応物に塩や芥子を使うそうで。塩はたいがいの家にあるものなんで、相応物に不自由はしないって案配でさ」

「塩や芥子を使うとなると、玄心は天台の密教呪法をよくする者か。真言は鉄粉、修験道では護摩木、天台では胡麻、芥子、硬米が相応物として用いられる」

そういって蔵人は黙り込んだ。仁七は、それが蔵人の思考をまとめるときの癖だと知っていた。無言で、次の言葉を待った。

ややあって、蔵人が口を開いた。

「仁七、すまぬが木村と晋作に至急のつなぎをたのむ」

「木村さまたちは、いま、どちらに？」

「吉原田圃そばの住まいにいる。聞込みに出ず、探索の復申書をまとめているはずだ。今夜から和泉屋を張り込んでもらう。暮六つまでにここへ来てくれ。それまではおれがこのあたりで、適当に場所を変えながら張込みをつづけている、とつたえてくれ」

「わかりやした」

蔵人に軽く笑みをくれて、仁七は踵を返した。その後ろ姿から、蔵人は視線を和泉屋の店先へ移した。

丁稚が店先を箒で掃いていた。さきほどまでの騒ぎが嘘のように、通りはいつもの動きにもどっている。

（玄心が和泉屋で祈禱をつづけている間は、打ち毀しは起こるまい）

蔵人はそう考えていた。玄心は筋骨逞しいが、見た目には中肉中背の体軀であった。蔵人は、常陸屋で見た雲水の姿かたちを、再びおもいうかべた。

（あのうちのひとりは玄心に違いない）

確たる証拠は何もない。ただ蔵人の直感が、そう告げていた。蔵人は鞍馬古流を得意とする。剣の名人・達人の域に達している、といっても過言ではなかった。

蔵人がそれほどの業を会得するまで、どれほどの鍛錬を為してきたことか。有堂孤舟斎の教導の厳しさに何度、気を失いかけたことか。孤舟斎は、蔵人の足がふらつく様から、その意識の朦朧としていることを見抜き、つねより鋭い太刀捌きで打ち込んできたものだった。

その打ち込みを避け、次なる攻撃に備えるために、蔵人はおのれの意識を無理矢理覚醒させ、孤舟斎の動きのひとつも見落とすまいと、死物狂いで努めたのだ。

そんな錬磨の連続が、いつのまにか蔵人に、人それぞれの細かな動きを見極める、観察眼をもたらしていた。

紀宝院の所在する千駄ヶ谷から、和泉屋のある三十間堀までの道すがら、蔵人は尾行する玄心の後ろ姿と、常陸屋打ち毀しから引き上げる、差配格の雲水の後ろ姿とを重ね合わせていた。

蔵人のみるところ、玄心と打ち毀しの差配格の雲水の動きには、歩くときの肩の振り方など酷似したものが何ヶ所もあった。それゆえ蔵人は、

（玄心とあの雲水は同一人物）

との、判断をくだしたのだ。

蔵人は、和泉屋の周囲をゆっくりと見まわった。ゆうに千坪余はあろうという大店であった。裏手にまわると、仕入れた木綿を保管するための蔵が、背後の町家との仕切りとなる塀に沿って、四棟つらなっていた。

両隣りの町家との間に、荷車が行き交うことができるほどの幅の路地があった。裏口から荷を運び入れるための、和泉屋の私道に相違なかった。

店前の通りの向こうは堀川だった。堀川の対岸から見張ると、いつ始まるか予

測のつかぬ尾行などの緊急のことに、対処しきれないおそれがあった。和泉屋は、店先の左右いずれかからしか、見張れぬところであった。長期間の張込みが難しい町家、といえた。

（見張る場所は、木村たちが来てから打ち合わせることとするか。張込み上手の木村なら、いい知恵が浮かぶかもしれぬ）

暮六つ（午後六時）までは、まだ、かなりの時があった。蔵人は閑を持て余した浪人の風を装って和泉屋の周りを歩きまわった。

三

玄心が和泉屋で祈禱を始めて、二日が過ぎ去っていた。木村と晋作が夜、蔵人と仁七が昼、と定めた張込みがつづいている。

木村たちと交代して、新鳥越町二丁目の貞岸寺裏の住まいへもどった蔵人は、雪絵が支度してくれた夕餉をとったのち、文机の前に坐った。

机の上に、柴田源之進からの復申書が裏向きに置かれていた。風に飛ばされぬようにとの配慮からか、文鎮が載せてある。何ごとにも細かい、柴田らしい気配りだった。

柴田源之進は一度調べたり、見聞きしたりしたことの、ほとんどを記憶しているという特殊な才能の持主であった。その能力は、幾度となく裏火盗の探索の役に立っている。

復中書には、

［探索に一切の進展なし　柴田］

と墨書されていた。

蔵人は腕を組み、中天に眼を据えた。相田倫太郎からは何の音沙汰もない。おそらく火盗改メの探索も、膠着（こうちゃく）しているのであろう。火事騒ぎで逃亡した石川島人足寄場の人足たちの行方。打ち毀しを行う暴徒たちの潜伏するところと、奪われた財物の隠し場所。蔵人は有効とおもわれる探索の手立てを思案した。

やがて……。

蔵人は思考を止めた。すべてが、推測の域を出ないことに気づいたからだった。

蔵人がつかんでいる現実。それは、

［玄心が何の目的あってのことか知らぬが、和泉屋へ乗り込み、悪霊調伏の祈禱を始めている］

とのこと、ただそれだけだった。

「玄心は打ち毀しの暴徒を差配する雲水との推定も、所詮おれの思い込みかもしれぬ」

蔵人はおもわず、独り言ちていた。

松平定信の病的ともいえる癇癖。その癖が、突然暴発することなど決してない、とは誰にもいえぬことであった。定信の爆発した癇癖の行き着く先は、

（しばらくの間は、長谷川様に向かうに違いない）

と、蔵人は確信していた。

探索の相手となる者たちが動きださぬかぎり、新たな手がかりをつかむ機会はない、と蔵人は推断していた。

「ただ待つしか、ない」

蔵人は、いまの自分には、平蔵を手助けする何の力もないことを、あらためて思い知らされていた。

翌日、蔵人は和泉屋を見張れるあたりの、三十間堀の水辺にいた。立木の根もとに坐り込み、開いた画帳に絵筆を走らせる蔵人の姿は、道行く人々には描画好

きの浪人としかうつらないはずであった。

仁七は、対岸にある蕎麦屋に入りびたる遊び人をよそおって、張込みをつづけていた。

異変の知らせは、おもわぬところからもたらされた。

昼八つ（午後二時）、雪絵が蔵人の姿を求めて三十間堀へ現れたのだ。絵筆を走らせる蔵人を見つけた雪絵は、蔵人に近寄り、背後から絵を覗き見る格好をしながら、さりげなく声をかけた。

「相田さまが診療所にてお待ちです。ゆうべ打ち毀しがあったそうで。木村さまが交代で張り込むために、すでに近くへいらしてます」

それだけいうと、雪絵は蔵人から離れていった。傍目には、蔵人の描く絵に興味を失って遠ざかった、としか見えぬ素振りであった。蔵人は振り向きもしない。そのまま絵筆を走らせている。その蔵人の背後を通り過ぎて、少し離れた岸辺に腰をおろし、魚籠を小脇において、釣り糸を垂れた浪人がいた。木村又次郎だった。

木村は大きく欠伸をした。蔵人に、自分の到着を知らせようとして、木村が為した所作であった。

蔵人は、視線の端に木村の姿をとらえていた。蔵人は画帳をとじ、道具をかたづけはじめた。

蔵人は、懸命にこころの動揺を押さえていた。玄心は和泉屋から一歩も外へ出ていない。和泉屋へ乗り込んだ翌朝早く、丁稚がいずこかへ出かけた。もどってきた丁稚は、荷車を引いた紀宝院の僧と一緒だった。荷車には護摩壇が積んであった。ほかに多くの風呂敷包みが積み込まれている。悪霊調伏の祈禱に必要な品々と、玄心の着替えなどを入れた包みと推察された。このことは、明六つ（午前六時）に木村又次郎らと交代して張り込んだ蔵人が、自分の眼で確認している。

玄心が和泉屋に入ってから後に起こった、玄心にかかわる動きは、この一事だけであった。

（玄心は和泉屋で祈禱をつづけている。それがゆるぎのない現実なのだ）

蔵人は、うむ、と首をひねった。

打ち毀しがあった。それもまごうことなき事実であった。その証拠に、火盗改メ同心・相田倫太郎が、裏火盗の副長・大林多聞が表の顔とする町医者の、住まいを兼ねた診療所で、打ち毀しのことを報告するために、蔵人を待ち受けているのだ。

蔵人は玄心を、打ち毀しの暴徒たちを差配する者と推考していた。人それぞれ、歩き方などに個々の癖があるものだ。差配格の雲水と玄心の動きに、多くの共通点があった。

蔵人はおのれの観察眼には自信をもっていた。剣の勝負は、相手の動きを見極めることから始まる。敵の些細な動きひとつを、見落とすか見いだすかで勝敗が決することもあるのだ。蔵人は、剣技の錬磨を通じて人の動きを鑑識する力を身につけている、との自負を持っていた。その自信が、いま、揺らいでいる。

玄心と打ち毀しの場で目撃した雲水は、別人なのかもしれない。しかし、蔵人には、別人とはっきり言い切れるほどの、証はもたらされていなかった。

蔵人は、すべては相田倫太郎の話を聞いてからのことだと思い直した。画材を包みこんだ風呂敷包みを小脇に抱え、蔵人は悠然と立ち上がった。

相田倫太郎は、診療所の奥座敷へ入ってきた蔵人を振りかえるなり、

「今日は『探索に乗り出す』との返答をいただくまで、この場を動きませぬ」

と告げた。

蔵人はそのことには応えず、相田と向かい合って坐り、問いかけた。

「昨夜起こった打ち毀しのこと、聞かせてもらいたい」

相田は、

「調べあげた範囲のことでござるが」

と前置きし、語りだした。

打ち毀しにあったのは、蔵前（くらまえ）の米問屋［上総屋（かずさや）］で、蔵に所蔵してあった米俵三十二俵と金五百余両を奪われていた。暴徒に手向かった、住みこみの番頭と手代が、脇差で肩先と背中を斬られて大怪我を負ったが、

「抵抗しなければ危害はくわえない」

と告げた雲水のことばに、番頭と手代が、血飛沫（ちしぶき）を上げて倒れたさまを見せつけられて脅えきった上総屋の主人が、

「命だけは」

とすがり、命じられるまま家人、奉公人同士でたがいに相手を縛りあってしたがったため、ほかの者はかすり傷ていどのことで終わっていた。

「雲水が打ち毀しにくわわっていたのだな」

蔵人の問いかけに相田が応えた。

「いままで起きた打ち毀し騒ぎと同じで、雲水が三人いたそうでございます」

「そのうちのひとりが打ち毀しの差配をしていたのか」

「左様で。あと浪人者が六人ほど。無宿人とおもわれる者たちが、三十人ほどいたそうでございます」

「雲水が、三人いたか……」

蔵人はそういって腕を組んだ。沈思するときの蔵人の癖であった。

「たしかに三人の雲水が……そのことに、どのような意味あいが」

いいかけて相田は口を噤んだ。眼を閉じた蔵人が、相田の問いかけに耳を傾けている様子がないことに気づいたからだった。相田は不満げに眉を顰めた。蔵人には、そんな相田を気にとめる気配すらなかった。黙考をつづけている。

気まずさがその場を支配していた。

ややあって、

「いまのままで、よかろう」

蔵人は、ぽつりと呟いた。自分に言い聞かせるような物言いであった。

事実、蔵人は迷走したおのれを恥じていた。並大抵の鍛錬ではなかった。人の動きを鑑識するおれの眼力に狂いはない。蔵人は、おのれのこころにそう問いかけ、

「おのれを、信じる」

と覚悟を決めたのだった。

(間違ったと覚ったら、もう一度やりなおせばいいのだ。探索とはつねにそういうものだ。この世に完璧などということはない。網代笠と覆面で厳重に顔を隠した雲水なら、代役はいかようにも立てられる。玄心のかわりにだれかが、此度の打ち毀しの差配をつとめたということは、十分あり得る)

蔵人には、つねに完璧を求めるところがあった。完璧を求めるこころと、事の達成を急ぐこころがせめぎあって、焦りを生む。蔵人は、日々の暮らしを重ねるにつれて棲みついた、無意識のうちに取りこまれていく、おのれの思考の癖をあらためて顧みたのだった。蔵人は相田を真っ直ぐに見つめた。その眼には、相田が一瞬たじろぐほどの強いものが籠もっていた。

「長谷川様宛に書付をしたためる。それを長谷川様にあらためていただき、『委細任せる』なり『好きにしてよい』との返答をいただいたら、石島殿と会う段取りをととのえてもらいたい」

相田の眼に煌めきが宿った。

「それでは、御出馬いただけるので」

「まだわからぬ。すべて長谷川様次第のことだ」

蔵人は雪絵を呼び筆、硯と紙を持ってくるように命じた。

蔵人は墨痕鮮やかに、巻紙に筆を走らせた。

［長谷川様の意を汲み、石島殿への遠慮もあって、諸々の探索に手をこまねいてまいりましたが、もはやその時は過ぎたと判断いたし候。この上は石島殿と面談し、探索に仕掛かる旨通告いたす所存。この書付を託した相田殿に、長谷川様の御意向お伝えいただきたく願い上げ候。返答承り次第、動き始める所存にてござ候　結城蔵人」

書き上げた書付を折り畳んだ蔵人は、相田に向き直った。

「相田殿、済まぬが事は急を要する。長谷川様をどこぞでつかまえ、『任せる』との返答であれば、石島殿の都合を聞いて、その足でここへ戻ってきてほしい。私はどこへでも出向く。石島殿の指示に従う。が、これだけは守っていただきたい。石島殿とは今夜のうちに談判したいのだ。時を無為に使いたくないでな」

「さっそく大車輪の働きをいたしましょうぞ」

相田は幼さの残る丸い顔を紅潮させ、破顔一笑した。

四

平蔵の返答は書付を書き終えたときに、すでに蔵人には分かっていた。平蔵なら、蔵人が文面に秘めた、

「探索に乗り出す」

との強い意志を読みとるはずであった。平蔵の指示に、はじめて口をはさんだ蔵人のおもいを、平蔵が汲み取れぬはずはなかった。おそらく平蔵は相田に、

「委細任せると結城につたえよ」

と返答するに相違ない。あとは石島の気持にまかせるしかなかった。此度の蔵人の申し入れを石島が拒否し、

「打ち毀しの探索、あくまでも身共の手で為し得る覚悟」

と頑張れば、

(それはそれでもいいではないか)

と蔵人は考えていた。が、石島がその覚悟を固めたときは、

(うまく事が運ばぬときは、石島殿はそれなりの責めを負うことになる)

と推断していた。が、万が一にも、

（それは、あるまい）

と蔵人はみていた。

石島は面子にこだわる人物である。が、それはあくまで、おのれの傷つかぬ範囲でのことで、

［すべての責任をおのれがかぶる］

事態に陥ることだけは、懸命に避けてとおる気質であることは、明白であった。

蔵人はもちろん相田ら火盗改メの同心、配下の者たちのほとんどが、石島のその気質を見抜いていた。反面、石島は平蔵の意に沿うためには、必死の努力をする。

平蔵からすれば、

「石島の、ただひたすらわしの意向に従おうとする務めぶり、それなりに使いようがあるのじゃ」

と、役に立つ点もあっての重用であった。が、蔵人の活躍が石島に、

「御頭が結城殿を贔屓（ひいき）になされておる。このままでは身共の立場が危うい」

との疑心暗鬼を抱かせ、

「負けてたまるか」

との敵愾心を沸きたたせて、

「打ち毀しの探索、身共の手で」

と、頑固に意地を張りとおす結果を生んだのだった。

(おれの申し入れ、石島殿にも助け船となりうるはず)

蔵人はそう判断していた。

案の定、暮六つ(午後六時)すぎに多聞の診療所に戻ってきた相田は、幸い平蔵が、清水門外の火付盗賊改方の役宅におり、蔵人から預かった書付を一読するなり、

「御頭は『結城に任せる』と、即座に仰いました。それゆえ身共は、石島様に御頭の意向をつたえ、結城殿と談判いたされたくと申し上げたところ」

石島は不機嫌を露わに、眉間に皺を寄せて横を向き、しばし黙り込んだという。が、それもわずかのこと……。

石島は大仰に溜息をつき、

「御用繁多の折りなれど、結城殿が是非にも会いたいというのなら、仕方がない」

と渋々の体を装って、

「船宿水月にて宵の五つ半に」

と告げたという。

相田は愛嬌(あいきょう)たっぷりの顔におよそ不似合いな、皮肉げな笑みを浮かべ、

「そういった石島様の顔には、何やらほっと安堵(あんど)の色が浮かびましたので。日頃見慣れた石島様の顔に出た、こころのうつろいぶり、めったなことで見誤るものではございませぬ」

と得意げに低い鼻をうごめかした。


蔵人が相田とともに船宿水月に到着したとき、すでに石島は、神田川に面した二階の座敷で、ひとり盃を傾けていた。まだ宵五つ半（午後九時）には、かなりの時を残していた。和泉屋の張込みから戻っていた仁七がいうには、石島は、

「宵五つには来られました。着くなり『酒と肴(さかな)を用意してくれ。膳はわしひとりの分でよい』といわれて。いつになく妙にご機嫌がよろしいご様子で」

と唇を歪めて、片頬を笑みくずした。

座敷に入った蔵人を一瞥(いちべつ)した石島は一言、

「ご苦労」

と吐き捨てた。

床の間を背にして石島は坐っている。蔵人は、自然と下座に坐るかたちになった。蔵人の傍らに相田が控えた。

石島は、それから後、一言もことばを発しなかった。膳に置かれた魚の煮付けを口に運び、銚子（ちょうし）から猪口（ちょこ）に酒を注いで、ひとり飲み干した。蔵人と相田のために仁七を呼び、酒と肴を用意させようとの素振りは、毛ほども見せなかった。

蔵人は黙って坐している。相田は怒りを懸命に押さえていた。膝に置いた手が固く握りしめられ、小刻みに震えていた。

石島の前に置かれた膳の脇には、すでに飲み干したとみえる、五本の銚子が転がっていた。

六本目の銚子が空になったのか、石島は耳もとで揺すった。膳の脇に銚子を置き、手を叩いた。

ほどなく仁七がお苑（その）とともに、肴を載せた膳を二つと、銚子を三本用意してきた。仁七の女房同然のお苑が、膳を蔵人と相田の前に置いた。仁七は石島に酌をし、銚子の一本を石島の前の膳に置いて、蔵人を振り向いた。

「長谷川さまから、結城さまと相田さまもいらっしゃるから、そのときはたらふく飲み食いさせてくれ、との書付がとどいております。酒と肴、ご遠慮なくお申し付けください」

そういって仁七は、にやりと薄笑いを浮かべた。仁七のいったことは、すべて嘘であった。そのことは仁七の悪戯(いたずら)っ子のような、からかい半分の目つきから、すぐに分かった。平蔵から書付など届いているはずがなかった。蔵人と石島がどこであうのか、平蔵が知るよしもなかった。知らない者が書付を届けられるはずがないのだ。

が、平蔵の名を聞いた途端、猪口を傾ける石島の手が、ぴたりと止まった。

相田が俯いた。相田が笑いを噛み殺しているのを、蔵人は横目でとらえていた。

「御頭から話を聞いた」

石島が視線を宙に浮かせながら、いった。蔵人の顔も見たくない、との気持を露骨に表した所作だった。

蔵人は、石島のそのことばから、あらかじめ平蔵が、蔵人に探索を始めさせる旨を石島に告げたことを察した。いつもながらの平蔵の気配りに、

(ありがたいことだ)

と、蔵人は感じ入っていた。

が、石島の尊大な対応に、蔵人もいささか臍(へそ)を曲げていた。

「どのようなお話でございましたか」

蔵人はとぼけて、何も知らぬ振りを装った。石島が怪訝(けげん)な顔つきを見せた。

蔵人は黙したまま、石島を見つめている。石島が、間を持て余して銚子を取り上げ、猪口に酒を注いだ。膳に置いた銚子に、視線を向けたままいった。

「御頭は『結城は閑(ひま)を持て余しておる。手助けにもなるまいが、打ち毀しや逃亡した寄場人足どもの探索の手勢にくわえてやれ』と仰ったのだ。身共の手配りで十分事は落着できるのだが、御頭の肝煎りでは仕方がない。今後は勝手に探索されるがよい」

一気に酒を飲み干した石島は、あくまで蔵人と、視線をあわそうとしなかった。

蔵人は動じなかった。後々に備えて、押さえるべきところは押さえねばならなかった。

「委細承知仕った。今まで同様、相田殿に火盗改メとのつなぎ役として働いていただき、これまで探索なされた調書(しらべがき)などを、差し向ける裏火盗の者に読ませていただきたい」

「すべて相田と打ち合わせられよ」

石島はそれだけいうと、後は口を開こうとしなかった。出された肴を食し、七

本目の銚子を空にすると、

「明日も多忙でござる。これにて御免」

脇においた刀に手を伸ばし、やおら立ち上がった。石島は顔にはでないが、さほど酒に強い質ではないようだった。わずかに足をふらつかせながら、座敷を出ていく石島を、軽く頭を下げて見送った蔵人は、

（これでよし。向後は憚ることなく探索にはげむことができる。石島殿は、はっきりとけじめをつけておかねば、禍根の種となりうる相手。面倒の根は、事に仕掛かる前に断ち切っておかねばならぬ）

そう心中で呟いていた。

五

翌日、蔵人は柴田源之進を、火盗改メの役宅へ出向かせた。

「探索の成果は、無きにひとしい有様でござる。調書は日々どのような動きをしたかを記したのみの、読むに値しない代物で」

と、石島が立ち去ったあと、相田が口にしたが蔵人は、

（たとえ無意味な動きとみえても、探索の結果判明したもののなかに、事件の流れが推定できるものがあるかもしれぬ）

と考えていた。

夜回りから戻った柴田は、待ち受けていた蔵人の指示に、厭な顔ひとつせず、

「それがしにしか出来ぬことでござれば」

とわずかの仮眠をとったのち、朝の五つ（午前八時）には、清水門外に着くように、吉原田圃沿いの住まいから出かけていった。

蔵人も、本来なら明六つ（午前六時）と定めた、和泉屋の張込みの交代に向かわねばならなかった。が、柴田との連絡に時を費やした蔵人が、貞岸寺裏の住まいを出たのは、明六つ半（午前七時）を少し過ぎたころであった。蔵人が遅れることは、昨夜仁七につたえておいた。木村と晋作が住まいに戻らぬところをみると、仁七から蔵人の遅延を聞かされたにもかかわらず、眠い目をこすりながら、張込みをつづけ、蔵人の到着を待っているものとおもわれた。

蔵人はできうるかぎりの早足で、三十間堀へ急いだ。木村も晋作も、連夜の張込みで疲れきっているはずであった。定められた時が狂うと、疲れも倍加するものだ。半刻（一時間）たらずの仮眠しかとっていない蔵人も、疲れていた。が、

蔵人は、おのれのこと以上に、木村と晋作の躰を気づかっていた。

木村は蔵人の姿を見いだすと、堀川の河岸際の、舫杭(もやいぐい)に繋いであった小舟のなかから身を起こした。晋作もまた、別の舫杭に繋留してある小舟から、河岸へ降り立っていた。ふたりは夜になると動きを止める小舟の持主に、

「夜釣りをする」

との理由をつけ、夜の間だけ、舟を借りうけていた。木村と晋作は筵(むしろ)をかぶって小舟のなかに身をひそめ、和泉屋を張り込んでいるのだ。

本来なら明六つには動き出す小舟であった。が、幸いなことにこの日は荷運びの仕事がなかったらしい。

蔵人は、河岸の立木の根もとに腰を下ろし、風呂敷包みを解いて画材をとりだした。画帳をひろげて絵筆を走らせる。蔵人はおのれの意外な一面に驚いていた。絵を描くことが、楽しくてならないのだ。ついつい三十間堀の風景を描くことに夢中になって、張込みをしているのを、忘れてしまうこともしばしばだった。

「好きこそ物の上手なれ」

と諺(ことわざ)にあるように、このごろでは蔵人の描いてきた絵を眺めては、

「かなりの上達ぶり」

と、お世辞でもない口調で、雪絵が評するほどの出来映えとなっていた。

時の鐘が真昼九つ（正午）を告げ、荷揚げなどにはげんでいた人夫たちが、仕事の手を休めて、道脇などへ腰を下ろして昼飯を食べ始めた。蔵人も持参の竹の皮包みを開いて、雪絵のこころづくしの握り飯を食した。

昼餉を終えた蔵人は再び絵筆をとり、画帳にむかった。三十間堀を行き交う荷を積んだ舟と棹(さお)を操る船頭たちの姿、荷揚げで立ち働く人夫たち。そこには生き生きとした力が漲(みなぎ)っていた。蔵人は絵筆を走らせながら、おもうがままに舟を操る船頭の躰の動きに、すこしの無駄もないことを見いだし、感嘆すら覚えていた。ぎこちなく舟をすすませる船頭の動きには、当然のことながら、余計な動作が多いことにも気づいていた。

（剣も櫓(ろ)も、おのれのおもうがままに操る域に達するには、なまなかな修業では出来ぬことなのだ。武芸、芸能、操船など躰を使って為すことは、すべて無駄な動きをなくすということに尽きるのかもしれぬ）

蔵人は、おのれが修練を積み重ねてきた、鞍馬古流の奥伝の技の数々をおもいうかべた。花舞(はなまい)の太刀(たち)、流葉(ながれば)の剣……あらためて振りかえると、おのれの動きの無駄、いらぬ力を込めた太刀の返しなどに気づき、

（まだまだ未熟……）

とおもいしらされるのだった。

蔵人の思考が、こころに澱となって残っている、玄心と打ち毀しの暴徒たちを差配する雲水との、動きの対比へと推移していったのは、当然の成り行きだったのかもしれない。何度脳裏におもいうかべても、

（玄心と、あのときの差配格の雲水とは同一人物）

との結論に達するのだ。

だとすると、上総屋の打ち毀しを差配していた雲水は、玄心以外の者ということになり、打ち毀しを差配する雲水が何人かいる、という結論になる。また、打ち毀しを仕掛ける者たちが、打ち毀しごとに違っている場合もある。

蔵人が沈思の淵へ沈み込んでいったそのとき……。

突然、甲高い笑い声が響き渡った。正気のものとはおもえない、何やら妖気じみた高笑いだった。振り向くと、男が、見えぬ何者かを指差すように片手を掲げて、和泉屋から飛び出してきた。男の目は血走り、口の端から涎がだらしなく垂れ落ちている。

蔵人は眼を凝らした。形相が変わっているが、男は和泉屋の主人庄吉に相違な

かった。庄吉は草履を履いていなかった。足袋のまま外へ飛び出してきた庄吉は、あちこちを指さしてはわめき立て、哄笑した。和泉屋庄吉は、誰が見ても、狐か、あるいは得体の知れぬよからぬ獣の悪霊に憑かれて、こころに異常をきたした者としか見えなかった。

蔵人の耳に、かつて仁七から聞かされたことばが甦った。

「玄心は狐を憑けている、との噂を数人から聞き込みましたんで」

和泉屋庄吉の狂態は、まさしく、

「狐憑き」

の様相そのものであった。

蔵人は急いで画材を風呂敷にくるみ、小脇に抱えて立ち上がった。

庄吉は中天に視線を泳がせては、見えぬ何者かを指さし、わけの分からぬことばを口走っていた。その庄吉を追って、和泉屋から玄心が駆け出て来た。

「悪霊退散、悪霊調伏」

吠えるなり玄心は、手にした大数珠で、したたかに和泉屋庄吉を打ち据えた。

悲鳴を上げて逃げまどう庄吉に、玄心は大数珠の強打をくわえつづけた。

「お助けを。お許しを」

大数珠に連打される痛みに、地面に倒れ伏した和泉屋庄吉は、頭を抱えて躰を丸めた。やがて、気を失ったのか動かなくなった。

「気絶した擬態をしおって。笑止。その手には乗らぬ。狐め、去ね。調伏」

大数珠を振り上げた玄心の手が、一瞬止まった。

「お止めなさい。これ以上の折檻は無用」

通りに片膝をつき、和泉屋を抱きかかえてかばった浪人がいた。

安積新九郎であった。

「新九郎」

遠巻きの野次馬にまじって、事の成り行きを見やっていた蔵人は驚愕した。安積新九郎は夜回り明けで、吉原田圃近くの住まいで休んでいるはずであった。蔵人が察するに、ともに夜、江戸の町々を見回った柴田源之進が蔵人の命を受け、調べのため、清水門外の火盗改メの役宅へ出かけたことを知った新九郎は、おのれひとりが休養することに後ろめたさを覚え、

(密かに和泉屋を張り込む)

とおもい定めて、三十間堀まで出向いてきたものとみえた。

「その者に触れるでない。狐が乗り移るぞ」

怒号を発した玄心は、背後で立ち竦む番頭ら奉公人たちを振り向いて、声高く告げた。

「この家に取り憑いていた狐は、和泉屋に乗り移った。悪霊・魔物を退治することはできぬ。悪霊は地中か大岩を器として、そのなかに封じ込めるが、人智の為しうる精一杯のことなのじゃ。ために、やむを得ず、この家についた狐を主人に移し替えた。もう一度狐を、主人から拙僧の寄留する紀宝院境内の土中に移して、封じ込めねばならぬ。この家ではおもうように祈禱が出来ぬ。和泉屋庄吉を、千駄ヶ谷は明泉寺の塔頭・紀宝院へ運び込む。円尋、奉公人たちに指示して、すみやかに事を運べ。わしは呪文を唱えつづけねばならぬ。和泉屋に取り憑いた狐は、性悪の妖異ぞ。いつ抜け出て、他に害を及ぼすやもしれぬ」

奉公人たちの背後に立っていた円尋が、番頭らをかき分け、一歩すすみ出た。いつぞや迎えに出向いた丁稚とともに護摩壇など、祈禱の仏具を、荷車で運んできた紀宝院の僧であった。

「座敷へ設けた護摩壇や、諸々の仏具はいかがいたしますか」

「すべて運び出せ。事は急を要する。急げ」

玄心のことばに円尋は首肯し、番頭に告げた。

「番頭さん、手代や丁稚衆をお借りします」

「どうぞ。何人でもお使いくださいまし」

番頭は何度も何度も頭を下げた。その躰は、恐怖のためか小刻みに震えている。

新九郎を振り返った玄心が眼を剝き、睨み据えた。

「離れよと申すのが分からぬか。狐に憑かれたいか。馬鹿者」

破鐘の打ち鳴らす音に劣らぬ玄心の一喝であった。同時に、新九郎を和泉屋庄吉から引き剝がすかのように、大数珠で打ち据えた。その一撃を横転した新九郎が、かろうじて避けた。

通りに投げ出され、横たわった和泉屋庄吉の前に坐り込み、玄心が呪文を誦し始めた。

新九郎は地面に腰を落とした、横転したときのままの体勢で、呆然と玄心を見つめている。玄心の気迫に圧されたまま、抜け出せぬ有様にあるのは明らかであった。

蔵人は、みるべきものはみていた。玄心が大上段から振り下ろした大数珠には、岩をも砕く速さと強さがあった。

(玄心は、武術でも達人の域に達した者とみた。まこと、仏門に帰依した、ただ

の修行僧であろうか）

蔵人は、尾行したときのことをおもい起こした。一分の隙も見いだせない後ろ姿であった。

（玄心の実体、何者ぞ）

心中で呻いた蔵人は、玄心を瞠目した。

玄心は、大数珠を両掌に巻きつけ、一意専心に破魔、調伏の呪文を唱えつづけていた。

第三章　褒貶

一

鈴杵を振って、悪霊払いの鈴音を高鳴らす円尋を先導役に、和泉屋庄吉を縛りつけた荷車を、数名の手代と丁稚に引かせた玄心は、庄吉の脇に張りつき、大数珠を巻きつけた手を胸前に置いて、呪文を唱えつづけた。見え隠れに蔵人が、少し離れて仁七が、さらに新九郎が尾行していく。

土橋から外堀へ抜けた玄心の一行は、どこに寄り道することもなく、千駄ヶ谷へ向かった。その間、玄心は呪文を誦しつづけ、円尋は鈴音を響かせつづけた。明泉寺の総門をくぐった玄心たちは、塔頭・紀宝院へすすんでいく。蔵人は玄心一行の姿が、紀宝院へ消え去るまで見届け、踵を返した。

明泉寺から戻ってきた蔵人を、仁七と新九郎が、それぞれ風景に見とれているような風で待ち受けていた。蔵人の姿を見出すとさりげなく歩き出す。尾行がついているかどうかの見極めがつくまで、蔵人たちは距離をおいて歩き、たがいに知らぬ振りを装っていた。

外堀に沿った通りへ出たところで仁七が立ち止まり、蔵人を待った。尾行がないことをはっきりと感じとった上での動きであった。新九郎が仁七のもとへ駆け寄ってきた。

蔵人が合流し、三人並んで歩き出した。蔵人も、仁七も、新九郎もまた、おのれの思考にとらわれ、黙々と歩みをすすめるのみであった。

しばらく行って幸橋御門へさしかかったとき、新九郎がぼそりと呟いた。

「あの臭い、どこかで嗅いだ気がする……」

新九郎の独り言を、蔵人が聞き咎めて立ち止まった。新九郎を振り向いた。

「臭い？　何の臭いだ」

「さきほど通りで、倒れた和泉屋の主人を抱きかかえたとき、主人の躰から、いや、吐きだした息に混じっていた臭いが、以前嗅いだ何かの臭いとよく似ているような」

新九郎は、そこでことばをきった。首を傾げている。

ややあって……。

新九郎が、はっ、と眼を上げた。何かを思いだした様子だった。

「吉野だ」

「吉野？」

蔵人が、鸚鵡（おうむ）返しに問うた。

「吉野にいた当時のことです。皇神道（すめらぎしんとう）流の稽古は荒いもので、怪我は当たり前といった有様でした。稽古の合間をみはからっては、兄弟弟子の修験者が、治療に用いる薬草を求めて、山中深く踏み入ったものです。それら採取してきた薬草を煮詰めて傷口に塗布したり、化膿を防ぐために、煎じて飲み薬にしたのですが、それらの薬草のどれかと臭いが酷似しているのです」

「薬草の臭い、とな」

蔵人が、うむ、と首を捻った。

「安積さん、何とかその薬草の名、おもいだしてくださいな」

仁七が、焦（じ）れたようにいった。

「それが、どうも、おもいだせんのだ。すまん」

新九郎が申し訳なさそうに、軽く頭を下げた。

「その臭い、もう一度嗅ぐことがあれば、しかと特定できる自信があるか」

蔵人の問いかけに、

「山中には道などありません。道なき道を辿るには、風の流れに乗った木々や花々の臭い、鳥のさえずりの合間に洩れ聞こえる谷川のせせらぎの音、水の香りなどを道標として進まねばなりません。ために山育ちの者は、自然と嗅覚が鍛えられます。臭いに敏感でないと生きていけない場所、それが深山なのです。まず間違えることはありません」

新九郎が蔵人を正面から見つめて、応えた。自信に満ちたありようだった。

蔵人は、新九郎の強い視線をやんわりと受けて、告げた。

「その薬草、ひょっとしたら、人のこころを乱す効能も持つものかもしれぬ」

「それじゃ、玄心の狐憑きは、種も仕掛けもあるものだとおっしゃるんで」

おもわず発した仁七の声がたかぶっている。蔵人から告げられたことにたいする驚きがその音骨(おとぼね)にあった。

「まだ、わからぬ。玄心が全身から発する気、堂々たる物腰などからみて、ほんものの霊力を身につけている類希(たぐいまれ)なる僧だともおもえる。しかし、おれは、この世に理に叶わぬ不思議など、あるはずがないとおもっている。そのおもいが、玄心の狐憑けには、かならず仕掛けがあると疑念を抱かせるのだ」

仁七と新九郎が黙り込んだ。どう応じていいか、判じかねている顔つきだった。説明できぬ不思議はたしかに存在する。蔵人も、それらの不思議を否定するつもりはなかった。

新九郎がおずおずと蔵人を見た。何かいいたいのだが、口に出していいかどうか迷っている顔つきだった。蔵人が片頬に微かに笑みを浮かして、新九郎に目線をくれた。

「どうした、新九郎。遠慮はいらん。いいたいことがあったらいえ」

新九郎が笑みをかえした。

「私が生まれ育った金峯山(きんぷせん)は、山上ケ岳、金(かね)の御岳(みたけ)などの峻険な峰々がつらなる一帯で、修験道の開祖といわれる役行者(えんのぎょうじゃ)が創建した、権現蔵王堂(ごんげんざおうどう)はじめ数々の古刹、神社が点在しているところです。世の常、理屈にあわぬ不思議には不足しない土地柄で」

「発する気から判断して玄心の霊力、なかなかのもの。仕掛けなどあろうはずがないといいたいのだな」

蔵人のことばに新九郎は首肯し、

「吉野、熊野で修行を積む修験者たちを束ねる高僧と、膝をまじえて問答を交わしたこともあります。大数珠を振りかざし、私を和泉屋の主人から引き離したときの玄心の様、それらの高僧たちにもひけをとらぬ気の持主と判じております」

蔵人は黙している。が、その沈黙は、決して不機嫌が生みだしたものではなかった。そのことは、穏やかさをたたえた蔵人の眼が物語っていた。

仁七が横合いから口をはさんだ。

「元禄の昔に、夫・田宮伊右衛門に無惨に謀殺されたことを怨み、亡霊となってこれを呪い殺した、四谷稲荷に祀られたお岩さんの怪異談、本所七不思議の怪奇噺。いろいろありやすが、いいつたえられてきた怪談話は、摩訶不思議な、何の仕掛けもねえ話だとおもうんですがね」

蔵人は仁七をみやった。その眼に悪戯っぽいものが含まれていた。

「仁七。その手の話ならおれも知っている。叛乱を起こしてとらえられ、処刑されて、京の五条河原にさらされた首が『骸を返せ』と夜な夜な怪光を発して叫び、はるか東国まで飛んだが、ついに力尽きて落ちた、といいつたえられる平将門公の怨霊話。その平将門公の首が落下したところは、いま平将門公塚の建立されている場所だそうだ」

蔵人の面に微笑みがあった。

仁七も新九郎も、蔵人の微笑に誘いこまれ、おもわず微かな笑みを浮かべた。

が、それも一瞬――。

微笑みを消して、蔵人がいった。

「だがな」

仁七と新九郎が身構えた顔つきとなった。

「おれは、おのれが直に見たことと、聞いたこと以外は信じないことにしている。裏火盗の任に就いてからは、とくにそうこころがけている」

蔵人はそこでことばを切って、仁七と新九郎に視線を注いだ。

「和泉屋の店先で、おれはたしかに、狐に憑かれたとおもわれる和泉屋の主人を見た。しかし、おれは玄心がおのれに備わった霊力を駆使して、和泉屋の主人に狐を憑けるところを見たわけではない」

低いが、揺るぎない信念と厳しさを秘めた、蔵人の声音であった。

沈黙が、その場を支配した。

ややあって……。

仁七が口を開いた。

「わかりやした。玄心の狐憑け、種があるものとして探索に仕掛かりやす」

「私も、御頭のお言葉を肝に銘じて、おのが眼で見、耳で聞いたことのみを事実としてとらえるようこころがけます」

おのれを戒めるかのような新九郎のことばだった。

「玄心の動きよう、おれには何らかの深謀があってのこと、としかおもえぬ。おれのやぶにらみかもしれぬ。が、疑わしきはとことん調べあげ、疑いを晴らすか、あるいは裏に潜む悪事を暴き立てて、これを処断するのが裏火盗の務め、おれの務めだと、かたく信じているのだ」

そういって蔵人は、中天に眼を据えた。

すでに空は茜色に染まっていた。塒へ帰るのか、鳥が群れをなして西空へ向かっていた。沈みかけた夕陽に、黒点と化した鳥たちが吸い込まれていく。

山影に夕陽が姿を消し、陽光が、黒々と翳った山々の背後から残滓を未練げに赤々と燃え立たせた。その光も一気に失われ、わずかののちには黒味を深めていった。

まもなく、夜であった。

二

柴田源之進が、清水門外の火盗改メの役宅へ出向いて、調べあげてきた調書には、相田倫太郎がいったとおり、探索の手がかりとなるものは、見あたらなかった。

が、

「責務の違い」

を理由として、石島が真剣に探索する気がなかった証か、調書にわずかしか記されていなかった、火事騒ぎで逃亡した、石川島人足寄場の人足たちの人別を記した箇所に、蔵人の眼を引くものがあった。

秩父無宿　留吉。川越無宿　吉蔵。……

逃亡した十六人の人足のうち、五人までが武州無宿の者たちだった。

蔵人は、調書を要約して書き上げた、柴田の復申書を前に腕を組み、眼を閉じた。

蔵人の前に控える柴田は、それが蔵人の沈思するときの癖であることを、知り抜いていた。

（御頭は復申書のなかに何を見いだされたのか。おれには、火盗改メの調書のなかに、何ひとつ気にかかるものはなかった……）

柴田は、蔵人が復申書のどこに興味をもったか、そのことを聞かされることに深い興味を抱いている自分に、気づかされていた。

（探索にかかわる才気、御頭にはかなわぬ）

柴田は、蔵人が口を開くのを、ただひたすら、待った。

しばしの黙考ののち……。

蔵人が柴田に眼を向けた。

「明日、火盗改メの相田殿を訪ね、ともに石川島人足寄場へ出向いてくれぬか。相田殿と一緒のほうが詮議する上で、何かと動きやすかろうとおもってな」

「探索すべき事柄は？」

「逃亡した十六人の人足のなかに、武州無宿の者が五人含まれている」

そう聞かされた柴田が、一瞬眼を上げ、ふむ、と息を呑んだ。たしかに、探索にかかわる者としては、不審を抱かねばならぬ事柄だった。柴田は、おのれの見落としを恥じた。が、そのことの何を調べねばならぬのか、柴田にはわからなかった。

「十六人のうちの五人とは、たしかに、武州無宿の者の数が多すぎる気もしますが、そのことの何を吟味すればよろしいので」

我ながら間の抜けた問いかけをしたものだ、と柴田は重ねて、おのれの不明を恥じた。

蔵人は、柴田のそんな頓着にはまったく気づかぬ風で、告げた。

「武州無宿の者たちが、いつ石川島人足寄場へ送られたか、その罪状は何かを知りたいのだ。寄場送りが間近な時期に偏（かたよ）っているとすれば、なんらかの目論見（もくろみ）があって、寄場へ潜り込んだのではないかと、疑う余地が生じてくる」

「犯した罪のありようで、石川島人足寄場へ入り込むために、わざと悪事をはたらいたと、推察できるわけですな」

ことばを継いだ柴田に、蔵人は、

「そうだ。明朝早々、動いてくれ」

「明夜にも復申仕ります」

柴田はかすかに叩頭（こうとう）した。

柴田が引き上げたあと、蔵人は文机の前に坐った。

和泉屋の主人が発していた、臭いの元となっている薬草の探索をどう行うか。蔵人にその妙案はなかった。蔵人は薬種問屋で売っている乾燥した薬草を、はなから調べの対象から外していた。採取してきたばかりの薬草と、あらかじめ乾燥してあるものとは、煎じたり練ったりして薬に仕上げた時に発する臭いが、違ってくる危険性がある。そう蔵人は判断したのだ。が、その手立てを何度考えても、結局は、

（怪我と化膿に効能を発する薬草を、かたっぱしから採取して飲み薬、塗り薬をつくる。その臭いを、新九郎に嗅がせて判別させる）

という方法に行きつくのだ。が、このやり方だと、

（時を費やしすぎる。また、和泉屋の主人に用いられた薬草が、江戸では見つからぬ危険性もある）

そう蔵人は危惧するのだ。目的とする薬草が懸崖（けんがい）つらなる深山、金峯山に生育しても、江戸郊外には自生していない場合もある。

（もっとたしかな、よい手立てはないものだろうか）

蔵人はそう思考し、さまざまな角度から思案するのだが、どうもはかばかしい

結果を生み出せないでいた。

和泉屋庄吉の狂態を目撃したのは、今日の昼のことである。薬草の探索は、多聞か雪絵にまかせることになるのは明らかであった。

仁七と木村には、玄心が狐を憑けたと噂のある、商家の聞込みを命じていた。新九郎と晋作には明泉寺を張り込ませ、塔頭・紀宝院で和泉屋庄吉に憑けた狐を祓う祈禱をつづけている、玄心の動向を探らせる、と手配りしてあった。

（おれは柴田の復申次第で、逃亡した人足どもを詮索することになる）

蔵人は巻紙を取りだした。文机に拡げて、いままでの探索でわかり得た事柄を書き連ねていく。

書き終え、列記したことを考究する。

つながりは何一つ見いだせなかった。しいていえば、玄心と常陸屋打ち毀しを指図していた、雲水の体つきが酷似している一事だけが、つながる事様であった。

蔵人は思案に沈んだ。

と、鳥の囀りが蔵人の耳朶をとらえた。顔を上げた蔵人の目にうつったもの。それは連子窓の明障子を白々と染めた、朝の兆しを告げるありようであった。

柴田源之進は明六つ（午前六時）に、吉原田圃に面した住まいを出た。遅くとも朝五つ（午前八時）前には、清水門外の火付盗賊改方の役宅へ着きたかった。五つに着き、役宅の長屋に住まう相田倫太郎を訪ね、支度を急がせれば何とか昼四つ（午前十時）には、本湊町の揚場で舟を仕立て、石川島人足寄場へ渡ることが出来る。柴田は、人足寄場での武州無宿の者たちの務めぶりも、つまびらかに聞き込みたかった。

相田は、柴田の突然の来訪におおいに驚いた。それが蔵人の指示によるものだと聞いた相田は、

「手がかりのひとつになりうることに、違いありませぬ。こうしてはおられぬ。暫時（ざんじ）お待ちくだされ」

と大慌てで、隣りに住まう同心の小柴礼三郎（こしばれいざぶろう）の住まいへ走り込み、

「結城殿からの緊急の頼み事で、石川島人足寄場へ出向くので、終日戻りませぬ。石島様に伝言願いたい。お頼み申す」

とだけつたえて、柴田ともども役宅を飛び出した。

早足で向かったためか、柴田の腹づもりよりは小半刻（三十分）ほど早く、石川島人足寄場へ渡ることができた。

すでに平蔵は寄場の役所に詰めていた。火事騒ぎに乗じて、寄場人足十六人が逃亡した一件は、少なからぬ動揺を人足たちに与えていた。露骨に反抗的な態度を見せる者も出始め、寄場からの脱出を試みようとする者まで現れた。さいわいにも人足仲間の密告により、事は未然に食い止められたが、事態を重視した平蔵は、脱出騒ぎの翌日から人足寄場へ泊まり込み、寄場の規律を建て直すべく、厳しい目を光らせていた。

柴田は、蔵人から命じられた吟味のなかみを、平蔵につたえた。蔵人が見いだした、

「逃亡した寄場人足十六人のうち五人が武州無宿」

との次第は、平蔵も気がかりなこととしてとらえていた。こころにかかりながらも、

「石川島人足寄場の運営に時をとられて、おもうにまかせぬまま時が過ぎてしまった。見るかぎり、石島は打ち毀しの詮議で手一杯の様子でな。まもなく寄場の様相も落ち着くはず。そのときに手をつけるつもりであった」

と、平蔵はまさに忸怩(じくじ)たるおもいでいたのだった。

平蔵は、火事騒ぎのときに作業場を差配していた、寄場付同心の大場武右衛門(おおばぶえもん)

を呼び、柴田と相田に当時のさまを語って聞かせるとともに、調べ事の手助けもするよう命じた。

大場からの聞き取りを終えた柴田は、逃亡した人足たちの、寄場へ送られた経緯を記した控をあらためた。

控を読み進む柴田は眼を大きく見開き、文言のひとつひとつに、食い入るように見入った。武州無宿の五人は、ここ数ヶ月の間に寄場送りになった者たちだった。しかも犯した罪はただ食いであり、茶店など食べ物を供する店での、食い物のひったくりなどの、なかば突発的なものであった。いずれも店のそばで捕まっている。それも店の主人や客の手によって取り押さえられており、さほどの抵抗もしていない様子だった。

柴田の脳裡に蔵人のことばが浮かび上がった。

「寄場送りが間近な時期に偏っているとすれば、なんらかの目論見があって、寄場へ潜り込んだのではないか」

柴田は、

（御頭の推察があたっているとすると、火事騒ぎも偶然のものではないかもしれぬ）

そう推考した。

「柴田。まだ火事騒ぎが偶然のものではなかった、と決めつけるわけにはいかぬぞ」

その夜、貞岸寺裏の住まいの座敷で、柴田の復申を聞き終えた蔵人が告げた。

「何故、そうおもわれまする」

柴田が迫った。

「火事場のさまを、調べねばならぬということよ。風の強い日だったと聞いている。そのために火のまわりが早かったという。が、はたしてそうだったのか」

蔵人の語尾が意味ありげにかすれた。おのれに問いかけているような言い回しだった。

沈黙が訪れた。

柴田は蔵人が口を開くのを、待った。

ややあって、蔵人が呼びかけた。

「柴田」

「は」

「すまぬが明日、もう一度火盗改メの役宅へ出向き、火事場の調書をあらためてきてくれ。付け火の可能性があるか否か、その一点を読みとってほしい。それと、火事の広がり方などをしめした絵図があれば、写しとってきてくれ。おれは浅草堤から聖天町、山之宿町などへ聞込みにまわる。明夜、調べの結果を聞かせてくれ」

「それがしも、火盗改メでの吟味が終わり次第、浅草堤など火事騒ぎの現場へ向かい、聞込みの手伝いなどいたしたく」

「判断にまかせる。すべては火盗改メでの調べの進捗次第。ただし、落ち合う約束はせずにおこう。相手を探すことに気をとられては、時を無駄に費やすことになる。聞込みを第一とし、復申は夜でよい」

三

蔵人は聖天町にいた。火事騒ぎの当日、作業していた石川島人足寄場の人足たちは、燃えさかる炎から逃れるべく、浅草堤から堤づたいに隅田川下流の山之宿町へ向かっていた。そのことは昨日、柴田によって、蔵人に復申されている。

あたりには、すでに町家が建ちはじめており、槌音（つちおと）があちこちから響いてくる。蔵人は何度も立ち止まり、所在なさげに工事を眺めている、商家の奉公人とおもわれる男たちに、さりげなく話しかけては、火の手があがったときの様子を聞き出した。

時の鐘が昼八つ（午後二時）を告げたころには、蔵人は、すでに十余人もの聞込みを終えていた。

それらの聞込みのなかに、蔵人に興味を抱かせるものがひとつあった。最初の火の手が聖天町の商家から上がったというのだ。

火は聖天町の町家数軒と、武家屋敷の一部を焼き、聖天宮の手前で消し止められていた。

当日、風は隅田川下流より、上流へ向かって吹いていた。だからこそ火盗改メ石川島人足寄場付同心・大場武右衛門は、下流の山之宿町から花川戸へと、人足たちを脱出させたのである。

（が、聖天町ちかくの、山之宿町の町家の数軒も焼け落ちている。……おかしい。理屈にあわぬではないか）

蔵人がそう考えても不思議はなかった。もし、最初の火の手が、浅草堤にほど近い聖天町の町家から上がったとすると、風向きからいって、山之宿町へ飛び火するはずはないのだ。

飛び火するとしたら、一時的に風向きが逆の方向へ変わったことになる。が、風向きが変わらなかった、と決めつけるわけにもいかなかった。万が一、ということもある。蔵人は山之宿町へ足を向けた。山之宿町ではじめに火を出した町家がどのあたりか、調べるつもりでいた。

山之宿町にも、聖天町と同じ風景があった。火事で焼け落ちて瓦礫(がれき)と化した家屋は跡形もなく片づけられ、新たに町家が建てられている。木材に鉋(かんな)をかけたり、柱を立てたりしている大工たちや、土壁に塗るための土練りをする、左官屋の若い衆などが、忙しく立ち働いていた。

蔵人は、ゆきずりに足を止めて工事を眺める浪人といった様子で、大工たちの世話をしている、商家の下働きなどから、火事騒ぎが起きた日のことを聞き込んだ。

数人目で、山之宿町で最初に火の手が上がった商家の丁稚に出くわした。小間物を扱うその店は、山之宿町で全焼した家々のなかでは、もっとも隅田川の下流よりのところに位置していた。

ここにいたって蔵人は、

（あの日、風向きが変わることはなかったのだ）

と確信した。

さらに、これらのことから、

（聖天町と山之宿町に付け火をした下手人が、少なくともふたりはいる）

との推定が成り立つことに、蔵人はおもいいたった。山之宿町の火事の発生が聖天町より遅れたのは、単純に、付け火をした者の段取りが狂ったにすぎない。

蔵人は、五人の武州無宿の人足たちは、火事騒ぎに乗じて逃亡するために、自ら罪を犯して、石川島人足寄場へ潜り込んだ、と推考をおしすすめた。

（誰が何のために、石川島人足寄場へ無宿者を潜入させ、出作業の現場近くで付け火をし、火事騒ぎを起こして、人足たちを逃亡せしめるとの謀略をめぐらしたのか？）

そう考えたとき、蔵人の脳裡に閃くものがあった。

［江戸の治安を乱す］

その一事こそ、謀略をめぐらした者の狙いではなかったのか。

相次ぐ打ち毀し。

本来なら狐を祓う玄心が仕掛ける、狐憑けの騒ぎ。

そして、石川島人足寄場の人足たちの、火事騒ぎに乗じた逃亡、押込み。

「その結果、『今大岡』と評される、捕物上手の長谷川様が不始末を責められ、窮地に陥(おちい)っているのだ」

蔵人は、おもわずそう呟いていた。

『今大岡』の『大岡』とは、享保(きょうほう)の頃、町火消しの制度を確立させて火災から江戸市民を守り、なおかつ多くの悪人たちを捕縛、処断し、その上、情けある「大岡裁き」で無実の者たちを救い上げて、江戸の治安を安らかにした、名奉行大岡越前守(えちぜんのかみ)忠相(ただすけ)のことである。火付盗賊改方長官・長谷川平蔵は捕物上手であるところから大岡越前守忠相以来の傑物とされ、

『今大岡』

と町人たちの間でもてはやされていた。

そうした江戸市中の風聞を、家臣に集めさせているとの噂のある、将軍補佐にして老中首座の松平定信が、平蔵が『今大岡』と評されていると聞き、

「山師で、小利口な、謀計者め。向後、人気取りのために町人を甘く取り扱うような裁決をくだせば、すべてくつがえして、おもいしらせてくれるわ」

と苦々しく言い放ち、江戸城内に詰める、吟味筋の老中直下の奥右筆の者に、

「今後長谷川平蔵より、吟味伺書の提出があったときは、記された罪より厳しき罪名に書きかえてわれらに差し出せ」

と通達したとの話を、蔵人は洩れ聞いている。火付盗賊改方の長官である長谷川平蔵自身も、検挙した下手人にたいして裁きをおこなっていたが、

「最終的な裁断は老中に伺う」

との決め事が、幕閣内には存在していた。

長谷川平蔵は、田沼意次が老中職にあった頃、引き立てられて御先手組弓頭、加役火付盗賊改方に任じられていた。田沼が、金権主義の放漫な政の責めを問われて失脚し、白河藩主松平定信が「質素倹約」を旨とする政策をひっさげて、老中首座に就任してほどなく、平蔵はいったん火付盗賊改方長官の職を解かれている。が、悪人の捕縛数がいちじるしく減少し、

「やはり火盗改メは、長谷川でなければつとまらぬのではないか」

との声が、幕閣の要人たちの間から上がり、江戸町民からも、

「安心して日々を送るには、長谷川平蔵さまに火盗改メをつとめていただくが一番」

との声々がたかまったうえ、ついには、

「長谷川こそ火盗改メの長官に最適の者」

と、十一代将軍家斉（いえなり）からも声がかかるにおよんで、定信も渋々決意し、再度平蔵を、加役火付盗賊改方に任じたとの経緯があったのだ。

松平定信は、田沼意次に重用されたにもかかわらず、敵対する立場にあった定信にも田沼時代同様仕えつづけた平蔵を、

「二君にまみえるにひとしきこと。武士にあるまじき者」

とみて嫌っていた。嫌っていながらもその有能を捨てきれず、平蔵を使いつづけたのだった。

隠居したのち、定信が記した回想録『宇下人言（うげのひとごと）』に、平蔵にかかわる記述がある。定信は、石川島人足寄場の創建によって、無宿人の数が大きく減少したことは平蔵の手柄だとその功績を認めながらも、

「この人、功利をむさぼるが故に、山師などといふ姦（かしま）しなる事もある由にて、人々あしくぞいふ」

と述べている。

「この人」とは長谷川平蔵のことである。定信は、後世に残るかもしれぬ文書に、

［山師という噂もあって、平蔵のことを人々は悪くいう］

と記しているのだ。

一時は信頼しあっている関係と見えた定信と平蔵の仲が、このところ、あまりしっくりといっていない。そのことをつねづね蔵人は感じ取っていた。定信の病的ともいえる潔癖性が、配下の者たちに、滅私奉公的な忠誠を要求していた。このの世に完璧なものは存在しない。が、書籍による机上の学問から得た知識を、おのれの思考の全基盤とする定信には、そのことを解する力がなかった。定信は完璧を要求し、それが満たされぬときは、対象となったものをこの世の害悪とみなし、これを嫌った。

定信が平蔵をうとんじはじめたのも、平蔵が、定信の意のままにならぬからであった。このままではいずれ破局のときを迎えるは必至、と、蔵人は推量していた。

此度の打ち毀し騒動、火事騒ぎによる石川島人足寄場の人足たちの逃亡、押込みとつづく不祥事が、平蔵と定信の破局の引き金とならないとは言い切れない。

（長谷川様が詰め腹を切らされる事態だけは、何としても防がねばならぬ）

蔵人は無意識のうちに、奥歯を嚙みしめていた。何の目的があってのことか知らぬが、謀略を仕掛け、悪から江戸の庶民たちを守ろうとする者たちを失脚させようと企む者にたいして、込み上げてきた怒りがさせた所作だった。謀略を仕掛ける者に、手段を選ぶことなく果たそうとする、我欲に満ちた野望があるのは明らかだった。その野望の姿かたちの欠片も、いまの蔵人には、見いだせなかった。

（野望の全貌と仕掛ける者の正体、必ず暴いてみせる）

そう心中期しながら、手がかりのひとつも摑んでいないおのれに気づかされ、切歯扼腕する蔵人であった。

貞岸寺裏の座敷で、蔵人と柴田は一枚の絵図を前に黙り込んでいた。戸障子の外は夜の無言に支配されている。時折聞こえる梟の鳴き声が、時鐘の響きかとも感じられるほどの森閑が、境内からつらなる前庭に存在していた。

絵図は、柴田が火盗改メの調書から写しとってきた、寄場人足逃亡事件が発生した日の、火事で類焼した山之宿町、聖天町の町家のありさまを描いたものであった。

焼失した町家の規模、住まいする者たちの人別などをただ記しただけの、今後の詮議には役に立ちそうもない代物だった。

柴田が溜息まじりにいった。

「石川島人足寄場の、人足の逃亡にかかわる火盗改メの詮議、体裁だけをととのえた、まさしく手抜きのものでございましたな」

蔵人が絵図から顔を上げた。

「そのことがわかっただけでもよいではないか。此度のことでは、もはや火盗改メは役に立たぬということだ。火も出さぬ、人も殺さぬ打ち毀しの詮議にも、力の入れ時期を失して、後手後手とまわったは、体裁だけをととのえれば済むともう、こころの緩みが為した結果だ。たがを締め直すには、かなりの時が必要であろうよ」

蔵人にはめずらしく、柴田が、おもわず蔵人を見直したほどの、石島にたいする痛烈な批判と棘を含んだ物言いであった。蔵人は、正直怒っていた。いやしくも火付盗賊改方長官・長谷川平蔵の留守を預かる身にありながら、蔵人にたいする依怙地から、本来の職務である探索をおろそかにした石島の罪は重い。

（それゆえ長谷川様は御老中の叱責を受け、職を、いや、ふたつとない命までをも失いかねない窮地に追い込まれておられるのだ。いま、この瞬間でも、見えざ

る敵が策謀をめぐらし、何ごとか仕掛けているかもしれぬ。時が欲しい）

蔵人は遠くを見ていた。その眼のあまりの鋭さに、柴田は圧せられ身を竦めた。

蔵人は手足をもがれた達磨同然の立場にあった。確たる手がかりは、ひとつとしておのが手中になかった。蔵人は、

（坐して、敵の動き出すを待つ）

との手立てしか思いつかなかった。

蔵人は、知らなかった。見えぬ敵が、夜陰をついて江戸の町に仕掛けをほどこしていることを。その仕掛けが、あらたな謎と混乱を招くことを、神ならぬ身の蔵人が、知る由もなかった。

四

日本橋の高札場は、無惨な晒し場と化していた。首無しの死体が横たえられ、その胸に、死体の主とおもわれる者の生首が載せられていた。一体だけでも身の毛もよだつ光景といえた。が、これでもかといわんばかりに、七体もの骸が地に転がされていた。

円陣を組んで晒された、骸の中心にあたるところに、一本の杭が立てられ、上部に打ち込まれた五寸釘に、一枚の絵馬が吊りさげられていた。絵馬には黒い桔梗(ききょう)が描かれ、その上に、

「この者ども、火事騒ぎで逃亡せし、石川島人足寄場の人足七名なり。処断の上、ここに晒す　黒桔梗」

と墨痕(ぼっこん)鮮やかに記された朱色の文字が、人の血の色を連想させて、毒々しく躍っていた。

骸を見いだしたのは払暁、魚河岸へ仕入れに出向く棒手振り(ぼてふり)の魚屋だった。同業仲間の祝言(しゅうげん)で、前日からしたたかに酒を呑み、いまだ酔いの醒(さ)めやらぬ魚屋は、いささか千鳥足の体(てい)で、日本橋へさしかかった。いつもは高札が数本立っているだけの、銭勘定にかかわる文字以外の読み書きは苦手な魚屋にとって、さほど興味を引く場所ではない、日本橋の袂(たもと)の高札場だったが、この朝ばかりは違った。

盛り上がった物の上に、何やら載っている。酒に目がない魚屋には、それが徳利に見えた。朝陽が昇る前の、深い闇の残る時刻で、ご丁寧にもこの日は、物の形もさだかに判別できないほどの、濃い靄(もや)がたちこめていた。

「酔いつぶれて、徳利を腹に載せて寝転がってやがる。あのままじゃ風邪をひか

あ。起こしてやるか」

と、親切心を起こしたのが仇になった。二日酔いの頭を軽く叩きながら近寄った、魚屋の足がとまった。徳利と見えたものが、人の首のように見えたからだ。

「まさか人の生首じゃあるめえ。鈴ヶ森の晒し場じゃあるまいし、ここは江戸のど真ん中、七つ立ちで有名な日本橋だぜ」

独り言ちながら、おずおずと数歩近づいて目を凝らした、魚屋の動きが止まった。目を大きく見開き、口もあんぐりと開けっぱなしして、躰中の力が抜けたのか、その場にへなへなと坐りこんだ。かすかに呻き声をあげたのがきっかけとなった。

「く、首だ。人殺し」

魚屋は尻をついたまま後退り、わめき立てた。

高札場近くの呉服問屋の下働きの女が、魚屋の悲鳴に気づいた。裏口から通りへ出て骸を見いだした女が店へ駆け戻り、住込みの手代を叩き起こした。

若いがしっかり者と近所で評判の手代は、評価どおりの落ち着いた行動をとった。人足たちの骸に驚いた手代だったが、慌てることなく丁稚たちに、死体の見張りを命じ、土地の自身番へ駆け込んだ。

寝ずの番をしていた番人は、高札場へ馳せ参じてまず死体をあらため、杭に吊

りさげてあった絵馬に、
［火事騒ぎで逃亡せし石川島人足寄場の人足七名］
　とあったところから、石川島人足寄場の掛かりでもある、清水門外の火付盗賊改方の役宅へ注進に及んだ。
　平蔵はまだ床の中にいた。廊下を走り来る同心の足音で目覚めた平蔵は床から出て、常衣(じょうい)に着替えた。不寝番の同心から報告を受けた平蔵は、ただちに同心小柴礼三郎と相田倫太郎を呼びつけ、小柴を石川島人足寄場へ、相田を大林多聞の診療所へ走らせた。
　その後、平蔵は自ら配下を率いて日本橋の高札場へ出向き、人足たちの骸を片づけさせた。死体はもちろんのこと、流れ出て通りに染みついたであろう人足たちの不浄の血の痕(あと)を、江戸の玄関口ともいうべき、日本橋の袂にそのまま放置しておくことは出来かねた。
　日本橋と清水門外はさほどの距離ではない。平蔵が高札場へ到着したのは、暁の七つ半（午前五時）を少し過ぎたころであった。旅人は早立ちと相場がきまっているが、番人の手配りがよかったためか、高札場のまわりにはさほどの人だかりもなかった。

平蔵はまず石島与力や配下の者たちに命じて、用意してきた戸板に骸と生首を乗せ、その上に筵をかけ、目立たぬようにして運ばせた。高札場へ居残った平蔵が、通りに流れ出たであろう人足たちの血を洗い流そうと、あらためて死体が置かれたあたりを検分したところ、

「まるで狐につままれたような気分になったものよ」

と、のちに平蔵が蔵人に語った事態にでくわすこととなる。駆けつけた平蔵は高札場に横たわる骸の前に立ったとき、

「名状しがたい、妙な感じ」

にとらわれた。いつもと違う何かが、そこには存在していた。

骸が晒されていたあたりをあらためていくうちに、妙な感じの原因がわかった。通りには本来あるべきもの、つまり、人足たちの死体から流れ出た血の痕が、残っていなかったのである。

血痕がないということは、人足たちは、高札場とは異なる場所で殺されたということにつながる。死体を、わざわざ人の目を引く高札場へ運んで晒した。その意味するところは明らかだった。

火付盗賊改方が、みずからの手配りの不始末によって逃がし、追っていたにも

かかわらず、足取りすらつかめなかった寄場人足たち十六人のうちの七人、ほぼ半数近くの者が、骸と化して晒されたのだ。まさしく、

［火盗改メの面目は丸つぶれ］

であった。

逃亡した石川島人足寄場の人足七人の死体が晒された、との知らせが、結城蔵人にとどいたのは、朝五つ（午前八時）であった。迎えに来た雪絵とともに、蔵人が大林多聞の診療所の裏口へ入ると、相田倫太郎が上がり框に坐りこんで、大きく胸をはだけ、年齢のわりには脂肪のついた小太りの躰を、手拭いでぬぐっていた。いまだに顔に汗が噴き出しているところをみると、おそらく相田は、清水門外からここ新鳥越町二丁目まで、駆け通しで来たものらしい。

相田は蔵人をみるなり、ただでも紅潮している丸顔に、さらに興奮の血の色をみなぎらせて、

「一、一大事でござる」

と声高にいった。蔵人は、

「ひとまず奥の間へ」

と声をかけ、上がり框へ足をかけた。

座敷で向かい合った蔵人に相田は、日本橋の高札場に、首と胴を切り離された、逃亡した寄場人足七人の死体が晒されたことを告げ、

「御頭が『本日暮六つ、船宿水月にて会いたい。よほどのことがなければ刻限どおり行けるとおもう。もし遅れても必ず参るゆえ、待っていてほしい』とのことでございました」

と言い添えた。

「よほどのこと」

とは、おそらく御老中からの呼び出しであろう、と蔵人は推量した。度重なる失態に、怒り心頭に達しているであろう定信と、平蔵が顔をあわせたら、

（おそらく、ただではすむまい）

が、蔵人は、面（おもて）にそのおもいを出さなかった。

「委細承知、とおつたえくだされ」

とだけ応じた。

暮六つ（午後六時）少し前に、船宿水月へ着いた蔵人を、お苑が迎えたところ

をみると、仁七はまだ、玄心にかかわる聞込みから戻っていないのだろう。蔵人のこころを一瞬、玄心がとらえた。が、いまは玄心のことにかかずらっている余裕はなかった。逃亡した寄場人足たちの死体を、これみよがしに晒した黒桔梗のことに、蔵人のおもいは奪われていた。

神田川に面した、いつも通される二階の座敷で、蔵人は平蔵を待った。

ほどなく平蔵が現れた。松平定信からは、一通の書状が届けられたという。

［日本橋高札場前に、逃亡せし寄場人足七人の死体が晒された由、聞き及び候

呼びだしあるまで、一件落着に粉骨砕身つとめられよ　定信］

と、書状には記されてあった。

「つまるところ落着するまで、わしの顔など見たくないということよ」

平蔵は口許をわずかに笑みくずした。

顔をあわせれば、癇癖の強い性格ゆえ、感情まかせのことになるかもしれぬ。ならば書面で、と定信なりに考えた上での処置、と蔵人はみた。

（御老中にはまだ、長谷川様に心配りする気持が残っている。そのこころがある間は、大きくぶつかることはあるまい）

そう蔵人は推察した。一膝すすめて平蔵へ問うた。

「骸となって晒された寄場人足たちのなかに、武州無宿の者、まじっておりましたか」

「寄場より大場を呼び、死骸を検分させたが、おらなんだ」

平蔵は、そこで口を噤んだ。うむ、とひとりうなずいて、いった。

「黒桔梗とは何者であろうか。死体を晒したからには、人足たちとどこぞでつながりをもった、ということになる」

「もともとつながっていたのかもしれませぬ」

蔵人のことばに、平蔵のおもてに訝しげなものが浮かんだ。

が、それも、一瞬のこと。

いつもの泰然自若としたさまにもどって、平蔵が問うた。

「何か、摑んだようだの」

蔵人は首肯し、聖天町から山之宿町に聞込みをかけ、寄場人足たちが逃亡した日の火事は付け火によるもの、との推論にいたった経緯を、平蔵に語ってきかせ、最後に付けくわえた。

「何の証もございませぬ。しかし、武州無宿の者たちが謀略をめぐらし、わざと捕まって、石川島人足寄場へ潜り込んだのは明らか。となると付け火をした者こそ」

「黒桔梗、か」

「おそらく武州無宿の者たちを、寄場へ送り込んだのも黒桔梗かと」

　平蔵が目を閉じた。何やら思案している様子だった。やがて、蔵人を見つめて、いった。

「黒桔梗は、なにゆえ日本橋袂の高札場に、七人の寄場人足を晒したのであろうか。その真の狙いは奈辺にあるのか。黒桔梗は、かなりの深謀遠慮をもって、行動を起こしたのではないかとおもわれるのだ。此度の騒動、どうも根深い何かがあるような気がしてならぬ」

「黒桔梗が寄場人足たちの骸を晒したは、江戸の治安を預かる、火盗改メの無力を、世に知らしめるために為したことでありましょう。日頃から、探索においては火盗改メの後塵を拝しつづける、江戸南・北両町奉行所には、さらに力なしとの不安を、町人たちに抱かせるは必定。今後さらに騒ぎを起こし、その不安を増幅させて、江戸の町々を恐怖の坩堝と化すのが狙いかと」

　蔵人のことばに、平蔵はしばし黙り込んだ。

「度重なる打ち毀し。寄場人足の逃亡、押込み。その寄場人足を惨殺し、死体を晒した黒桔梗の、向後なすであろう暗躍。手がかりひとつ得られず、なす術もなく右往左往する火盗改メと町奉行所。これだけ重なれば、町人たちの疑心暗鬼も深まろう、な」

平蔵の口をついて出たことばには、かすかな呻吟が籠もっていた。

蔵人は口を開かない。いや、発することばすら持ち合わせていなかった。蔵人もまた、闇夜に行く先をたどる星を見失い、操る櫓をも荒れ狂う波に奪われて、謎に満ち満ちた大海原に、ただただ風まかせで小舟を浮かせた、無力な漂流者のひとりに過ぎなかった。

五

寄場人足七人の骸が見いだされた日の夜、堀江町の諸国物産問屋「大黒屋」が打ち毀しにあった。

いつもの打ち毀しとは違っていた。筵旗を押し立て、大戸を壊して押し込んだ暴徒たちは、手にした棒や長脇差で家人・奉公人をひとり残らず撲殺、あるいは斬り殺して、三つの蔵を空にして引き揚げていた。奪われた金子のほどは定かではなかった。皆殺しにあったために、大黒屋に銭がいくら蓄えてあったか、知る術がなかったからである。

知らせを受けて大黒屋へ出向いたのは、与力・石島修助に率いられた、火盗改メの同心ら十数名であった。相田倫太郎もそのなかにいた。

（結城殿への復申は、詳細をきわめねばなるまい）

相田はそのことだけを考えて、念入りに捜索をつづけた。

大黒屋の屋内は凄惨の一語に尽きた。あちこちに血溜まりがあり、血飛沫が壁を染めていた。凌辱されたのか寝着の前を押し開かれ、伏せたお椀のような豊かな乳房と、黒々と繁った春草をおしげもなく剝き出して、股を大きく開いたまま絶命している、二十歳前と見える女の死体が廊下に転がっていた。その女の顔は、棒ででもめった打ちされたのか、跡形もないほどに砕かれ、血塗れとなっていた。

奥の間では、脳天を棒で叩き割られた主人とおぼしき男が、壁に背をもたれて絶命していた。

（これでは、急ぎ盗みの盗っ人どものやりようとかわらぬ）

相田は許し難いものにたいする、腹立たしささえ覚えていた。なかには骸を見慣れた相田倫太郎が吐き気を催して、あわてて口を押さえたほどの、めった打ち、なます斬りにされた、人の形もとどめぬ酷いものも幾つかあった。

検証は、昼の四つ半（午前十一時）ごろから、暮六つ（午後六時）過ぎまでつづいた。石島たちとともに、いったん役宅へ引き上げた相田だったが、休む間もなく貞岸寺裏の多聞の診療所へ向かった。


蔵人は、日本橋の高札場界隈の聞込みを終えて、住まいへ戻ったところだった。何の手がかりも得ることができなかったことに、蔵人は、かすかな疲労感さえ覚えていた。かつてないことであった。どこから手をつけてよいかわからぬほどまで、謎は広がっていた。時だけが無為に過ぎ去っていく。こうしている間にも、新たな謀がどこかで決行されているかもしれなかった。蔵人は、見落とした手がかりがあるかもしれないと、相次ぐ事件のひとつひとつを辿り始めた。

玄心。打ち毀しを指図していた雲水。和泉屋の主人の発していた臭い。逃亡した寄場人足。武州無宿の者。黒桔梗……。蔵人の頭のなかで、それらにかかわることが渦を巻いて、荒れた。蔵人の思考は混濁し、乱れに乱れた。頭が割れるほどの衝撃が、蔵人の躰の奥底から迸った。

瞬間。

眦を決して中天を見据えていた蔵人は、眩暈をおぼえ、おもわず眼を閉じていた。

そして――。

蔵人の思考は、停止した。

空白のときが、そこにあった。

ややあって……。

脈絡なく発生しつづけたとみえる事件に、ふたつの大きな流れがあることに、蔵人は気づいた。玄心、雲水、和泉屋とつながる一連と、火事場より逃亡した寄場人足、寄場へ潜り込んだとおもわれる武州無宿の者、黒桔梗とつづく経路である。

蔵人は、大きく深呼吸した。

(わかっていることからひとつひとつ解いていくしかあるまい。いまは、ひるんでいるときではない)

蔵人はおのれに言い聞かせた。

そこへ雪絵が、相田が訪ねてきたことを告げに来た。

「お顔の色が青ざめて、いつもの相田さまらしくない、ただならぬご様子で」

と雪絵が心配そうに眉を顰（しか）めた。

診療所の奥の間で、蔵人は相田倫太郎から打ち毀しの暴徒に襲われた、大黒屋のありようを細かく聞き取った。

「これはあくまでもおれの推測だが」

そう蔵人は前置きして、つづけた。

「もしかしたら大黒屋の打ち毀し、いままでの打ち毀しと違う輩（やから）がやったことかもしれぬ」

「打ち毀しを仕掛ける無宿者たちが、二組いるのではないかといわれるのですね」

「あまりにもやり方が違いすぎる。相田殿はそうはおもわれぬか」

蔵人からいわれて、相田が首を傾げた。

「たしかにそういわれればそんな気も。しかし……」

相田の面に半信半疑のおもいが露骨に表れていた。

蔵人は相田に、昨夜の、新たな動きをみせた打ち毀しが、いままでと違う別組織によってなされたと推考した根拠を、語って聞かせた。

寄場人足が逃亡した日起こった火事は、付け火の疑いがあること。逃亡した寄場人足十六人のうち五人が武州無宿の者で、ここ数ヶ月のうちに、微罪を犯して寄場送りになっており、この五人がなんらかのつながりがある、と推察できること。黒桔梗が、寄場人足たち七人を殺害できたのは、はじめからその行方を摑んでいたからではないのか。つまり、黒桔梗が隠れ場所を与えていたのではないか、とおもわれること。七体の骸を晒した高札場には、わずかの血痕もなく、いずこかわからぬが、どこぞで殺害した骸を運んできた痕跡が明らかなこと。それらに一連のつながりがあり、何者かが遠謀をめぐらしたことが、推察できること。

相田は、付け火の疑いがあることを、平蔵から聞かされていなかった。まず、そのことに驚き、蔵人のことばを一語も聞き逃すまいと身を乗りだし、聞き入った。

蔵人と相田倫太郎が話し合いをもったその夜、堀江町にほど近い、小船町(こぶなちょう)の油問屋［摂津屋(せつつや)］で、阿鼻叫喚(あびきょうかん)の地獄絵さながらの惨劇が展開されていた。打ち毀しの暴徒たちが荒れ狂い、前夜同様、家人と住込みの奉公人を皆殺しにして、ふたつの蔵に所蔵されていた油を奪って引き揚げた。

一文の銭も、摂津屋には残されていなかった。まさしく根こそぎということばが、そのままあてはまるほど空洞化された蔵や、屋内のあちこちには撲殺、斬殺された血にまみれた死体が散乱し、多数の男に凌辱されつづけたに違いないとみられる、女陰の引き裂けた、年端のいかぬ小女の、下半身を血に染めた無惨な骸まで転がっていた。

が、摂津屋には、前夜の大黒屋にはなかったものが残されていた。中庭に仲間割れしたとおもわれる、たがいの躰に長脇差を突き立てあった、ふたりの暴徒の血塗れの骸が転がっていたのである。

巻き添えをおそれて身を隠し、鳴りを潜めて騒ぎが鎮まるのを待った、隣家の店の者が一気に自身番へ走った。

寝ずの番の番人が、火盗改メの役宅と、月番の北町奉行所へ急を知らせた。

通報を受けた平蔵は、連夜起こった打ち毀しと、前夜帰邸した相田倫太郎から、

「緊急にお耳に入れたきことあり」

と深夜聞かされた。

「此度の打ち毀し、新たな一党の仕業ではないのか」

との、蔵人の推察のこともあいまって、みずから出動する意を不寝番の同心につたえた。

「御頭、押し出す支度がととのいました」

片膝をついた石島に平蔵が告げた。

「石島、此度の出行、そちは参らずともよい」

「は？」

石島の面は困惑に歪んでいた。

「そちは役宅に残り、連絡を待て。不測の事態がおこるやもしれぬ。そのための留守を預かるのじゃ。数名の手勢、残しておく」

「御役目、身命を賭して懸命に努めまする。何卒よろしゅう」

おもわず発したことばであった。その裏を、どう読みとられるかの気遣いも忘れて平伏した石島の心中は、不吉な予感におののいていた。穏やかなものではあったが、平蔵の音骨には厳しいものが潜んでいた。

（度重なる不手際、お役を奪われるかもしれない）

石島のこころは、ただそのことだけにとらわれ、震えが止まることはなかった。

役宅を出たところで平蔵は同心小柴に、石川島人足寄場へ走り、寄場付同心・大場武右衛門を、相田には、新鳥越町二丁目の貞岸寺裏へ向かい結城蔵人を、それぞれ小船町の摂津屋へ連れて来るよう命じた。相田には、

「結城には、裾細の袴に筒袖、編笠をかぶり、一見探索の手助けをする武芸者と見ゆる姿でまいれ、とつたえてくれ」

と言い添えることを忘れなかった。

結城蔵人が、相田倫太郎とともに摂津屋に到着してまもなく、大場武右衛門と小柴礼三郎が寄場より馳せ参じた。

たがいの躰を、長脇差で突き合って絶命している、打ち毀しの暴徒ふたりの顔にしげしげと見入った大場の顔に驚愕が走った。平蔵を見上げて、声高にいった。

「御頭、まさしく逃亡した寄場人足二名。間違いございません」

一瞬。

平蔵と蔵人は目線を絡み合わせた。たがいの眼が、ひとつのことばを吐きだしていた。

「急ぎ盗み同様の打ち毀しをなす輩の背後に、黒桔梗あり」

蔵人は、黒桔梗がおのれの策に溺れ、残してはならぬ寄場人足ふたりの骸を、摂津屋に止め置いた、と推断していた。火盗改メや町奉行所を挑発、嘲笑する。挑発された火盗改メら探索に携わる者たちを、焦燥(しょうそう)の淵に追い込み、詮議の目を狂わせて、混乱を生じさせる。黒桔梗の狙いはそこにある、と蔵人はみていた。

（動け）

蔵人は、心中で吠えた。

（手も足も出ぬわれらと見くびって、無用な動きを、重ねるがよい。おれは、そのひとつひとつを見定め、必ずや、黒桔梗、うぬの正体を暴き、悪の息の根、止めてみせる）

蔵人は、燃え上がる闘魂の炎が、おのれを大きく包みこむのを、しかと躰で感じとっていた。

第四章 謎語

一

摂津屋の中庭に転がっていた、仲間割れして殺し合ったとおもわれる、寄場人足ふたりは、武州無宿の者ではなかった。

大場武右衛門の記憶がさだかでなかったため、平蔵は、再度同心小柴礼三郎を石川島人足寄場へ走らせ、寄場の人別控と寄場付同心・人足小屋番差配・蔵田要助と配下の人足小屋番・井川利三郎を連れて来させた。人足小屋の監視役ともいうべき人足小屋番は、人足たちと身近に接することの多い職掌である。寄場人足の顔あらためには最適の者といえた。

蔵田と井川は、人別控と引き合わせて、骸と化した人足ふたりの顔あらためをし、

「上州無宿・三次、豆州無宿・直助に相違ありませぬ」

と平蔵に報告した。平蔵はちらと蔵人に視線を走らせたきり、ことばを発することはなかった。

が、蔵人には平蔵の意とするところはわかっていた。

逃亡した寄場人足は、残すところ七人である。高札場で死体を晒された七人と、この場に死体を放置されたふたりは、武州無宿の者ではなかった。逃亡した寄場人足のなかに、五人もいる武州無宿の者が、なぜひとりも命を失っていないのか。物事には確度というものがある。逃亡した寄場人足十六人のなかに、五人もいた武州無宿の者が、死んだ九人のなかにひとりも含まれていないのは、不自然ではないか。武州無宿の者が命を奪われない、何らかの理由があるのではないか。

そう平蔵は推測しているに違いないのだ。

蔵人は、摂津屋の屋内をくまなく探索したあと、平蔵ら火盗改メの一行とともに引きあげた。

貞岸寺裏の住まいへ蔵人がもどったのは、暮六つ半（午後七時）過ぎのことであった。境内と裏庭を仕切る叢林を折れたとき、腕を組んで濡れ縁に坐っている男の姿が目に映った。雁金の仁七だった。

蔵人を見いだしたのか、仁七は濡れ縁から立ち上がって、わずかに腰をかがめた。

仁七の和泉屋にかかわる聞込みは、かんばしくない有様だった。

「これと目星をつけた相手に聞込みをかけても、妙に口が堅くて。根ほり葉ほりしつこくやりやすと口を噤（つぐ）んで、後はだんまりってのが多くて、どうにもなりやせんや」

と仁七にはめずらしく、弱気ないいかたをした。木村のほうの聞込みも、これといってめぼしいものはない様子だ、と仁七はつけくわえた。

木村からの復申書は連夜、蔵人へとどけられていた。いずれも、

「玄心にかかわる聞込み、とりたてて復申すべき事なし　木村」

と判で押したように記されてあった。仁七のことばから察して、木村と仁七は細かにつなぎをとっているようだった。

「手柄の競いあいなど無用のこと。一件を一時でも早く落着することこそ、われら裏火盗の務め」

と、つねづね蔵人が唱えていることを、皆が守っていることがうかがえて蔵人

は、

（ありがたい）

と素直におもった。功名を焦る気持がおもいがけない失敗を招くことを、これまでの探索のさなかに、何度もおもいしらされている蔵人であった。

「気長にゆくしかあるまい。そのうち必ず話してくれる者が出てくる」

蔵人は仁七に告げた。気休めかもしれない。が、いま蔵人が仁七にかけてやれることばはそれしかなかった。

仁七は、黙って、うなずいた。蔵人に目を向けて、いった。

「旦那、おもしろい話を聞き込みましたんで」

仁七は蔵人とふたりだけのときは、いつしか、

「旦那」

と呼びかけるようになっていた。仁七なりの親しみをこめたもの、と蔵人は感じ取っていた。

人とのつきあいにおいて、身分の上下にこだわるなど実にくだらぬこと、とつねづねおもっている蔵人であった。

（あるのは、人と人とのこころの触れ合いのみ。その触れ合いのなかみこそ、大

事にすべきことがらなのだ）

蔵人はそう思い定めていた。仁七が、

「旦那」

とはじめて呼びかけたとき、蔵人は、むしろ、今まで以上の親しみを、仁七に感じたほどだった。仁七とのこころの距離は、その後も、すこしずつ狭まってきている。

「聞かせてくれ」

蔵人が柔らかな視線を仁七にくれた。

「日本橋の高札場前での、生首晒し以来、江戸の町人たちは『こんどは捕物上手の長谷川さまも、お手上げのご様子。町奉行所は、もともと捕物では火盗改メに手柄を奪われつづけの体たらく。これでは、もう御上は頼りにならない』と、戦々恐々の有様で」

仁七のいうとおり、江戸の町々は、打ち毀しに寄場人足たちの骸晒しなど、相次ぐ惨劇におののいていた。

「無宿人たちが起こす打ち毀し騒ぎが、いつまた起きるか。火事騒ぎで逃亡した、石川島人足寄場の人足どもが、何をやらかすか。すべてが藪（やぶ）の中のいまのありようでは、おちおち夜も眠られぬ」

「火盗改メは何をしている。やきがまわったとしかおもえない」

などの風聞が、蔵人の耳にも入っていた。なかには火盗改メ、江戸南・北両町奉行所の無能を露骨にののしる噂もあり、火盗改メなど、探索方に向けられる目は、日増しに冷ややかで、侮蔑（ぶべつ）を露わにしたものにかわっていた。

「そんな町人の不安を打ち消すかのように、新たな一隊が、突然、江戸府内の夜回りを始めたという按配で」

と仁七がきりだした。

「江戸市中を夜、見回っていると？　御上は、槍剣など武具を携えた者が徒党を組んで、町中を彷徨（ほうこう）することを禁じているはずだが」

　蔵人の問いかけに仁七が、

「それが町奉行所が『御助力、痛み入る』と、感謝の極みで頭を下げたという、いわくつきのお方たちなので」

と、唇を歪めたいつもの笑みを浮かべた。

「というと？」

　どういうことなのか、蔵人には咄嗟（とっさ）におもいつかなかった。

「所用で江戸に出てきていた、武州小仙波村の仙波東照宮御宮番の方々が、助力を申し出られたというわけで」

「日光東照宮、久能山東照宮とともに三大東照宮のひとつと列び称される、仙波東照宮の御宮番が『治安乱れし折り、江戸市中の夜回り、助力いたす』と、申し出たら、町奉行としては、たとえ『迷惑千万な』と心中で舌打ちを鳴らしても断るわけにはいかぬだろうな」

　蔵人のことばに首肯し、仁七がつづけた。

「夜回りに出られた、御宮番の方々の動きよう、それは規律正しいありようだそうで。町方同心の妙に気取った、だらだらした町回りのさまとは大違い、あれならきっと、打ち毀しのひとつもおさめてくださるに違いない、となかなかの前評判で」

　蔵人は、黙り込んだ。商家に立ち寄っては、これみよがしに袂を振って袖の下を露骨に無心する同心の話はよく聞く。配下の下っ引きも、上役の同心にならってか、仕切る土地のめぼしい御店に出入りしては、なにがしかのお手当をせしめて、その御店の便宜をはかってやったりしている。蔵人がみても、探索方の風紀は乱れきっている、としかおもえなかった。

その乱れに乱れた町方に、一石を投じるということであれば、仙波東照宮の御宮番が江戸市中を見回ることも意義があるように、蔵人にはおもえた。

が、蔵人には疑問におもうことがあった。御宮番ということであれば日光、久能山両東照宮同様、御上の命により仙波東照宮へ差し向けられた、旗本・御家人によって構成された、公儀の組織のはずである。それが、いくら江戸に所用で滞在しているといっても、御上の許諾を得ることなく、勝手に江戸市中の見回りなど出来るはずがないのだ。

（しかし、現実にそれがおこなわれているのだ）

仙波東照宮御宮番の一党が、幕閣の認許を得ているとは、蔵人にはおもえなかった。そう簡単に、幕閣からの裁許は下りない仕組みになっていることを、小身とはいえ、かつては直参旗本の端くれに名を連ねていた蔵人は、よく知っていた。許しをえていないとすれば、許しを得なくてもすむ理由が、何かあるはずであった。

蔵人は、仙波東照宮御宮番たちを、一度見てみたい衝動にかられた。

「仁七、仙波東照宮御宮番が市中を見回る姿、一度見てみたいものだな」

蔵人のことばに、

「旦那のそのおことば、実は、お待ちしておりやしたんで。なあに、ちょっと遠出になりますが、確実にでくわすところの目星はつけてありやす。御宮番の宿泊所、つきとめておきましたんで」

そういって仁七は、にやりと不敵な笑みを浮かべた。

二

仁七が帰ったあと、蔵人は多聞の診療所を訪ねた。和泉屋庄吉が発していた臭いのもととなる薬草が何かを、探索する手立てを思案しつづけた蔵人だったが、よい手立てを見つけだせぬまま、無為に時だけが流れていた。

（これ以上考えても、おれには、よい知恵はうかばぬ）

半ば敗北感にとらわれながらの、多聞の診療所への訪れだった。

宵五つ（午後八時）少し前だというのに、多聞はまだ患者を診（み）ていた。助手をつとめる雪絵が、蔵人が裏戸から入った物音を聞きつけて土間へ迎えに出、奥の間へ案内した。

大林多聞の医術は、表の顔を町医者とみせるための、にわか仕立てのものだった。が、生来の生真面目と誠実が、亡妻の実家が町医者だったことで、見様見真似で覚えた医術の腕を一気に開花させ、わずかの間に、

「ときどき断りなく不意に休むが、身分、貧富の隔てなく気楽に診てくれる、慈愛あふれる名医」

との評判を得るまでになっていた。蔵人は内心、多聞が町医者として過ごすことを望んでいた。

急病人や怪我人が深夜に駆け込んで来ても、多聞は厭な顔ひとつしないで診察した。そんな多聞と、多聞を信頼する患者たちの様子を見るにつけ、蔵人はそのおもいを強めていった。蔵人が多聞を、裏火盗の面々の連絡を受け、それを確実に伝達することを主たる職務とする、留守役に任じたのも、そのおもいのゆえだった。

（探索で世の悪を処断するも、病人、怪我人を癒(いや)してやることも、ともに世の人々を守る働きなのだ）

蔵人はそうもとらえていた。

最後の患者を送り出して、多聞が蔵人の前に坐ったのは、小半刻（三十分）ほどのちのことだった。

「夕餉(ゆうげ)の支度を」

と立ちかけた雪絵に、蔵人が、

「雪絵さんにもかかわりのあることだ。この場にいてくれ」

と声をかけた。

雪絵が坐り直したのを見届けた蔵人は、玄心が、祈禱によって狐を憑けたとみえる、和泉屋庄吉が発していた臭いにかかわる一切を、語って聞かせた。

口をはさむことなく、蔵人の話に聞き入っていた多聞がいった。

「御頭、何を迷っておられる。探索に無駄は付き物。話をうかがった限りでも、手がかりはあり申す」

「探索の手がかりがあると？」

蔵人が問うた。

「左様。まず新九郎の話から推察できるのは、傷を治し、化膿をおさめる効能を持つ薬草のどれかが、和泉屋の主人が発していた臭いのもと、であるということ。和泉屋の主人の狂態から推量できるのは、その薬草が、幻聴幻覚などの異常を人にもたらす効能を持つということ。この二点、すでに御頭は気づいておられるはず」

蔵人は無言で首肯した。多聞はつづけた。

「それで十分ではございませぬか」

「それは……」

どういう意味か、問いかけることばを、蔵人は呑み込んだ。多聞を見つめ、次のことばをうながした。

「われらがなすことは、傷の化膿を抑え、何人をも常軌を逸するありように追い込む効能を持つ薬草を、何種類か探し出すことでございます。そのことは『本草大鑑』なる書物を繙けば、さほどの苦労もなく、なし得ます。薬草の生育するところも『本草大鑑』には記してあります。で、まずは吉野・熊野の山中で生育し、江戸近郊でも生育しうる薬草を採取し、それらが臭いのもとに当てはまらねば、探索の範囲を拡げていく。その段取りですすめるほか、手立てはありますまい」

多聞の意見に、蔵人は黙ってうなずくしかなかった。

おのれひとりで問題を抱えすぎた、とのおもいが強い。少なくとも多聞は、蔵人より医術にかかわることでは知識が豊富だった。その知識が生みだす知恵を活用する謙虚さを、おれは忘れていたのかもしれぬ、と蔵人はおもった。

(相次ぐ事件と、次々とくりだされる謎に追い込まれ、いつのまにか焦燥にとり

こまれていたのだ）

焦っていることにも気づかぬほど、平常心を失っているおのれを、おもいしらされていた。

蔵人は、顔を上げ、雪絵に目を向けた。

「雪絵さん、和泉屋の主人が発していた臭いのもととなる薬草探し、明日からとりかかってくれ」

「わかりました。段取りは、大林さまと打ち合わせればよろしいのですね」

「そうしてくれ。多聞さんにまかせる。一日も早く、薬草を見つけだしてくれ」

「おまかせくだされ。大林多聞、正直なところ、ただ留守役のみの役向きでは、いささか不満でござりました。向後、存分に働かせていただきまする」

居住まいを正し、律義さを形に現して、深々と頭を下げた多聞の発したことばに、

（おれは、ひとりよがりの心遣いをしていたのかもしれぬ。かえって多聞さんに、気詰まりなおもいを、させていたのかもしれぬ）

心中、苦いものを噛みしめている蔵人であった。

翌日、明六つ（午前六時）に住まいを出た蔵人は、吉原田圃づたいに柴田源之進らが住まう家へ向かった。

蔵人は、柴田を、千駄ヶ谷へ玄心の張込みに出かける前につかまえ、別の任務を命じるつもりでいた。

吉原からの朝帰りか、吉原田圃越しに見える日本堤を、頬被りした男が歩いていく。馴染みの遊女と一晩しっぽりと濡れたおもいを、忘れかねているのであろうか、足を止め、吉原大門（おおもん）の傍らに立つ、風に揺れる見返り柳を振り返った男の様子に、未練が浮き出ていた。

男の仕草にちらと視線を走らせた蔵人だったが、すぐ目線をもどし、歩みをすすめた。

蔵人はぎりぎり間に合った。新九郎とともに、住まいを出ようとしていた柴田をつかまえた蔵人は、新九郎に千駄ヶ谷の明泉寺へ出向くように命じた。

夜を徹して、晋作が明泉寺を張り込んでいた。交代すると定めた時刻をずらせば、その後の探索の流れを乱す恐れが生ずる。わずかな乱れが、大きな失態を招くこともありうるのだ。蔵人は、よほどのことがないかぎり、段取りどおり物事をすすめるよう、つねづね心がけていた。

蔵人は柴田に、清水門外の火付盗賊改方の役宅へ向かい、相田倫太郎をつかまえて、ともに公儀御文庫へ出向き、仙波東照宮について書き記した書物、古文書の類を見つけだし、組織、歴史にかかわる一切を、調べ尽くしてくるように指示した。

「委細承知仕った。御頭はこれから玄心の張込みへいかれるのでは？」

「そのつもりだ」

応じた蔵人に、柴田が手にしていた風呂敷包みを差し出した。

「ならばこれをお持ちください。画材が入っております。絵好きを装って張り込むしかないところです。御頭もそのおつもりのはず。これから住まいに戻られる必要はございませぬ。この包みは引きあげの途上に、新九郎に預けてくだされ」

蔵人に否やはなかった。風呂敷包みを受け取った蔵人は、柴田に別れを告げ、明泉寺へ向かった。

ひさしぶりに張り込む明泉寺であった。塔頭・紀宝院の表門と、裏門がわりの潜門を見張れるあたりに腰をおろした蔵人は、風呂敷包みをほどき、画帳を取りだした。

紀宝院の白い塀を越して、松の大樹が枝を伸ばしている。塀の途切れたあたりが突き当たりになっており、別の塔頭の白い塀が、道の向こうを塞いで立っていた。塀の奥には、その塔頭の本堂が、雑木の間から姿をのぞかせていた。明泉寺は五坊の塔頭を擁する、そこそこの規模と格式を有する、天台宗の寺院であった。

雲ひとつない青空がひろがっていた。塔頭の屋根瓦が、強い陽射しを照り返して、黒い光をまぶしいばかりに発していた。

紀宝院から、呪文を唱える声が洩れ聞こえてくる。何度も耳を傾けた、聞き慣れた玄心のものに違いなかった。呪文が唱えられているところからみて、和泉屋庄吉に憑いた狐を祓う祈禱は、いまだにつづいているとみえた。

（玄心の動かぬ理由が奈辺にあるか。そのことを突きとめたときには、事が一挙に解明される。そんな気がしてならぬ）

ふう、と蔵人は軽く息を吐いた。おもわず入った、肩の力を抜くための所作であった。

蔵人は画帳を開き、絵筆を手にとった。

三

玄心の張込みを終えた蔵人は、新九郎と相前後して明泉寺を引きあげた。仁七とは、宵五つ（午後八時）、根岸の日光御門主御隠殿裏門近くで、待ち合わせることになっていた。

千駄ヶ谷から根岸までは、かなりの距離である。蔵人は早足で根岸へ向かったが、約定の時刻より小半刻（三十分）近く遅れてしまった。蔵人の姿を見いだして、仁七が駆け寄ってきた。

「旦那、冷や冷やしましたぜ。御宮番の御一行は、宵五つ半には判で押したように、寄留先の清蔵寺から押し出るんで」

清蔵寺は、日光御門主御隠殿からさほど離れていない、山谷堀からつらなる堀川沿いにある天台宗の寺だという。

「天台宗？」

蔵人は、玄心の寄留する明泉寺も、天台宗の寺院であることに、何やらひっかかるものを覚えた。蔵人の声音に、訝しげなものが含まれているのを感じ取った

仁七が、

「天台宗がどうかしやしたか」

　歩みをすすめながらの会話である。相手の顔が見えないだけに、微妙な感覚をつかみとれないもどかしさがあった。

「いや、玄心が寄留する塔頭・紀宝院がある明泉寺も、天台宗の寺院でな。おもわぬ符合に、偶然とはおもえぬものを感じた。ただそれだけのことだ」

　蔵人のことばを受けて、仁七も首を捻った。

「あっしにも、どうにも解せないことがあるんで。玄心は、箱根で修行したという触れ込みですが、箱根権現といやあ修験道の流れを汲むところだ。それが天台宗の明泉寺の塔頭・紀宝院に転がり込み、まるで住職みたいに我が物顔に、自由気儘にふるまっている。よくわからねえ」

　蔵人も、いわれてみれば仁七の疑いはもっともかもしれぬ、とおもった。が、役小角の創建した、吉野・山上ヶ岳に存する、修験道の総本山ともいうべき金峯山寺も、天台密教にかかわる寺院といわれている。そう辿っていくと、箱根修験道の流れにある玄心が、天台宗明泉寺の塔頭・紀宝院に寄留しているのも、不思議ではない、と蔵人はおもいなおした。

　天台宗は、比叡山延暦寺を総本山とする宗派である。奈良・東大寺で授戒した最澄が、比叡山山上に草庵を結んで修行をつづけ、のちに一乗止観院、いまの根本中堂を創建したことから始まった。

「比叡山のお山そのものが本営」

との教条から、本堂は存在しないが「三塔十六谷」といわれるように、広大な比叡山中に、数百もの修行のための構造物が点在していた。

　戦国時代、織田信長の焼討ちにあい、ほとんどの建物が焼失したが、神君徳川家康公以降、徳川家によって篤く保護され、かつての隆盛をとりもどしていた。江戸浅草の金龍山浅草寺、［善光寺参り］で有名な信州長野の善光寺も、上野寛永寺末寺の天台宗の寺院である。天台宗は、浄土宗とともに当時の庶民のなかにも根深く浸透していた宗派だった。

　が、蔵人は、これ以上、天台宗や玄心の話をつづける気はなかった。蔵人は、仁七のことばの端々から感じ取った疑問を、口に出した。

「どうやら仙波東照宮御宮番のこと、このところ追いつづけていたようだな」

「へい。追っておりやした」

　仁七は悪びれることなく応じた。仁七が、

「仙波東照宮御宮番が、夜回りを始めた」

との噂を聞き込んだのは、日本橋の高札場に、火事場から逃亡した石川島人足寄場の人足七人の死体が晒された日から、二日後のことである。調べてみると、

「夜回りを始めたのが前夜、つまり生首晒しの夜からのことで、その翌日には噂が出回っている。おかしいとおもいやせんか。噂のまわりが早すぎまさぁ」

仁七のいうとおりであった。風聞はじわじわと拡がるものだ。何者かが意図的に噂を流して歩いた、と推量してもおかしくない状況であった。仙波東照宮御宮番の評判が高まれば高まるほど、火盗改メや、江戸南・北両町奉行所への風当たりは強くなる。当然の成り行きといえた。

いずれ、仙波東照宮御宮番は所用を果たし、江戸を去る。

そのときはどうなるか？　打ち毀しの横行など、乱れきった治安への江戸町民の恐怖は、前にも増して深まるのではないのか。そう推考した蔵人は、ひとつの結論に達した。

（その不安の矛先は、治安を預かる火盗改メや奉行所の役人たちに向けられ、無能を罵られて責めを問われ、詰め腹を切らされる羽目に追い込まれるのだ）

仙波東照宮御宮番の動きは、相次ぐ打ち毀しを企てる暴徒たちのやりようと、

同じ結果をもたらすのではないのか。うがった見方であることは、蔵人も承知していた。

（疑わしきものはすべて疑う）

それが裏火盗の頭領を引き受けたときからの、蔵人の信条であった。疑念をひとつひとつ解き明かして、すべての疑念が消えたとき、そのものを信じればよい。蔵人はそう考えていた。

そんな蔵人のおもいを断ちきるように、突然、仁七がつぶやいた。止むに止まれぬ心根が発した独り言といえた。

「長谷川さまは、いつも町人のことを考え『不安のない暮らしをさせるためには、悪を退治しつづけねばならぬ』と日夜、骨身を削っていらっしゃるのに、ちょっと後手にまわるとすぐに『やきがまわった』だの『見かけ倒しの役立たず』だのと、悪口を叩きやがる。何かやってくれそうな、目新しい奴らが出てくりゃあ、褒めちぎっておだてまくる。あっしも、そんな町人のひとりにちげえねえが、口惜しくてね。長谷川さまが、あまりにもお気の毒だ」

蔵人は、ちらりと仁七に視線を走らせた。仁七にはめずらしく、憤懣やるかたないおもいを剝き出した、生真面目な顔をして、前方を見据えている。そんな仁七の横顔が、いわれのない喧嘩で、滅茶苦茶にやっつけられた仲間の仇討ちに出かけるガキ大将のように、蔵人には感じられた。

（結句、この男も、おれ同様、長谷川様が好きなのだ）

蔵人のこころに、ほの温かいものが宿った。

それも一瞬のこと――。

「御宮番だ」

低くいうなり仁七は身軽に跳んで、道脇の大木の蔭に身を隠した。蔵人も仁七にならった。

見ると……。

清蔵寺の総門から、十数人の一隊が出てきたところであった。蔵人たちが身を潜めた大木のほうへ、歩みをすすめてくる。

先頭に立つのは白い着物に白袴。右三つ巴（どもえ）の地紋の浮き出た、白羽織を身にまとった、さながら神官をおもわせる出で立ちの、総髪に結い上げた武士であった。まだ二十代後半であろうか。細面（ほそおもて）で、切れ長な一重（ひとえ）の目許涼しく、鼻筋の通った眉目秀麗な顔立ちだが、能面に似た、どこか冷ややかなものを感じさせる。中背で、一見細身に見える。が、その身ごなしから、鍛え抜いた体軀であることがうかがえた。

腰にたばさんでいる大小二刀は、鍔をつけた白木の柄、白木の鞘といった試物をおもわせるつくりのものであった。背後にしたがう者たちは、渋茶色の着物に裾細の袴といった、戦国の世の武人をおもわせる姿だった。日頃の鍛錬がいきとどいている証に、隊列に一糸の乱れもなかった。

仁七が蔵人に躰を寄せ、小声でいった。

「先導されているのが、仙波東照宮御宮番頭・山崎兵庫さま。三隊を編成されて、交代で夜回りをなされているようで」

「仙波東照宮の御宮番が、何のために江戸へ出てきているのか。そのことについての調べはついているか」

蔵人の問いかけに仁七が応じた。

「そこに抜かりはありませんや。御宮番の方たちは、仙波東照宮の朱印高増を幕府に懇願するために、江戸へ出てこられたそうで。なんでも寛永寺の塔頭輪王寺にお住まいの、輪王寺宮さまを通じて幕閣へ働きかけをなさっておられると、聞き込んでおりやす」

蔵人は黙ってうなずいた。が、

（御公儀の財政は逼迫しきっている。仙波東照宮御宮番の望みが叶えられることは、まずあるまい）

蔵人は、胸中で、そう呟いていた。

仙波東照宮御宮番頭・山崎兵庫に率いられた一隊は、蔵人の眼前を悠然と通り過ぎ、粛々と歩みをすすめ、遠ざかっていった。

「つけますか」

立ち上がろうとした仁七を、蔵人が制した。

「動くな。御宮番はすでにおれたちに気づいている」

「なんですって」

御宮番の一行を見やった、仁七の顔が歪んだ。

御宮番のひとりが通りに居残り、振り返って、尾行する者の存否を確かめるかのように、周囲に視線を走らせていた。

しばらくの間、警戒の目を光らせていた御宮番は、異常のないことを確信したのか先を行く一行を追って走り去った。

「引きあげるか」

蔵人は仁七を見やって、ゆっくりと立ち上がった。

四

住まいにもどった蔵人を、柴田が待ち受けていた。柴田のそばに数個の握り飯が、皿に盛られて置いてあった。沢庵が添えてある。せめて夜食に、との雪絵の心遣いに違いなかった。

すでに夜四つ半（午後十一時）を過ぎていた。柴田は二刻（四時間）近く、蔵人を待っていたとおもわれた。

「待たせてすまぬ」

蔵人は、刀架に刀をかけて坐った。

「握り飯でも食されたらいかがですか。それがしも腹が減り申した」

柴田が笑みを含んでいった。おそらく蔵人は夕餉をすませていないだろう、と推し量った、柴田らしい気遣いであった。

「そうするか」

蔵人は握り飯に手を伸ばした。

柴田の復申を、蔵人は無言で聞き入った。

仙波東照宮は、武州川越・喜多院境内に、寛永十年（一六三三）に創建されている。喜多院は、戦国時代、合戦のさなかに焼失、荒廃した関東の天台宗寺院五百八十余寺の総本山でもあった名刹無量寿寺を、

「天海僧正は、人中の仏なり。恨むらくは、相識ることの遅かりつるを」

と徳川家康にいわしめたほど、信任されていた天海大僧正が、

「是非とも再建いたしたく」

と熱心に進言したことがきっかけとなり、建立された寺院である。公私ともに家康の顧問的立場にあった、天海の権勢は絶大であった。

無量寿寺は寺名を喜多院と変え、関東天台宗の本山となり、天海は招請に応じ喜多院に在住することになる。

が、寛永十五年（一六三八）正月二十八日、川越城下北町から出火。火焔は川越城と、その周辺三百軒ほどの家屋を焼きつくし、飛び火した炎は山門を残して喜多院を全焼して、仙波東照宮、中院、南院ならびに各坊や門前までをも焼きつくした。

時の城主堀田加賀守正盛は責めを問われ、信州松本へ転封されて、翌十六年一

月、知恵伊豆と評された傑物、忍藩主松平伊豆守信綱が川越に入封されることになった。

このとき天海はすでに齢百余歳。上野寛永寺にて住み暮らしていたが、三代将軍徳川家光は天海の心中を察し、自ら願主となって、喜多院と仙波東照宮の再建に着手した。

家光は江戸城紅葉山の別殿から、喜多院の客殿、書院及び庫裏に利する再建部材を搬送させた。このとき移築されたのが家光誕生の間であり、春日局間であった。

喜多院には、仙波郷五百石が寄進され、そのことを記した正式な朱印状が二代将軍秀忠より与えられた。五百石は小仙波村全体の石高にあたり、五百石の寄進は小仙波村全域が喜多院領となったことを意味した。

時を経て、仙波東照宮には、東照宮領として大仙波村のうち二百石が寄進されている。

「喜多院は建立された当時は、山号を東叡山と号しておりました。この山号は、上野に寛永寺が創建されたときに寛永寺に譲渡され、喜多院は、無量寿寺時代に号していた星野山に山号を復しています。また、東叡山の山号とともに、天台宗関東本山の地位も、寛永寺へうつっております」

柴田が蔵人を見つめた。

蔵人は黙している。仙波東照宮と喜多院に、徳川家光と春日局にかかわるものが残されていることの意味を探っていた。

三代将軍職を継ぐにあたって、家光は弟の駿河大納言徳川忠長(ただなが)と、熾烈(しれつ)な争いを繰り広げた。二代将軍秀忠は、二男家光よりも三男の忠長に三代将軍職を継がせることを望んだ、とつたえる古文書も存在する。が、天海と家光の乳母でもあり、大奥で老中も及ばぬほどの権勢を振るう春日局の画策により、三代将軍職は家光が継ぐことになる。

（ならば、天海大僧正ゆかりの喜多院に、家光公と春日局にかかわるものがつたえられていても、おかしくはないではないか）

蔵人はおのれを、そう納得させた。が、何やら釈然とせぬものが、残滓(ざんし)となってこころの奥底に沈澱していることを、感じとってもいた。

「仙波東照宮に、日光東照宮、久能山東照宮とくらべて、異なっていることはなかったか」

　蔵人は問いかけた。柴田は是非にもつたえたいことがあるらしく、身をのりださんばかりにして、応えた。

「日光東照宮は、日光奉行の配下の者が警固や管理の任にあたりまする。久能山も規模こそ違え、やはり御上から遣わされた旗本・御家人たちが警固、管理のお役を相務めます。が、仙波東照宮は違います」

「御宮番に、異なった何かがあるというのか」

　柴田は首肯した。

「仙波東照宮の御宮番は、代々天海大僧正ゆかりの者たちがつとめる役向き、と定められておりまする」

「天海大僧正ゆかりの者たちがつとめる、とな」

「は。噂では、代々御宮番頭をつとめる山崎家は、天海大僧正の血流を引かれる一族だとか」

「山崎兵庫は、天海大僧正の血筋だというのか」

「密かにいいつたえられ、固く守られつづけていること、とのただし書きが、公儀御文庫にのこされた古文書に記されています。仙波東照宮御宮番は、仙波東照宮のみならず、喜多院の警固、管理にもあたっておりますが、不思議なことに川越藩においても『仙波東照宮御宮番に、一切の干渉は無用』と、初代藩主の時代に定められ、その決め事は、藩主が代わってのちも営々とつづいている由、とも書き記されておりました」

蔵人は山崎兵庫の、端正だが、どこか冷ややかなものを感じさせる容貌をおもいうかべた。山崎兵庫が、天海大僧正の血筋を引く者だと知ったいま、蔵人は、

(あの冷ややかさは、名家に生まれた者に、生まれ落ちたときから強要される『喜怒哀楽を露わにするは卑しきこと』との、躾がつくりあげたものではないか)

と推考していた。

結城蔵人も、徳川家康の嫡子岡崎信康の血を引く者である。織田信長に謀反の疑いをかけられ、自刃に追い込まれた岡崎信康の血流を密かにつたえるため、岡崎姓を捨て、結城の姓を名乗って、小身旗本として細々と生きながらえてきた一族であった。

決して人の上に立つことのない、表に出ることを許されぬ立場にあった血筋、といっても過言ではない。それゆえ、蔵人は、世の規範からさほど離れることもなく、それでいて、案外おもうがままに、時を過ごしてこられたのであった。

山崎兵庫の立場は、蔵人とは大きく違っている。生まれながらに、仙波東照宮

御宮番頭を継ぐ者と決められ、御宮番たちを差配する宿命を、背負わされた身であった。

その身辺には、つねに人の目が光っている境遇でもあったのだ。おそらく兵庫の一挙手一投足に、血族につらなる者、配下の者たちの目が注がれ、その表情のひとつひとつに一喜一憂して、時が流れすぎていったに相違ない。

（おのれのおもうがままに生きたことが、ひとときでもあったろうか。おもえば、山崎兵庫、哀れな……）

ともに名門の血を引く者だからこそ、わかり得る心情であった。げんに蔵人自身、血脈をつなげる松平定信から、

「同じ徳川の血が流れている者同士ではないか。徳川の、永久の繁栄をつくりあげるための礎となるのは、当然のことであろうが」

と何度も告げられ、徳川一族への忠誠を求められている。

（血流など、いまのおれには、なんの意味ももたぬ）

蔵人は心中でそう呟いていた。

（いまこのときを、おのれを信じ、おのれのなかにある迷いを、ひとつひとつ見据え、見極め、見定めて、こころの命ずるままに、力を尽くして生き抜いていく。

それしか、おれには、ない)

とのおもいが強い。蔵人は裏火盗という、隠密裡に探索を行う組織の者であった。探索のさなか、いつ命を落とすかわからぬ、一日一日、いや一瞬一瞬、修羅の刻(とき)を積み重ねる世界に、棲み暮らしている身だった。蔵人は、つねづねそうおもい、いつ果てても悔いない覚悟を固めていた。

蔵人のなかに、再び、山崎兵庫の姿が浮かび上がった。白い着物に袴、地紋の浮き出た白羽織、白木の柄に鞘。

「まさか、死装束……」

おもわず口をついて出たことばに、蔵人自身驚き、戸惑っていた。

「死装束?」

柴田が鸚鵡(おうむ)返しに問うた。蔵人は、その問いかけに応じることはできなかった。おのれ自身、なぜ白ずくめの兵庫の姿を死装束と判じたか、確たる答えを見いだせずにいた。

ややあって、蔵人は告げた。

「天海大僧正のこと、詳しく知りたい。真説、俗説、玉石混淆(ぎょくせきこんこう)、なんでもかまわぬ。洗いざらい調べあげてくれ」

「死人の探索とは、これまた、面妖な。しかし、おもしろい。柴田源之進、任務を離れてもやり遂げたいほどの、興味津々の詮議事。しかと仕遂げてみせます」

柴田にはめずらしく、屈託ないさまを露わに破顔一笑した。

五

ここ数日、天海大僧正の詮議にかかりきりの柴田に代わり、蔵人は明泉寺に出向き、玄心の祈禱のつづく紀宝院を張り込んでいた。

何の動きもない。

開いた画帳に絵筆を走らせながら、蔵人は今朝のことをおもいだしていた。

「気づかれていると分かっていても、仙波東照宮御宮番たちの、尾行をつづけていますんで。けどね、旦那。こんどばかりはいけやせんや。御宮番の番頭、白ずくめの白狐野郎は、尻尾も出さねえどころか微塵の隙もねえ。尾けたければ尾けろ、のまるで無手勝流。堂々たるものでさ。何もかも空振りの連続ってやつで。玄心から狐を憑けられたものの、結句祓ってもらった御店の者たちは、主人に口止めされているらしく、なかなか話を聞き出せねえ。脅しにでもあっているんじゃねえか、と勘繰ったりして、われながら情けねえ」

朝陽が顔を出した刻限に、ひょっこりと顔を出した仁七が、そう愚痴ったものだった。

「聞込みのやり方を、変えたほうがいいんじゃねえかとおもいやしてね。それで木村さんに夜討ち朝駆けの、朝駆けをする次第で」

日課の胴田貫の打ち振りをすべく、前庭に出た蔵人にそう声をかけて、仁七は吉原田圃へ抜ける林へ去っていった。木村又次郎の聞込みも仁七同様、かんばしからぬ有様であった。

雪絵は『本草大鑑』なる書物を検索し、和泉屋庄吉の発していた臭いのもととなる薬草の目星をつけ、生育していると見込まれる、道灌山あたりへ薬草採りに出かけていた。このことは朝餉の支度で、蔵人の住まいに出向いてきた雪絵から聞かされている。蔵人は、薬草採取の探索はすべて多聞にまかせる、と決めていた。

紀宝院の前には、玄心の祈禱を受けようと願う町人が、数人ほどならんでいた。ときおり円尋が出てきては、

「緊急の祈禱のさなかなれば、祈禱治療の依頼、ここしばらくの間、ご勘弁願い

たい」

と丁重に事情を説明し、引き取りを願っている。それでも二刻（四時間）足らずのあいだに、少なくとも数人の町人が祈禱待ちで門前にならぶほどの、玄心の評判ぶりに、蔵人は大いに驚かされていた。

祈禱がつづいているのは、紀宝院の塀越しに、玄心の、よくとおる野太い読経の声が流れ出てくることから、推測できた。

この日も動きはあるまい、と蔵人は感じとっていた。蔵人は、絵筆を傍らに置いた。用意してきた竹筒を手に取り、水を呑む。

名も知らぬ小鳥が境内に降り立ち、餌になる虫でもみつけたか、せわしなく動きまわっては、嘴を地面に突き立てんばかりに首を振った。

中天に煌めく陽に向かって、野の草が懸命に花弁を伸ばしている。すべてがのどかさのなかにあった。

その夜、仁七は富沢町の町家の軒下に身を隠し、前方を見据えていた。時刻は、すでに夜四つ半（午後十一時）を過ぎている。当然のことながら、家々の灯は消え、人々は眠りについて、野犬の遠吠えがときおり聞こえるだけ、といった景色が展開されていた。

その野犬の、けたたましく吠え立てる声が響き渡ったかとおもうと、悲鳴に似た一声を残し、野犬の気配が失われた。急な静寂が町々を包みこんだ。

星一つない闇夜であった。

野犬の声が途切れたとき、御宮番たちの動きが止まった。御宮番頭・山崎兵庫を中心に円陣を組んだ御宮番たちは、突如通りに身を伏せ、耳を地に押しあてた。

(音を探っている)

仁七は気配を消し、見入った。身じろぎひとつしない。動けば、わずかな物音でも聞き咎められる恐れがあった。

まもなく……。

御宮番のひとりが顔を上げ、前方を指差した。山崎兵庫が、夜目にも分かるほどに、うむ、と大きくうなずき、手を掲げて、振った。

(打ち毀し!?)

仁七は眼を剝いた。身軽に立ち上がった御宮番たちは一気に走った。音を消した走りだった。

(こんな走りは、年期を積んだ大盗っ人でも、なかなかできるもんじゃねえ。み

ごとなもんだ）

仁七は腹の底から感心していた。統制のとれた動き、忍びの者と見紛う音の聞取り術。御宮番一党は、日頃から鍛錬を重ねた者たちに相違なかった。

仁七は、通りを走って御宮番たちを追うのを止めた。どう足音を消しても、御宮番、とくに御宮番頭の山崎兵庫の聞取り術を、誤魔化すことは出来ないだろう、と判断していた。

仁七はやおらかたわらの天水桶に足をかけた。軽々と身を翻（ひるがえ）した仁七は、次の瞬間には、商家の屋根の上に身を置いていた。

仁七はゆっくりと屋根瓦の上をすすみ始めた。

油問屋［伊勢屋］の、大戸をおろした店先には、筵旗を掲げた数人の暴徒がぐるりを睥睨（へいげい）して立っていた。明らかに見張りをなす者たちであった。大戸の潜戸（くぐりど）は開かれたままになっている。暴徒たちは、そこから侵入したものとおもわれた。

仁七は、通りを隔てた大店の二階の屋根の上に身を潜め、様子を窺（うかが）っていた。

伊勢屋が打ち毀しにあっているのは、明らかだった。

姿が見えないところをみると、仙波東照宮御宮番の一党は、どうやら裏口へまわったようだった。仁七は身を起こし、裏手がみえるあたりを求めて、屋根上を移動した。

と……。

少し行って、仁七の動きがぴくりと止まった。じっと眼を凝らす。その視線のさきに、裏口を見張って立つ、筵旗を手にした暴徒ふたりを挟み込むように、匍匐(ほふく)してすすむ御宮番数人の姿があった。

身につけた、渋茶色の衣服が闇に溶け込み、盗っ人稼業で身につけた、人並み外れて利く眼を持つ仁七ですら、瞠目せねばさだかに見えぬほどの、御宮番の動きであった。

飛びかかれば、確実に仕留められるほどの距離に近寄った御宮番たちは、地を蹴って跳躍し、不意の攻撃に仰天した暴徒たちの胸元に、引き抜いた脇差を躊躇(ちゅうちょ)なく突き立てた。声を出させないためか、御宮番たちは片手で脇差を使いながら、もう一方の手に持った渋茶色の手拭いを、暴徒の口に押しあてていた。

御宮番たちの駆使した、人殺しのための卓越した技に、仁七は驚愕していた。戦国時代の夜襲戦もかくや、といった御宮番たちの動きに、仁七は慄然(りつぜん)としていた。

奇襲組の御宮番たちが、崩れ落ちた暴徒たちの死体を引きずって、裏口の左右へかたづける間に、残る御宮番の面々が、裏口へ走った。そのあとから、山崎兵庫が悠然と歩をすすめた。

裏口は開いていた。御宮番たちは、それまでの静寂が嘘のように、鬨（とき）の声をあげて、裏口から一気に伊勢屋へ押し込んだ。

なかから雨戸を蹴破って、暴徒たちが飛び出してきた。廊下に血を流して横たわる、手代の姿が見えた。暴徒たちによる殺戮（さつりく）は、すでに始まっていた。斬り込んだ御宮番たちが、暴徒たちに襲いかかった。大刀を打ちつけあう、鈍い鉄音があちこちで響いた。

中庭へ足を踏み入れた山崎兵庫が、大刀を鞘走らせて、吠えた。

「斬れ。ひとりとして逃すな」

わめき声を発して長脇差を振りかざした、やくざ者とみえる、頬に刀傷のある暴徒が兵庫に斬りかかった。兵庫はその一太刀を横にないだ。蹈鞴（たたら）を踏んだやくざ者が体勢をもどした。そのときを待ち受けていたかのように、兵庫が大刀を大上段に振り上げ、やくざ者の脳天に叩きつけた。物の見事に幹竹割り（からたけわり）に断ち割られたやくざ者の頭蓋骨が左右にずれ、血の筋を走らせた顔面を、ふたつに崩していった。首まで断ち斬られていたのか、少し遅れて血飛沫が噴きあがる。

恐れを知らぬ暴徒たちが兵庫に斬りかかった。流れるような仕草で暴徒たちを撫で斬る兵庫の動きは、さながら浮かれ出た白狐が、舞を舞う姿に似ていた。飛び散る血飛沫は、風に吹かれて乱れ散る、真紅の花びらともみえた。

突然、伊勢屋の蔵のひとつから、炎が上がった。暴徒のだれかが、火をつけたに違いなかった。

「火を消せ。こ奴らの始末、ひとりで足りる」

兵庫がよばわった。凜とした声音であった。

御宮番たちが燃え上がる蔵に駆け寄った。

暴徒たち数人が、兵庫へ斬りかかった。朱に染まって暴徒たちがのけぞったとき、

「退け」

網代笠を目深にかぶった雲水が怒鳴った。その声を合図に、暴徒たちは一斉に表戸へ向かって走った。

ひるんで逃げようと、身を翻した暴徒ふたりを追い、その背中を兵庫は一太刀で深々と斬り裂いた。のけぞった暴徒の首を、大刀を左右に振って斬り飛ばす。

ふたつの首が宙に飛び、ひとつは外壁に、ひとつは石灯籠にぶつかって、落ちた。屋根の上で、仁七は身じろぎもせずにその光景を見ていた。眼を凝らし、さらに見据える。

眉ひとつ動かすことなく、山崎兵庫は油断ない視線を、周囲に走らせていた。白装束を返り血が真っ紅に染めている。血の滴り落ちる大刀を手に、伊勢屋の屋内へ足を踏み入れる兵庫の姿は、さらなる獲物を求めて徘徊する、白狐にみえた。華麗な姿に秘められた獰猛な本性を、現わし始めている。仁七にはそう感じられた。

戸袋の蔭に隠れていた暴徒のひとりが悲鳴をあげて、中庭へ飛び出した。みるからに動きの鈍い、小太りの暴徒は武器を手にしていなかった。が、兵庫は振り向くや、暴徒に向かって跳躍し、跳び降りながら刀を振り下ろした。大刀は一分の狂いもなく、暴徒の首の付け根を斬り裂いていた。血を噴き上げて崩れ落ちる暴徒を見向きもせず、兵庫は踵を返していた。

兵庫の表情は、まったく動いていなかった。とりすました端正な顔と、すらりとした画から抜け出たかにみえる立ち姿は、骸の散乱する酸鼻な光景とは、明らかに不釣り合いのものであった。

その不均衡が、仁七にいいしれぬ戦慄をもたらしていた。背中をびっしょりと脂汗が濡らしている。かつてないことであった。仁七は、墓場から抜け出てきた怨霊が白狐に乗り移り、人の姿と化してこの世に仇をなすべく現れた、との錯覚にとらわれていた。

第五章　鬼方

一

　山崎兵庫が、打ち毀しの暴徒たちを追って、伊勢屋の屋内へ姿を消したのを見届けた仁七は、付け火された伊勢屋の油蔵の火消しに躍起の、仙波東照宮御宮番らを横目に見て、忍んでいた商家の二階の屋根から身を翻し、一路、清水門外の火付盗賊改方の役宅へ突っ走った。

　仁七の急報を受けた長谷川平蔵は、配下の与力・同心に、押し出す支度をととのえさせ、同心・小柴に、

「石川島人足寄場へ渡り、寄場付同心・大場武右衛門と人足小屋番差配・蔵田要助を富沢町の伊勢屋へ連れてまいれ」

　と命じ、仁七には、

「貞岸寺裏へ走り、結城にただちに伊勢屋へ出張るようつたえてくれ」
と告げた。

深編笠をかぶり、筒袖の着物に裾細の袴といった出で立ちの、一見武芸者とみゆる蔵人とともにやって来た仁七が、伊勢屋の見えるあたりで不意に足を止めた。

「どうした？」

蔵人の問いかけに、仁七が、

「ここで消えやす。あっしは表向きはあくまでも船宿水月の主人。打ち毀しにあった御店（おたな）の探索に混じっては、ちと都合が悪いことになりますんで」

と、薄く笑った。

たしかに仁七のいうとおりであった。平蔵が贔屓（ひいき）にする船宿の主人が、死体が散乱する、打ち毀しにあった商家に入り込んで、火盗改メと一緒に探索するなどふつうではあり得ることではなかった。

蔵人は無言で首肯し、背後に仁七が歩き去る気配を感じながら、伊勢屋へ向かった。

空を覆った雲の狭間（はざま）から見え隠れする星が、淡い光をまたたかせていた。そろそろ暁七つ（午前四時）になる頃合いであった。

伊勢屋には、すでに火盗改メが駆けつけ、荒らされた屋内やぐるりの検証をはじめていた。

山崎兵庫ら仙波東照宮御宮番たちは、副頭・関口十蔵と御宮番・伊吹余市、白坂孫兵衛、井崎幸策の四名を警固のために残し、油蔵の火を消し終えて引きあげていた。伊勢屋の住込みの番頭が自身番へ走り、異変を知った番人が急行したのと相前後して、火盗改メが伊勢屋へ到着したのだった。

火盗改メの素早い動きに、番人や伊勢屋の奉公人たちは、

「さすがに捕物名人の長谷川さま率いる火盗改メ」

と驚嘆した。が、仙波東照宮御宮番たちの反応は冷ややかだった。関口十蔵などは露骨に、

「密偵の姿が消えたゆえ、まもなく探索方のいずれかが参上なさるとおもい、それまで警固いたしておりました」

と平蔵に丁重に挨拶し、

「われらの役目もここまで。あとはよしなにお願い申す」

とさっさと引きあげていった。平蔵はこのことを、伊勢屋にあらわれた蔵人に

告げ、

「仙波東照宮御宮番は、とっくの昔に仁七の尾行に気づいていたとみゆる。警固と称して伊勢屋へ居残ったのも、駆けつけるのが何者かを、確かめるためとみた」

と言い添えた。

蔵人も同感だった。

「向後仁七を、仙波東照宮御宮番に近づけぬようにいたしましょう」

蔵人のことばに、平蔵は、

「仁七が火付盗賊改方の密偵と知った御宮番たちが、どう動くかわからぬ。公儀に、火盗改メが、御神君ゆかりの仙波東照宮警固の任にある御宮番に、密偵を張りつかせた。何たる不心得、と抗言のひとつもいいたてるかもしれぬ。が、その程度ですまぬこともあるでな」

「仁七を、無礼討ちに斬り捨てることもあり得ると」

平蔵は、うむ、とうなずき、

「ま、見るがよい」

と先にたち、中庭へ足を運んだ。あとにつづいた蔵人へ、散乱した暴徒たちの無惨な骸(むくろ)をしめし、

「伊勢屋の奉公人の話だと、いずれも、御宮番頭・山崎兵庫が始末したものだという。このこと、仁七からも聞いておる。白装束の山崎兵庫が振る舞い、妖界からさまよい出た白狐の、落花狼藉を楽しむさまに似ていた、とな」

蔵人は骸のかたわらに膝をつき、死体の切り口をひとつひとつ、あらためていった。いずれも、いささかの躊躇もない一太刀が暴徒たちの肉体を斬り裂き、骨を断ち切っていた。

蔵人は胸中で呻いた。山崎兵庫の太刀跡には、一片の情も感じられなかった。

（人の命を奪うためだけの業。まさしく殺人剣）

これほどの非情な太刀筋を、蔵人はいまだかつて見たことがなかった。

「仁七の感じたとおりだとおもわぬか。人のこころを持たぬ、白狐の振るった剣。わしには、そう見える」

平蔵の口調に重苦しいものがあった。

蔵人は顔を上げた。

「まさしく獣の剣。しかし、剣の業前、おそるべしか、と」

「もし戦うことあらば、勝てる相手か」

平蔵の問いに、蔵人は無言のまま、後ろから斬り裂かれたとみえる、小太りの暴徒の首の付け根にじっと目を据えた。ややあって、応えた。

「よくて相討ち。人のこころを捨てて戦っても、相討ちがやっとのところかと」

平蔵が、黙り込んだ。

しばしの沈黙があった。

ふう、と平蔵が息を吐いた。こころに沈殿し、塵芥と化した惑乱を吹き払うために無意識に為した所作であった。平蔵が、口を開いた。

「首を斬られた骸が二体、転がっておる。その切り口、あらためてくれ」

蔵人は首のない死体に歩み寄り、切断された首を凝視した。

「まさか……」

はっと顔を上げた蔵人と、平蔵の目線が交錯した。

「わしも、まさか、とおもった。その太刀跡、わしには、高札場に晒された寄場人足たちの首無し死体の、首の切断面と酷似しているようにおもえてならぬ」

蔵人も同感であった。蔵人は、さらに検分すべく、断たれた首のありようのひとつひとつに眼をそそいだ。

蔵人のなかに、新たな疑問が生じていた。

（なぜ斬り殺したのだ。おれなら、のちの手がかりを得るために、少なくともひ

とりは足などを斬り、身動きできぬようにして生かしておく）

蔵人をかすめた奇異なおもいは、さらなる疑惑を生んだ。

（仙波東照宮御宮番たちが、伊勢屋の打ち毀しに行き合ったのは偶然のなせること、と考えるのが妥当だろう。が、あらかじめ仕組まれていた可能性もあり得る）

蔵人は、

（仙波東照宮御宮番頭・山崎兵庫のこと、調べねばなるまい）

と考え始めていた。

やがて、小柴礼三郎とともに伊勢屋へ到着した、石川島人足寄場付同心・大場武右衛門、人足小屋番差配・蔵田要助が、山崎兵庫によって処断された、暴徒たちの顔あらためを行った。

その結果には、蔵人と平蔵の推考を、大きく覆す事実が含まれていた。斬り殺された暴徒のなかに、武州無宿の者が二名含まれていたのだ。

「武州無宿の者に相違ないな」

との平蔵の念押しの問いかけに、

「川越無宿・栄吉、秩父無宿・権次に間違いございません」

と、蔵田要助が自信をもって応えた。

（武州無宿の者が殺された。いままで殺害されなかったのは、たんなる偶然にすぎなかったのだ）

蔵人は、手がかりになるかもしれぬと抱いたひとつの望みが、一気に霧消していく、虚しい思いを強く味わっていた。平蔵も、同じおもいでいるに違いなかった。蔵人は、中庭に転がる、断末魔の形相凄まじい武州無宿・栄吉と権次の無惨な死体をじっと見つめた。血の筋の浮き出た、裂けんばかりに大きく見開かれた眼が、蔵人を睨み据えていた。魂を抜かれた物言わぬ眼が何かを訴え、語りかけているかのように、蔵人には感じられた。蔵人は、栄吉と権次の骸を前に、なす術もなく、ただ立ち尽くしていた。

二

夕七つ（午後四時）すぎに、伊勢屋を引きあげた蔵人は、貞岸寺裏の住まいには戻らず、仙波東照宮御宮番が寄留する、清蔵寺へ足を向けた。

御宮番を見張るために、仁七が必ず姿を現すとふんでのことであった。蔵人は

万が一のことをおそれていた。火盗改メの密偵と、仁七の正体を見極めながらも、

「目障りな奴」

と、御宮番が無礼討ちに斬って捨てることも、十分ありうるのだ。

蔵人は清蔵寺の周囲を見まわった。境内から、木刀を打ちあう音が響いてくる。御宮番たちが、剣の鍛錬にはげんでいるに相違なかった。ぶつけあう木刀が甲高く、石で叩きあうかのような乾いた音を発している。蔵人はその音を聞きながら、

（御宮番たちの腕、なかなかのもの）

と判じていた。打ち合う木刀が乾いた響きを発するのは、常日頃から熱心に稽古を積んでいる証であった。

稽古不足で、あまり使われていない木刀は、打ち合ったとき、湿気(しけ)ったような音しか出ない。剣術を得意とする者たちは、木刀の音を聞き分けることで、木刀を使う者の腕のほどを計ることが出来た。鞍馬古流を得意とする蔵人も例外ではなかった。

清蔵寺は塀が高く、その塀が通りから屹立(きつりつ)しており、忍び込むには難しい、堅固な要塞を思わせるつくりとなっていた。仙波東照宮御宮番たちが、清蔵寺を江戸での宿舎と定めた理由が、その堅固な造りにあるとしたら、御宮番の目的は、

（たんに朱印高増の懇願だけではない）

と蔵人にはおもえるのだ。清蔵寺の山内には、八坊もの塔頭が存立している。寺院の規模としては、明泉寺の二倍はあろうと目される敷地を有していた。塔頭は、食糧などを蓄える蔵代わりとしても使える。十分要塞となりうる建造物といえた。

蔵人は清蔵寺を、守るに易く攻めるに難しきところ、と判じた。

蔵人は清蔵寺の総門を見張りうる、通りを隔てた大木の蔭に身を潜めた。じっと耳を澄ます。

宵五つ（午後八時）を過ぎたころ、足音を消した、仁七独特の歩き方が発する地を掠る音が、かすかに蔵人の耳に忍び入ってきた。

蔵人は、ゆっくりと立ち上がった。蔵人に姿を隠す理由はなかった。むしろ目立つように堂々と通りの真ん中に仁王立ちし、待ち合わせた素振りをしたほうが、この場には適しているとおもえた。清蔵寺のどこかから、御宮番の眼が光っているかもしれない。蔵人は開き直った。躊躇することなく、通りの真ん中に立った。

やってきた仁七が、一瞬足を止めた。蔵人は、仁七が立ち止まる前に、すでに仁七へ向かって歩き出していた。傍目には、待ち合わせたふたりが出会ったとみえたはずであった。

肩を並べたとき、仁七が小声で問いかけてきた。

「何かありましたんで」

「このままおれが行く方へ歩け。おまえが火盗改メの手の者だということが、御宮番に見破られた。これ以上の尾行はならぬ」

低いが、有無をいわせぬ蔵人の声音であった。

眼でうなずいた仁七は、どこぞへ遊びにでもいくような素振りで、蔵人に躰を寄せ、さも楽しげに肩を振って歩いてみせた。が、その剽軽（ひょうきん）ともみえる素振りとは裏腹に、仁七の眼光は厳しかった。

「旦那、伊勢屋のぐるりに聞込みをかけやした。とんでもねえことがわかりやしたぜ」

「とんでもないこと？」

「伊勢屋の主人、玄心から狐を憑けられ、祈禱を受けて憑いた狐を祓ってもらったそうで。けどね」

仁七が皮肉な笑みを片頬に浮かべ、つづけた。

「どうやら伊勢屋の主人に憑けた狐、うまく祓いきれていないようなんで」

「伊勢屋の主人の挙動が、いまだにおかしいというのか」

「そういうことで。で、ひょっとしたら打ち毀しにあった御店で、玄心に狐を憑けられた商人(あきんど)がいるんじゃねえかと勘繰って、打ち毀しにあった、陸奥屋の近所へ出かけて、蕎麦屋の亭主に銭をつかませ『陸奥屋の主人、狐憑きになったようだが、本当かい』とかまをかけたところ」

「狐憑きになっていた。それも玄心から狐を憑けられた、というわけか」

「へい」

蔵人は、黙り込んだ。玄心が主人に憑けた狐を、祈禱して払ったとの経緯がある大店が、二軒も打ち毀しにあっていた。偶然が重なったのかもしれない。が、蔵人のなかで、

（偶然ではない）

とのおもいが、急速に膨らんでいった。蔵人は仁七に告げた。

「仁七、木村と打ち合わせ、手分けして打ち毀しにあった御店の近所に聞込みをかけてくれ」

「わかりやした」

「おれは住まいへもどる。木村の住まうところとは目と鼻の距離だ。おれの住ま

いへ着くまで、聞込みのくわしいところを聞かせてくれ」

「男ふたりの無粋な道行きで話すには、もってこいのなかみで」

仁七はそれが癖の、唇を歪めた、いつもの笑みを浮かべた。


住まいにもどった蔵人は、戸襖を開け放し、濡れ縁に坐っていた。頬をなぶる夜風が心地よい。

黒雲が空を覆っていた。流れゆく雲の隙間から、ときおり新月が顔を出し、わずかの間煌めきをひけらかしては、雲の後ろに隠れ、また現れる。黒雲と月が、さながら隠れんぼをして、戯(たわむ)れているかのような風情であった。

蔵人は夜空を見上げ、何処を見つめるでもなく、ただ視線を泳がせている。蔵人のこころは、事件の流れを読みとること、それだけにとらわれていた。

伊勢屋で、山崎兵庫に斬られた武州無宿ふたりのこと。打ち毀しにあった伊勢屋、陸奥屋の主人が玄心に狐を憑けられ、狐祓いの祈禱を受けていること。新たに浮上したふたつの事柄に、蔵人は、

（探索の手立て、再度、組み立てなおすべきではないか）

と考えはじめていた。

武州という土地柄に、特別な意味はないのかもしれない。しかし、蔵人は、武州になぜかこだわっているおのれに気がついていた。仙波東照宮は、武州・川越に存している。そのことが、蔵人に、武州に妙なこだわりを抱かせている因かもしれなかった。蔵人は、武州へのこだわりを捨てるべきだと考えた。が、そうおもう端から、

(しかし……)

と、武州におのれが引っかかる理由を、探し始めるのだ。蔵人は、思考をきままに泳がせることにした。

仙波東照宮御宮番の一党が、打ち毀しを防いだ。このことはおそらく江戸中の評判になる。御宮番の評判が高まるにつれ、火盗改メと江戸南・北両町奉行所への批判、嘲りはさらに強まるはずだ。それだけではない。老中首座・松平定信以下幕閣の重職にある者たちが、長谷川平蔵や町奉行たちの無能を、責め立てるに違いない。

(いまは、それも仕方がないことではないか。一日も早く事を落着させる。ただそれだけのことを考え、日夜務めに邁進するしか、おれには術はない)

おそらく平蔵もそう考えているに違いない。蔵人は、あらゆる批判、中傷を一

切無視する、と腹をくくった。

雑念の失せた頭に、仁七のことばが甦った。

「伊勢屋の主人に憑けた狐、うまく祓いきれていないようで」

蔵人は、玄心は人のこころを惑わす薬草を使って、狐を憑けたかのように見せかけているだけだと推考していた。その薬草が何たるかは、和泉屋庄吉の発していた臭いを知る、新九郎の嗅覚に頼るしかない。

まずは薬草が何かを、探り出すことであった。すでに探索は始まっていた。多聞の指示を受けた雪絵が連日、江戸郊外へ出向いて、薬草採りにはげんでいる。

（江戸市中、江戸郊外はもちろん、近隣の諸国までくまなく足をのばすつもり、と雪絵はいっていたが、まさしく雲をつかむかのごとき詮議、そう簡単にはかどるものではあるまい。が、できることなら、明日にでも和泉屋の主人の発していた臭いのもととなる薬草、見つけだしてもらいたいものだ）

雪絵のことに蔵人はおもいを馳せた。蔵人にとっては、愛しい、かけがえのない女であった。が、妻を留守宅に残し、隠居をよそおって裏火盗の任についている木村又次郎や、柴田源之進のことをおもうと、雪絵との仲をあからさまにすることは憚（はばか）られた。蔵人は、人前ではけっして雪絵に好意をしめさなかった。むしろ、つれないほどの態度で接した。

蔵人のこころを知る雪絵は、蔵人の置かれた立場ゆえのこと、とわきまえ、燃え上がる恋情をおのがこころにしまい込んで、じっと耐えつづけていた。蔵人もまた、触れ合いを重ねるにつれ、雪絵への想いが深まっていくのを感じていた。

「雪絵……」

蔵人は声にならぬほどの声音(こわね)で、雪絵の名を呼び、つづくことばを呑み込んだ。ことばに出せば、こころに押し込め、留(とど)め抜いてきた激情が堰(せき)を切って噴き出し、押さえることができかねぬ、との恐れに脅えたからだった。いまは、おのれのおもいにまかせる時ではなかった。

(おれも、どこぞにふたりだけで隠れ住む日が来るのを、こころの奥底で願っているのだ。すまぬ。いま少し、時をくれ。雪絵)

蔵人はそう胸中でつぶやいていた。

雪絵は、今日、道灌山で出会った武家娘のことをおもいだしていた。薬草を採りにきている様子だった。野の花を思わせる清楚(せいそ)さと、新妻によくあるほのかな色香とが、ほどよく混ざり合った、雪絵がはじめて見るかたちの女だった。雪絵は初対面であるにもかかわらず、女に話しかけ、いくつかのことを聞き出していた。

女の名は浪野（なみの）。根岸の日光御門主御隠殿近くの、寺の持ち家を借りて住まう、二十歳になったばかりの、武州・川越在の郷士の娘であった。

浪野もまた、町医者の助手をつとめている御家人の娘、と自らのことを話してきかせた雪絵に親しみを感じてくれたようだった。その証に、

「待ち合わせて、ともに薬草採りにはげみませぬか」

との雪絵の申し入れを、浪野はこころよく承知している。

雪絵は浪野を、こころを許せる友になりうる人、と見定めていた。明日の薬草採りが待ち遠しい、とさえおもう自分のこころに、雪絵は驚かされてもいた。

三

翌日、暁七つ半（午前五時）過ぎに、千駄ヶ谷・明泉寺の総門が開いた。いつもは明六つ（午前六時）に開く総門が開けられたということは、いつもと違う、何ごとかが発生した証であった。

明泉寺の周囲は田畑に囲まれている。張込みには不都合なところといえた。夜の張込みをまかされた晋作は、千寿寺(せんじゅじ)の塀の切れたあたりに身を隠していた。そこから明泉寺総門までの間に、二区画ほどの畑がひろがっている。尾行など咄嗟の対応が出来かねる恐れがあったが、他に張込みに適する場所がない以上、やむをえぬことであった。

そろそろ蔵人と新九郎が、交代のためにやってくる頃合いだった。蔵人たちの姿を見いだした晋作が、通りへ出て行きあうかたちをとり、張込みの交代をたがいに目線で確認しあうと、段取りを決めていた。が、事態によっては、蔵人たちを待つことなく動きださねばならない。晋作は、眼を凝らして明泉寺の総門を見据えた。

明泉寺の総門から、荷車を引いた円尋が姿を現した。荷車に人がひとり乗せられ、縛りつけられている。顔ははっきり見えないが、和泉屋庄吉に違いない、と晋作は推断した。見知らぬ坊主ふたりが荷車を押している。荷車につづいて出てきたのは、数珠を胸前に掲げた玄心であった。

蔵人たちを待つ時間はなかった。晋作は身を起こし、見え隠れに玄心たちを追った。

明泉寺へやって来た蔵人と新九郎は、いつも通りで行きあう、晋作の姿がないことで、玄心に何らかの動きがあったことを察した。

「玄心の祈禱が終わったのかもしれぬ。おれは和泉屋へ走る。新九郎、おまえはいつものように紀宝院を張り込め」

新九郎は無言で首肯した。

蔵人は駆けた。蔵人は、玄心が動きだしたとしても暁七つ（午前四時）ということはない、とみていた。暁七つ半に動いたとすれば、蔵人が交代のためにやってくる明六つとは、およそ半刻（一時間）ほどの差ということになる。走れば木綿問屋和泉屋のある三十間堀までは何とか間に合う、と計っていた。和泉屋庄吉にたいする、狐祓いの祈禱を終えた上での外出ということであれば、祈禱を受けて体力の落ちた和泉屋庄吉をともなっての動きとなる。蔵人が追いつく確率は、高まる道理であった。

幸橋御門を抜け、土橋の通りをすすみ、堀川ぞいにいったところで、蔵人は晋作に追いついた。

「晋作、おれだ。振り向くな」

蔵人は小声で晋作に呼びかけた。

「御頭。間に合ってよかった。荷車に和泉屋庄吉が乗せられています。縛りつけられている様子」

横にならんだ蔵人に目線を走らせ、晋作が応えた。

「おれが先へ行く。行く先は和泉屋と決まった。おまえはゆるりと来い」

追い抜きざま晋作に告げた蔵人は、前を行く玄心一行に眼を据えた。


和泉屋へ着いた玄心は円尋に、荷車に縛りつけた、和泉屋庄吉の縄をとくように命じた。和泉屋は大戸を開けたばかりであった。突然の玄心の訪れに、店先を掃除していた丁稚が、大慌てで奥へ駆けこんだ。

まもなく住込みの番頭、手代たちとともに、和泉屋の内儀が走り出てきた。和泉屋庄吉は、家人や奉公人に挨拶をするでもなく、円尋に腕をとられ躰を支えられて、呆けたような顔つきで、店のなかへ入っていった。内儀や手代が後につづいた。

玄心は数珠をかざし、和泉屋庄吉の背中に向かって、何やら呪文を唱えている。

その祈禱が終わるのを待って、番頭が話しかけた。玄心は鷹揚にうなずき、番頭の案内で屋内へ姿を消した。

蔵人は町家の蔭から、一部始終を窺っていた。

和泉屋庄吉はいまだ夢から醒めやらぬ体、と蔵人はみていた。

(玄心の祈禱、どうやら狐を祓うことができなかったようだな。どだい狐憑きなどあろうはずがないのだ)

蔵人は、雪絵から受けた復申のなかみを、おもいおこしていた。

『本草大鑑』を繙いた多聞は、二種の薬草を選び出した。ひとつは罌粟、ひとつは麻苧であった。

罌粟は、痛み止めのための麻酔薬として使うが有毒。常用すれば頭痛・めまい・呼吸不全・皮膚蒼白などの様相をていし、時として昏睡状態となる。神経・精神に強く作用し、幻聴幻覚などの症状に陥る。

麻苧は麻の一種で、痛み止めや麻酔薬として使う。常用すれば神経・精神に作用し、幻聴幻覚や異常行動をとらせる。

「麻苧の生育は稀で、罌粟のほうが採取しやすい、と大林さんがいっておいででした。罌粟か麻苧としぼりこんだ大林さんの見込みが外れた場合は、一からやり直しとなります」

と雪絵はつけくわえた。

和泉屋を見張る蔵人は、和泉屋庄吉の発する臭いから、薬草が何かをたどるより、玄心の住まう紀宝院に忍び込み、家捜ししたほうがよいのではないか、との衝動にかられた。

が、それも一瞬のことだった。成功すればよし。が、何の成果もえられぬときは、玄心の警戒を深める結果を招くだけ、と気づいたからだ。

(焦ってはならぬ。ひとつひとつ牛の歩みで、探索を積み重ねていくしかないのだ)

蔵人は和泉屋の張込みを止めた。踵を返した蔵人は、別の町家の蔭で見張る、晋作に向かって歩き出した。

晋作の傍らを通り過ぎるとき、蔵人は小声で告げた。

「住まいへもどって休め」

蔵人の視線の端が、首肯する晋作をとらえた。蔵人は明泉寺へ足を向けた。

明泉寺の境内へ入った蔵人は、紀宝院を張り込む新九郎の背後に立った。傍目には、蔵人が、新九郎の描いている絵をのぞき込んでいるように見えるはずであった。

「玄心は和泉屋にいる。今日は何の動きもあるまい。引きあげるぞ」

蔵人を新九郎が振り返った。

「玄心の狐祓いの祈禱は、終わったということですな」

「そうだ」

いうなり蔵人は新九郎から離れた。絵好きの浪人仲間がことばをかわし、立ち去る。そうとしかみえない動きであった。

蔵人の姿が、紀宝院の塀の切れたところへ消えても、新九郎は絵筆を動かしていた。小半刻（三十分）も過ぎたろうか、新九郎が画材を風呂敷に包み始めた。やおら立ち上がった新九郎は、風呂敷包みを小脇に抱え、のんびりとした足取りで紀宝院の門前を通り過ぎ、明泉寺の境内を、総門に向かって歩いていった。

蔵人は、事件が新たな展開を迎えたことを察していた。

（探索の仕組みを変えねばなるまい）

蔵人は歩をすすめながら、新たな手立てを考えつづけた。

明泉寺を後にした蔵人は、平右衛門町へ向かっていた。船宿水月に立ち寄り、お苑に仁七への言伝（ことづて）を託した。

「仁七がもどってきたらつたえてくれ。おれの住まいへ来てくれ。明日からの動きにかかわること、夜遅くなってもよい、とな」

お苑は、表情を硬くして大きくうなずいた。

蔵人は吉原田圃沿いに建つ、晋作の住まいをたずねた。切りひらいた混林のなかに、少しはなれて点在する二軒の百姓屋を借りて、晋作と木村、柴田と新九郎が二手に分かれて、住み暮らしていた。

和泉屋の張込みから引きあげていた晋作に蔵人は、

「明日から、木村とともに玄心の動きを見張ってくれ。夜はおれが明泉寺を張り込む。このこと、木村につたえてくれ」

「委細承知」

晋作は、探索の網の目がさらに絞られたことを推察し、面に緊迫を迸（ほとばし）らせた。

蔵人は、新九郎の住まいに立ち寄り、

「明夜から、清蔵寺に寄留する御宮番を張り込め。御宮番頭・山崎兵庫を主たる目当てとし、他の者の動きには、目をつむってもよい。動きは尾行までとし、決して刃を合わせてはならぬ。山崎兵庫はじめ御宮番らの腕のほど、なかなかのものとみた。そのつもりでかかれ」

と命じた。新九郎は、一瞬黙した。ややあって、蔵人を瞠目し、

「刀に封印いたしたつもりで、事にあたります」

と応えた。

吉原田圃沿いに少しゆき、混林を抜ければ、貞岸寺裏の蔵人の住まいへ出る。ゆっくりと歩きながら、蔵人は、あとは公儀御文庫から復中にもどる柴田と仁七を待てばよい、と心中でつぶやいていた。

四

仁七がやって来たのとほぼ時を同じくして、柴田がもどってきた。蔵人は柴田に夕餉を済ませるようにいい、仁七と裏庭に面した座敷で向かい合った。

蔵人は仁七から、打ち毀しにあった商家のなかに、主人が玄心に狐を憑けられた御店があるかどうか、その一点についての復申を受けた。

常陸屋など、三軒の御店のぐるりに聞込みをかけた仁七だったが、

「玄心のげの字も出てこない、影も形もないありさまで。どうやら今日聞き込んだ三軒の御店は、玄心とはかかわりがないものと」

渋い顔つきで蔵人に告げた。

蔵人は、あらためて仁七を見つめた。

「仁七。玄心は、箱根で修行した僧との触れ込みだったな」

「風聞ではそう聞いておりやす」

「玄心のこと、くわしく知りたい。すまぬが明朝早々、箱根へ旅立ってくれ」

「玄心の出自からいままでのことを、腕によりをかけて、洗いざらい調べてきまさあ」

仁七は、にやりと不敵な笑みを浮かべた。

仁七が出ていったのを見計らっていたのか、入れ違いに、柴田源之進が座敷へ入ってきて、蔵人の前に坐った。

風呂敷包みを開き、分厚い書付の束を取りだした柴田は、開口一番いった。

「御頭。天海大僧正は明智光秀なり、との説が、ひそかにつたえられておりますぞ」

柴田が半信半疑なのは、音骨に籠もる、微かな揶揄により推断できた。

「おれも小耳に挟んだことがある。もっとも、主君・織田信長公が宿泊する本能寺を急襲した主殺しの反逆人明智光秀と、徳川幕府の礎を築くに、多大な功のあった天海大僧正が、同一人物のはずがない、と一笑に付した記憶があるが……」

蔵人の応えに柴田も、

「わたしもそうおもいます。が、天海大僧正・明智光秀同一人説には、それなりの説得力のある論拠がありまして」

そういい、目前に置いた書付の一束を手にとった。

天海は、十一歳の頃から比叡山延暦寺をはじめ、諸寺を遍歴して修行をつづけたのち、比叡山東塔の南光坊に住みつき、南光坊天海と称した。織田信長の比叡山焼討ちにあった天海は、決死の脱出を試み、武田信玄を頼って、甲斐へ落ちのびた。事の鎮まるのを待って、再び比叡山にもどった天海は、やがて、延暦寺よ

り比叡山探題に任命される。まもなく徳川家康に駿府に招かれて信望を深め、『徳川実記』に、

「つねに（家康の）左右に侍して顧問に預かり……」

とあるように政治、軍事の顧問として、次第に隠然たる権力を持ち始め、ついには「黒衣の宰相」と呼ばれるほどの、勢力を得るに至った。

二代将軍秀忠、三代将軍家光の三代に仕え、とくに家光が三代将軍職を駿河大納言忠長と争うにあたっては、春日局とともに力を尽くし、三代将軍家光を誕生させるに大きく貢献した。ために、家光の天海にたいする敬慕の念は深く、

「さながら、祖父・神君家康公にたいするに等しき畏敬をしめされる有様にて……」

と古文書に書き記されている。

天海の前半生は謎につつまれている。天海の法弟でもある胤海が、

「海師はいま何歳でおわしますか」

と問うたところ、天海は、

「氏・姓、行年もみな忘れてしもうた。空門に入った身、そのようなこと何の意味もないわ」

と受け流した、という。天海は、法弟にもおのれの出自・素性、生年を明かさなかった。徳川幕府内においては、天海は室町幕府第十二代将軍足利義晴の子、と信じられていた、とつたえられている。

「天海大僧正は明智光秀なり、という説の、裏付けとされている事柄を述べる前に、明智光秀について、話をしなければなりますまい」

柴田は別の書付の束を取り上げた。蔵人は、ただ黙して柴田のことばに聞き入っている。

明智光秀の名は、光秀が越前の朝倉氏に仕官したときに、はじめて歴史書に登場する。光秀は、朝倉氏を頼って身を寄せていた足利義昭と、その家臣細川藤孝に出会い、義昭と織田信長の対面に尽力する。以後、光秀は足利義昭と織田信長の両者に仕えるかたちとなる。

信長が義昭を擁して上洛してのち、義昭と光秀の関係は絶たれ、光秀は信長の家来となる。相次ぐ合戦で度々手柄をたてた光秀は、元亀二年（一五七一）、近江坂本城の城主の地位を得た。

明智光秀の出自は明らかではない。若狭国小浜の鍛冶師の二男であるとか、牢人某が明智姓を名乗ったとか、さまざまな説がある。もっとも有力な説とされるのが、明智氏は清和源氏からわかれた土岐氏の氏族で、美濃明智庄に住んでいたところから明智姓を名乗った、という話である。

が、系図を書き記した『続群書類従』『尊卑分脈』などの古文書を繙いても、光秀の父の名は光隆、光綱、光国と定かではない。同一人物が別名を名乗ることは、戦国時代にはよくあった。しかし、光秀の父の名がはっきりしないことだけは、たしかな事実なのだ。

天正十年（一五八二）六月、明智光秀は、毛利攻め出陣の途、

「敵は本能寺にあり」

との命令を発して本能寺を急襲し、主君・織田信長を、さらに騎虎の勢いで二条城に攻め込み、信長の嫡男・信忠をも、自刃に追いこんだ。

光秀謀反の急報を受け、毛利攻めを終え、急遽引き返した豊臣秀吉の軍勢と明智光秀軍は、京都郊外山崎の地で戦った。光秀は山崎の戦いで敗れ、近江へ逃れる途中、小栗栖にて農民の竹槍によって刺殺された、といわれている。

細川ガラシャのキリシタン洗礼名で知られる、細川忠興の妻は、明智光秀の娘

のひとりである。また、天海のよき協力者である春日局は、光秀の腹心の部下といわれた斎藤利三の娘であった。利三の妻は明智光秀の妹であり、光秀と春日局は叔父・姪として血脈をつなげているのだ。

「春日局は、明智光秀の一族のひとりであったのか。主殺しの謀反人の血を引く者を、将軍職を継ぐべき御方の乳母となすとは、よく考えてみれば、はて、面妖な話よ」

春日局の出自については、蔵人もかつて聞かされたことがある。そのときは聞き流してしまったことだが、調べあげた結果としてあらためて聞かされると、さまざまな不条理、疑問が湧き出てくる。

蔵人のことばに応えることなく、柴田源之進は本題に入るべく、さらに別の書付の束を取り上げた。

天海がその足跡を残した地は、比叡山のある近江、江戸、川越、日光などが主なところである。明智光秀は近江坂本の城主であり、近江の地で、天海と光秀の足跡は重なる。

近江の坂本に建つ西教寺には、明智光秀、妻熙子をはじめとする、明智一族の墓がある。この西教寺とならぶかたちで日吉大社がある。その日吉大社の左隣りに、日吉東照宮が存在する。

日吉東照宮は天海がつくったといわれ、日光東照宮の雛形とつたえられる神社である。天海がこの地になぜ、日吉東照宮を建立したか、その理由は定かではない。が、近江の地に、徳川家康を祀る東照宮を建設するいわれはないのだ。

しかし、天海は明智光秀なり、との説にしたがえば、近江の地に東照宮を建設した意図が、明確に見えてくる。かつておのが領地として支配した近江・坂本に、東照宮を造営することで、明智光秀ここにあり、と世間に知らしめようとしたのではないのだろうか。

天海は日吉東照宮を建立したのち、隣り合うかたちで、法勝寺を創建している。法勝寺は、のちに滋賀院とその名を変えるが、この滋賀院には、日吉東照宮を見守るかたちで、慈眼堂が造られて在り、慈眼堂には「慈眼大師　天海大僧正」が祀られている。

いろは坂をのぼった、見晴らしのよい日光の地に、日光東照宮を見守るかのように、日光東照宮創建の折り「明智平」と名付けられたところが、ひろがっている。

日吉東照宮を見守る慈眼堂と、日光東照宮を見守る位置にある明智平。この意味するところは奈辺にあるのか。天海は明智光秀なりとすれば、その意味するところは明確に見えてくるのだ。

天海は、川越の喜多院建立ののち、東叡山寛永寺を創建した。寛永寺は、京都御所の鬼門にあたる方角に比叡山が位置していたように、江戸城の鬼門にあたるところに、創建された寺院である。

ここにも天海はおのれの実体をつたえる事柄を残した。寛永寺と不忍池、近江・坂本城と琵琶湖の位置関係が酷似するように、寛永寺をつくりあげたのだ。

天海が創建した川越の喜多院に、江戸城に在った、明智光秀の血脈をつなぐ春日局の居室と、家光誕生の間が移築されたのは、いかなる意味を含むものなのか。

春日局は乳母として奉公へあがるまえは、お福と名乗っていた。このお福に徳川家康の手がつき、のちの家光となる竹千代を懐妊した。つまり、家光は徳川家康と春日局の間に出来た子であり、家康あまりに老齢のため、世間体を憚って表向き秀忠の子として育てた。が、その血脈をしめすため、徳川家康の家と明智光秀の光の字をとって家光と名付けたとの説が、まことしやかにつたえられている。

この説には尾鰭がついている。二代将軍徳川秀忠の真の嫡子は、駿河大納言忠長で、秀忠は忠長に三代将軍職を継がせる意向を固めていたが、父・家康、家康の威光を笠に着る天海と春日局の攻勢に屈して、家光に三代将軍職を譲ったというのだ。

光秀が生きながらえているのではないか、といわれつづけた理由は、発見されたときの光秀の首の有様にある。光秀の生首は、泥のなかに三日間放置されていた。初夏の三日間である。光秀の首は、顔の見極めも定かにはできぬほど、腐敗がすすんでいた。

山崎の戦い以後の、光秀の生存の証となるものも存在する。比叡山松禅寺に、光秀の寄進によるとされる石灯籠が存在する。この石灯籠に彫られた、寄進された年月は慶長二十年（一六一五）二月となっている。慶長二十年は光秀が死して三十三年も後の年号なのだ。

日光には明智平のほかに、明智光秀の足跡をしめしているのではないか、と疑念を抱かせるものが数多く存在している。徳川家康の霊廟ともいうべき、日光東照宮の建物のいくつかに、明智の家紋が残されているのだ。

光秀の木像と位牌は、京都の慈眼寺に安置されている。天海の謚号は慈眼大師である。この慈眼との諡号は、光秀の墓のある慈眼寺にちなんで名付けられたともいわれている。

「天海大僧正は明智光秀なり、との確たる証は、何一つ残されてはおりませぬ。しかし、否定しきれぬものがあるのも事実です」

柴田はそういって、書付の束を風呂敷の上に置いた。

蔵人は中天に目線を泳がせていた。歴史の時空の彼方、はるか遠くを見ているように、柴田には感じられた。

蔵人は視線を柴田にもどした。

「明智光秀の家紋は、桔梗であったな」

「如何様(いかさま)。桔梗の紋でございました」

そういった柴田の顔に、驚愕が拡がった。

「黒桔梗……」

「黒桔梗は絵馬に黒色の桔梗を描き、その上に、血をおもわせる朱色の文字を書き記している。黒の桔梗は、流れ出た血が年月を経て、黒く変色したものを表した、ととれぬこともない」

蔵人のことばに、柴田は黙り込んだ。武士にとって家門をつなぐ、血脈をつなぐということが、いかなる意味を持つものか。武士だけではない。皇朝においても皇儲（こうちょ）を継ぐ第一は、正統な血胤（けついん）のつながりである。武門に生まれた者にとって一族の血縁をつなぎ、家名を高めつづけることこそ、この世に生を受けると同時に与えられた使命のひとつ、でもあるのだ。

「くだらぬことだ」

蔵人のことばに、柴田は顔をあげた。

「そうはおもわぬか。おれは、おれ。遠い先祖のことなどは、知らぬ。いまの命を精一杯生きる。おれには、それだけのことしか出来ぬ。が、家系だの血胤だのに縛られて、日々を過ごさざるをえぬ仕組みは、厳然として存在する。無意味なことだ。血脈の呪縛にとらわれることは、血流に呪詛（じゅそ）され、呪われつづけているのと、同じことではないのか」

「……しかし、今の世においては一族の血の流れこそ大事。名門の血にある者のみが、生まれながらにこの世を支配する仕組みとなっております。われらがどうあがいても、この仕組み、変わることはありますまい」

蔵人は、黙した。

沈黙が、重く、その場を覆った。

ややあって……。

蔵人が、告げた。

「柴田、明朝、川越へ行ってくれ。仙波東照宮御宮番がこと、ひとつのこさず調べあげてくるのだ。なぜ天海大僧正にかかわる者たちが、代々御宮番の職を継いでいるのか。そのことを、とくに念入りに調べてくれ」

柴田は、蔵人をまっすぐに見据えて、首肯した。

五

翌暁七つ半(午前五時)、蔵人は柴田を、貞岸寺表門から送り出した。柴田は朝靄が立ちこめる通りを、小塚原へ向かって歩き去っていった。柴田は、小塚原を左へ折れ、見え隠れする隅田川を右手にうかがいながら、川越街道へ出る道筋をたどるつもりでいるようだった。蔵人は、柴田の姿が深い靄のなかに吸い込まれるまで見送っていた。

住まいにもどった蔵人は、前庭に出て、日課の胴田貫の打ち振りを始めた。早朝の冷気が風に乱されて、あるときは冷ややかに、あるときは木々の息吹に温められて、蔵人のまわりを通り過ぎていく。蔵人もまた、気を乱していた。蔵人の躰から噴き出しては、動きにあわせて飛び散る汗が、風を濡らした。

すべての動きが止まり、風の気がひとところに停滞する刹那、蔵人はおのれの気をぶつけて打ち込み、風の気と勝ち負けを競った。風はするりと身をかわし、ふたたび蔵人の打ち込みを待つ。打ち込む瞬時、瞬時がおのが気の集中の度合いの計りとなり、一振り、一振りが、ひとつとして同じ打ち込みとならぬことに、蔵人は、驚きすらおぼえていた。

千本の打ち振りを終えた蔵人は、汗を拭って着替え、雪絵が薬草採りに出かける前に用意してくれていた、朝餉の膳に向かった。鰯の塩焼きと沢庵、根深汁。蔵人は、鍋を反故紙で幾重にも包み、根深汁のぬくみが少しでも残るようにしてくれた、雪絵の心遣いを噛みしめながら、食した。

食事を終えた蔵人は、貞岸寺の裏庭に面した濡れ縁に坐った。目を瞑り、木々の囁きを聞く。蔵人にとって、わずかな心安らぐときであった。

小半刻も過ぎたころ、馬蹄の響きが蔵人の耳に入り込んできた。その音が次第に大きくなるところをみると、騎馬は近づいて来るようだった。

やがて、蹄(ひずめ)の音が止まった。何者かが飛び降りて、貞岸寺の境内へ駆け込んでくる気配を、蔵人はとらえていた。

蔵人は、傍らに置いた大刀を手に立ち上がった。貞岸寺の境内の林が切れたあたり、裏手へつづく小道から、息せき切って走り出た者がいた。火付盗賊改方同心・相田倫太郎であった。

相田との打ち合わせでは、直接蔵人の住まいをたずねてはならぬ、と取り決めてあった。町医者を擬した多聞の診療所を、病気治療をよそおって相田が訪れ、蔵人を呼び出す、との手筈になっていた。が、相田はそのことを忘れていた。いや、気配りするほどの余裕を失っていた。

相田は濡れ縁に立つ蔵人を見いだすや、一直線に走ってきた。蔵人は、相田を咎めようとはしなかった。相田のなすがままにまかせた。容易ならざる事態が発生したことは、相田の引きつった形相から推察できた。

「まずは落ち着かれよ。用件を手短に」

穏やかな口調だったが、蔵人の声音には厳しさが宿っていた。

相田が立ち止まり、ふう、と息を吐いた。目が血走っていた。

「神田明神の宝物蔵が黒桔梗に襲われ、宝物を奪われました。そこに黒い桔梗の描かれた絵馬と、寄場人足の生首が、躰を置台がわりとして残されておりました。寺社奉行から内々の急報があり、御頭はじめ火盗改メの手の者が、神田明神へ出張っております。御頭が、結城殿に直ちに来ていただきたい、と仰っておいでです。至急支度をととのえられ、わたしの乗ってきた馬で、急行していただきたい」

相田は一息にいいきった。

「暫時待たれよ」

座敷にもどった蔵人は、筒袖の着物に着替え、軽衫袴を身に着けた。詮議を手伝う武芸者という風体となった蔵人は、大小を腰に帯びた。

神田明神の赤鳥居の前で、小柴礼三郎が、騎馬で駆けつけた蔵人を待ち受けていた。馬から降り立った蔵人から受け取った手綱を、警戒にあたる手の者に手渡して小柴は、

「御頭がお待ちでございます」

と先に立って歩き出した。寺社奉行配下の者が諸方に立ち、神田明神の境内はものものしい様相を呈していた。寺社は寺社奉行の差配下にある。差配違いの火盗改メが、神田明神に立ち入って詮議するなど、ふつうならあり得ぬことであっ

た。

宝物蔵に、黒色の桔梗を描いた絵馬を黒桔梗が残していたことから、寺社奉行が火盗改メにひそかな配慮をほどこした、というのが、ほんとうのところであった。その証に、寺社奉行配下の者たちは火盗改メの手の者と出会うと目を背け、あからさまに見て見ぬ振りをした。

平蔵はひとり、神田明神の宝物蔵のなかにいた。平蔵の前に筵をかけられた寄場人足の骸が転がっていた。筵のなかほどが盛り上がっているところをみると、生首が躰の上に置かれた、発見されたときのままの様子で、置いてあるようだった。

蔵人は膝をつき、筵をめくった。目を剝いた、無惨な形相の寄場人足の生首が、そこにあった。背後から平蔵が声をかけた。

「寄場付同心・大場武右衛門を呼び、顔あらためをさせた。秩父無宿・留吉に相違ない、とのことじゃ」

蔵人は筵をもとにもどした。武州無宿の寄場人足が三人相次いで殺され、骸をこれみよがしに放置された。そこに、蔵人は殺戮者(さつりくしゃ)の目論見を感じた。

平蔵が向き直った蔵人の前に、懐紙につつんだ一枚の絵馬を置いた。黒い桔梗

が描かれていた。絵馬には、朱文字で、

「火事騒ぎで逃亡せし、石川島人足寄場の人足どもの始末料として、神田明神の宝物多数申し受け候　黒桔梗」

と記されてあった。

「寺社方の調べでは、宝物蔵に蔵してあった宝物の、三割ほどが奪われているそうな」

平蔵がいつもとかわらぬ口調でいった。蔵人は、うなずき、ぐるりを見渡した。どこから侵入したものか、一見しただけでは分かりかねた。

「相田殿から聞いた話では、神田明神の神官、宮司たちは何の物音も聞いていないとのこと。物音をたてずに三割もの量の宝物を盗むなど、とても考えられませぬ」

蔵人は、抱いた疑問を口にした。

「いまのところどうやって侵入したかわからぬ。寄場人足の骸は、残された血の量から判断して、どこか余所(よそ)で殺され、運び込まれたとおもわれる」

蔵人は黙り込んだ。皆目見当がつかなかった。相田から、

「神田明神の宝物蔵が荒らされた」

と聞かされたとき、蔵人の脳裡に浮かび上がった事柄があった。そのことを、いま、蔵人はおもいおこした。

「神田明神は、天海大僧正が上野の東叡山寛永寺、平将門公塚とともに、江戸の鬼門を守護すべく祈願し、祀った古社でございましたな」

　蔵人のことばに平蔵が首肯した。

　神田明神は徳川幕府開府のころ、神田橋御門の近くに在り、平将門公塚の近辺に鎮座していた。が、江戸城の拡大工事のさいに、駿河台（するがだい）の鈴木町へ移され、さらに元和二年（一六一六）に、天海大僧正の進言により湯島台地に移転せしめることとなった。

　江戸の鬼門に位置することになった神田明神は、反骨精神旺盛の神、大己貴命（おおなむちのみこと）（別名を大国主命（おおくにぬしのみこと）という）を祭神とすることもあって、江戸の産土神（うぶすながみ）として幕府より尊崇され、庶民の信仰を集めた。

「神田明神が、江戸の鬼門を守護する古社であるということと、此度の宝物蔵荒らし、何らかのかかわりがあると申すのか」

しばしの沈黙ののち、平蔵が問いかけた。

「いや。何の根拠もありませぬこと。一笑に付されるだけかもしれませぬが」

正直、蔵人は迷っていた。おのれだけが気がかりとしていることだった。

「かまわぬ。申してみよ」

蔵人は平蔵に眼を向けた。

「一連の事件に、天海大僧正の影が見え隠れしている。ただそう感じているだけかもしれませぬが」

「天海大僧正とな」

平蔵が、ことばの真意を見極めるかのように、蔵人を見据えた。

「天海大僧正が住職を務められていたは、武州川越・喜多院。打ち毀しにあった伊勢屋へ斬り込み、暴徒たちの一部を成敗したは、仙波東照宮御宮番の方々。仙波東照宮は、天海大僧正が御神君の御霊を、伊豆久能山から日光東照宮へ移されるさいに、喜多院にて法要したことを記念して創建された宮社であり、仙波東照宮御宮番を務めるのは、天海大僧正にかかわりの深い血流、家柄の者たちと定められている由。いずれも天海大僧正につながる事柄。それゆえ」

「待て。そのこと、わし以外他言無用ぞ」

「御神君に及ぶかもしれぬ探索。これ以上無用と」

蔵人が片膝をすすめた。

「この世に害なす者の探索。たとえ御神君にかかわりがあろうと、すすめねばならぬ。が、公儀の威光に傷がつくことになりかねぬ、と腰の退ける御仁が出てこぬともかぎらぬ」

「老中首座様より何やらありましたか」

「『神田明神は幕府の尊崇する古社。いままでのことはすべて忘れるゆえ、あらためて職を賭す覚悟で、事にあたってくれ』との書付が、さきほど御老中より届いておる」

平蔵が薄く笑った。平蔵にはめずらしく、皮肉なものが、その笑みに含まれていた。

「人手が足りぬときは、ひそかに、相田はじめ小柴ら火盗改メの同心たちを使え。石島には、わしからそのことをいっておく」

そこでことばをきった平蔵が、あらためて蔵人をみつめて、いった。

「天海大僧正は呪術を駆使して、餓鬼・羅刹などの鬼どもを自在に操る、鬼道を能くした、験力の持主でもあったと聞いている。その天海大僧正を黒幕とする奴どもなら、相手にとって不足はない。久しぶりに本所の銕の昔にもどって、大喧嘩してみたい。蔵人、加勢させろ。遠慮は無用ぞ」

蔵人は、不敵な笑みをもって、平蔵に応えた。

第六章　冑裔

一

真野晋作は、木村又次郎とともに、明泉寺の塔頭・紀宝院の張込みについていた。晋作は、いままでどおり明泉寺の総門の外から、木村は、明泉寺境内の、紀宝院の表門と、裏門にあたる潜門を臨む場所に陣取って張り込む、と打ち合わせていた。

昼八つ（午後二時）、墨染めの衣に網代笠をかぶった玄心が、数珠と樫の金剛杖を手に、明泉寺の総門から出てきた。

晋作は見え隠れに後を追った。玄心は健脚である。江戸城の外堀に沿って、牛込御門から小石川御門へとすすむ玄心を、晋作は、必死のおもいで追いつづけた。

上野・不忍池沿いの通りを抜けた玄心は、日暮の里へ向かって、歩いていく。

道灌山近くへ来た玄心は、秋田藩上屋敷の塀沿いに歩をすすめた。晋作は、道灌山の林に足を踏み入れ、木の蔭に身を隠しながら、尾行をつづけていくと……。

塀が切れたあたりで、玄心が立ち止まった。網代笠の端に手をかけて持ち上げ、周囲を見渡す。晋作は玄心を瞠目した。

網代笠をもどした玄心は、道灌山の混林のなかへ踏み込んでいった。晋作も木々の間を抜けて、玄心を追った。

玄心は、大木の前に立つ、三人の浪人者に向かって歩み寄っていく。浪人たちはいずれも不敵な面構えで、頑強な体軀と身ごなしから、屈強の者とみえた。

三人の浪人と落ち合った玄心は、大木の根もとで車座に坐った。晋作は、大木から数尺の距離まで近づいた。木陰に身を隠し、玄心たちの様子をうかがう。

(このような人目を避ける場所で、浪人たちと会わなければならない理由が、玄心にはあるのだ)

晋作は、玄心たちの一挙手一投足に目を注いだ。もちろん話し声は聞こえない。表情などから、何かを読みとることができないか、とのおもいをこめた動きであった。

小半刻（三十分）ほど、玄心たちは顔を寄せ合い、密談をこらした。

玄心たちは立ち上がった。二手に分かれて歩き去っていく。

晋作は、玄心か、それとも浪人たちを尾（つ）けるべきか、逡巡した。

（玄心はおそらく紀宝院へもどるだろう。が、浪人たちは、この場で見逃すと二度と出会うことはないかもしれない）

明泉寺の境内には、紀宝院を張り込む木村又次郎がいる。そのことが、晋作に浪人たちの尾行を決意させた。

浪人たちは、太田道灌の居城跡でもある風光明媚（ふうこうめいび）な道灌山の混林を、のんびりと歩いていく。なだらかな山肌をおりると、輿楽寺（よらくじ）や六阿弥陀の甍（いらか）が木々の間からかいま見えた。そぞろ歩きで風景を楽しんでいる浪人たちの様子に、晋作に景色を愛（め）でる気がふと湧き出た。

ぐるりと見渡した晋作の目線の端が、三手にわかれた浪人たちが、身近にある木々の背後に身を隠す様をとらえた。

動きからみて、浪人たちが襲撃を仕掛けてくるのは明白だった。晋作の躰に緊張が走った。刀を抜き放つ。晋作は浪人たちへ向かって一気に走った。

晋作の動きは浪人たちにとっては、予想だにしないものであった。あわてて大刀を抜き連れた三人の浪人は、誰が先に斬ってかかるか、たがいに様子を見合うかたちとなった。牽制しあった三人の間に、わずかな隙が生じていた。

晋作は刀を八双に構えたまま、三人の浪人が身を置いた木々の間の、わずかに広い左側の、二本の木の間を抜けるべく、駆けた。

浪人ふたりは、同時に左右から斬りかかると相討ちとなる、とみてとったのか、たがいに立つ位置をずらしあった。そのことが、さらなる隙を生んだ。すべて晋作の計算どおりの、浪人ふたりの動きであった。

晋作は走った。左右から、相前後して斬りかかってきた浪人たちの大刀を撥ね、返す刀で刃をぶつけた晋作は、興楽寺の境内めざして、山肌を駆けおりていった。

興楽寺は名刹である。その境内はいつも参詣客でにぎわっていた。門前には茶屋がたちならび、茶屋女が客の袖を引く店もあった。

刀を振りかざし、派手に暴れ回るには、目立ち過ぎる場所であった。晋作は、

（道灌山の大木の根もとで円陣を組んで密談をかわす輩。人前に出れば、尾けてくることはあっても、斬りかかってくることはあるまい）

とふんでいた。

案の定、興楽寺の本堂の背後から境内に入った晋作を、追って来るものはいな

かった。本堂から石段をおりた晋作は、境内をぶらつきながら、群れて動きまわっている一団を捜した。長屋の店子（たなご）が、大家と一緒に参詣に来ているのであろうか、十数人のまずしい身なりの一群がいた。境内に莫蓙（ござ）を敷き、握り飯を頬張っている。おやつがわりに食しているのであろう。

晋作はその一群にさりげなく近づき、立木の根に腰をおろした。ほどなく大家と店子たちは帰り支度をはじめた。

晋作は数歩ほど離れて、長屋の者たちの後ろから歩き続けた。

谷中天王寺から根津権現へ抜けたところで、晋作は長屋の一行から離れた。浪人たちが尾けてくる気配はなかった。が、晋作は警戒を解かなかった。

根津権現門前町から七軒町、湯島切通町へと、晋作は人通りの絶えない通りを選んで歩いた。晋作は、明泉寺へはもどらぬつもりでいた。晋作の尾行に気づいた玄心が、

「うるさい蠅（はえ）」

を始末すべく、浪人三人に襲撃を命じた、と考えられぬことはない。明泉寺へもどることは、敵中に身を晒（さら）すにひとしい行為となる恐れがあった。万が一、晋作が襲われたら、木村と交代で張込みについているはずの蔵人が、救出のために

必ず斬って出るに違いなかった。

（そうなれば玄心の張込み、つづけることがむずかしくなる）

晋作は尾行がないことを、何度も確かめながら、吉原田圃沿いの混林に建つ、おのが住まいへの道を急いだ。

（御頭への復申は明朝、玄心の張込みに出かける前に為すしかあるまい）

晋作は胸中で、そうおもいさだめた。

交代のとき、いつものように明泉寺へつらなる道でゆきあった蔵人は、立ち話をよそおって、木村又次郎から、

「玄心を尾けた晋作が、いまだにもどりませぬ」

との復申をうけた。

しばし黙った蔵人だったが、木村に、

「晋作が住まいへもどっていたら、おれが帰るまで動くな、と伝言してくれ。それと、新九郎に明朝は住まいに待機するよう、つたえてほしい」

といい、そのまま張込みへ向かった。

蔵人は、玄心ひとりもどってきたら晋作に何かあった、とみるべきだとおもっ

ていた。

蔵人のみるかぎり、玄心の武術の腕は、晋作の業前より数段勝っていた。そのことは玄心の身のこなしでわかる。

玄心の金剛杖の打ち込みを、刀で受けたものの力負けして、脳天をしたたかに叩き割られる晋作の姿が、蔵人の脳裡をかすめた。

裏火盗の任務につく者として、探索途上の死は、つねにつきまとうことであった。蔵人は、抱いた不吉なおもいを強く打ち消した。

宵五つ（午後八時）、玄心が明泉寺へ帰ってきた。脇門からなかへ入る玄心の姿を、蔵人は、千寿寺の塀の切れたあたりから見つめていた。

晋作の性格からして、玄心が明泉寺へ帰りつくまで、尾行をつづけるはずであった。が、晋作の姿はなかった。

（やはり晋作の身に、何ごとか起こったのだ）

蔵人は、晋作の身を案じつつ、固く閉ざされた明泉寺の総門をあらためて瞠目した。

二

翌朝、明泉寺の張込みを終えた蔵人は、まっすぐに新九郎の住まいを訪ねた。

「今日より晋作にかわって、明泉寺の塔頭・紀宝院を張り込め」

そう新九郎に命じた蔵人は、混林へ出て、晋作たちが借りうけている百姓家へ出向いた。

晋作の無事は、張込みの交代の折り、行き交いざま、木村から、

「晋作は住まいにもどっておりました」

と一言、告げられていた。

座敷にあがらず、土間の上がり框(かまち)に腰を掛けたまま、蔵人は晋作の復申を受けた。

尾行した玄心が、道灌山で得体のしれぬ三人の浪人と密談したこと。浪人を尾行したところ、気づかれて襲撃され、

「逃げるが勝ち」

と相手の隙をついて脱出したことなどを、手短に復申した晋作に、蔵人がいっ

た。

「浪人たちが襲ってきたのは、おそらく、玄心と打ち合わせた上でのことであろう。玄心にそちの顔は覚えられたとみるべきだ。今夜より新九郎にかわって、御宮番を張り込め。決して刃をあわせてはならぬ。御宮番頭・山崎兵庫はもちろん、御宮番の者どもも、なかなかの業前とみた。見張るだけでよい」

晋作は、面(おもて)を引き締め、大きく首肯した。

蔵人が玄心の張込みを新九郎にまかせたのは、新九郎の剣の腕なら、浪人のひとりも捕らえられるかもしれない、との期待もあったからだった。新九郎は、裏火盗のなかで、蔵人に次ぐ剣の達人であった。が、その新九郎でも、

(玄心が相手では勝ち負けはわからぬ)

と蔵人は推断していた。蔵人は、玄心がどんな武芸を能(よ)くするか知らなかった。

玄心の身のこなしから推察してのことであった。

玄心が、つねに金剛杖を持ち歩いている所からみて、

(玄心は、杖術(じょうじゅつ)を得意としているに相違ない)

と推量しているにすぎない。

蔵人は、玄心の、得体のしれぬ浪人三人との道灌山での密会は、次なる動きを段取るためのこととみていた。

(たぶん打ち毀しの打ち合わせ。今夜にでも、打ち毀しを仕掛けるつもりかもしれない)

蔵人は、今夜も張り込むことにしていた。玄心が外出すれば尾行して、打ち毀しとなれば、たとえひとりでも斬り込むと腹をくくってもいた。家人、奉公人皆殺しの惨劇だけは食い止めたかった。

(今宵こそは、打ち毀しを差配する雲水の正体、見極めてみせる)

そう決意を新たにする蔵人であった。

仮眠を取った蔵人は、昼八つ半(午後三時)過ぎに多聞を訪ねた。多聞は、勝手からつらなる板の間で、遅い昼飯を取りおわったところだった。午後の診察を望む客が数人、すでに診察の間と隣り合う座敷に坐っている。

雪絵は、今日も薬草の採取にでかけているようだった。

裏口から入った蔵人は、板の間にはあがらず、上がり框に腰を掛けた。

「どうだ。探索の具合は」

「雪絵どのが罌粟（けし）を採取してきております。いま、乾燥させておりますので、ほどなく薬として使える状態になるとおもいます」

多聞は、そこでいったんことばを切った。

しばしの静寂が生まれた。

多聞の様子に逡巡があった。

「どうした？」

「いえ。御頭の指示に逆らうことになりかねぬこと。正直いって口にしていいものかどうか迷っております」

「薬草にかかわることか」

「左様でございます。御頭は採取してきた薬草にこだわっておられますが、薬種問屋で買い求められる乾燥した薬草でも、事足りるかとおもわれます。過ぎ去る時が惜しゅうございます」

こんどは蔵人が黙り込む番だった。ややあって、いった。

「採取してきた薬草を乾燥してつくりだした薬と、いつ採取したかわからぬ、乾燥しきった薬草からつくりえた薬とでは、発する臭いなど、微妙に違うのではないのか。新九郎とて、一度しか嗅いだことのない臭い。できうるかぎり薬がつくりだされた成り立ちを同じうして、臭いをかがせたいのだ」

「御頭が、薬は新たに採取した薬草からつくりだされたもの、と推断された理由をお聞かせ願えませぬか」

やわらかい口調だったが、多聞の音骨には、理由を聞かないかぎり納得しかねる、との強い意志が含まれていた。

「玄心が、薬種問屋より買った薬草を仕掛けに使うはずがない、と推察したのは、ただ一点。医師でもないものが、薬種問屋より幻聴幻覚をもたらす薬のもととなる薬草を買い求めたら、詮議をかければ、必ずそのことが露見してくるはず。玄心ほどの者が、そのような危険をおかすはずがない、とそうおもったのだ」

「わかりました。ひとつ私に試験をやらせてくだされ。さいわい雪絵どのが採取してきた薬草を、いま乾燥しておりまする。雪絵どのが採取してきた薬草と、薬種問屋から買い求めてきた薬草から薬をつくりだし、発する臭いを、比べてみるのも一策かとおもいまするが」

「願ってもないこと。おれも、無為に時が流れていくことは避けたいのだ」

多聞は柔らかに微笑んだ。

それも一瞬……。

再び厳しい顔つきにもどり、多聞はいった。

「じつは雪絵どののことにつきまして」

「雪絵が、どうかしたのか」

「雪絵どのに、薬草採りの仲間ができたようで。気立てのいい郷士の娘だとか」

「郷士の娘……」

「それも、武州・川越在の。……御役目のかかわりで、江戸へ来ている者の身の回りの世話をしているとかで」

蔵人のなかで不吉な予感がはじけた。

「住まうところは、まさか……」

「私には、しかとはわかりませぬ。雪絵どのからは、ただ日光御門主御隠殿近くの寺とだけきいております」

「なに。日光御門主御隠殿の近くだと」

多聞が、声をひそめた。

「推察しまするに、おそらく仙波東照宮御宮番にかかわりのある者かと」

「おそらく、な」

蔵人は、雪絵が味わうことになるであろう哀しみをおもいやった。友とおもう相手を詮議せねばならぬ苦しみ、悲哀は、［龍神］と名乗って世を騒がせた幼友達の藤木彦之助を追いつめるにあたって、厭というほど味わい、骨身にしみた蔵人であった。

蔵人は、薬草採りをつづけているであろう雪絵に、おもいを馳せた。

雪絵は御殿山から飛鳥山へつらなる山間にいた。蒼天を、さまざまなかたちの雲がゆったりと流れ渡り、去っていく。遥か彼方、筑波山が空を切って、その山影をくっきりと浮かび上がらせていた。

麻苧らしき草木を見つけた雪絵が、歩み寄ろうとしたとき、背後で、かすかな呻き声が聞こえた。

驚いて振り向いた雪絵が見たものは、吐き気でもするのか、口を押さえてうずくまる浪野の姿であった。

（つわり!?）

咄嗟に浮かび上がったことに、雪絵自身戸惑っていた。

（そんなことは、決して、ない。浪野さんは、まだ独り身。ふしだらをしでかす人柄ではない）

そう強く打ち消しながら、浪野に駆けよった雪絵は、声をかけた。

「どうなされました」

「いえ。ちょっと吐き気が。このところ躰の具合がすぐれませぬゆえ、食にでもあたったのかもしれません」

顔を上げて浪野が応えた。一目見ただけでもわかるほど、面が蒼(あお)ざめていた。

「送りましょう。途中で何かあって、倒れでもしたら大変です。転ばぬ先の杖。遠慮なさらずに」

浪野が、黙り込んだ。どうしたらいいか決めかねている様子だった。

「送らせてください。ひとりで浪野さんを帰したら、わたしも気がかり。わたしのためにも、送らせてください」

雪絵は、そういって浪野の肩に手をかけた。

「すみません。お言葉に甘えさせていただきます」

雪絵を見つめた浪野は、さも申し訳なさそうに頭を下げた。

三

その夜、玄心は動かなかった。玄心に動きがないということは、打ち毀しはなかったとみるべきであった。蔵人は、おのれの予測がみごとにはずれたことに、少なからぬ衝撃を受けていた。

(これまでの探索で培ってきた勘働きが、頼りにならぬとなると、おれは向後、何を目当てに探索をすすめていけばよいのだ)

蔵人は、かつて何度も、おのれの勘働きによって一件落着の糸口をつかんできた。その自信が、いまぐらつきはじめている。

木村や新九郎と張込みを交代して、貞岸寺裏の住まいへもどった蔵人は、疲れた躰に鞭打って、胴田貫の打ち振りを行った。そうせずにはおられぬ心持ちであった。打ち振りを終え、汗を拭って朝餉をすませた蔵人は、床についた。

不覚にも、蔵人は、多聞が裏口を開け、閉じ終えるまで、その気配に気づかぬほど、まさしく泥のように眠っていた。

土間に入った多聞は、

「御頭」

と声をかけた。蔵人が、連夜の張込みで疲れきっていることを察した多聞が、蔵人の躰を気遣いながら為した、呼びかけであった。多聞のこころ遣いがその声音にこもっていた。

「多聞さんか」

起きあがり、着替えながら蔵人は応えた。用件はわかっていた。診察のさなかに、多聞が蔵人の住まいへ来るということは、火付盗賊改方同心・相田倫太郎が急な知らせを携えてやって来た、ということに他ならなかった。

多聞の診療所の奥の間で、蔵人と相田は向かい合って坐っていた。

相田の急報は、

「昨夜、神田佐久間町（さくまちょう）の塩問屋［伯方屋（はかたや）］が打ち毀しにあい、二棟の蔵におさめられていた塩が根こそぎ奪われた」

というものであった。

相田の知らせを聞きながら、蔵人は、おのれの勘がさほどはずれていなかったことに、安堵感すら覚えていた。

と確信できたことに、蔵人は探索への自信を甦らせていた。

　玄心は動かなかった。が、打ち毀しの手筈は、道灌山で浪人たちと、すでにすませていたのだ。そして、その企ては実行された。

　玄心が動かなかったのは、おのれが張り込まれていることを、察していたからに違いない。

（玄心は動かぬことで、張り込む者に『おのれは打ち毀しとは無関係』と思い込ませようと謀ったのだ）

　蔵人は、打ち毀しにかかわることで、いまひとつ疑惑を抱いている事柄があった。相田に、問うた。

「伯方屋の打ち毀し、このところつづいた、家人・奉公人皆殺しの阿鼻叫喚が再び、行われたのであろうか」

「それが、抵抗した手代が肩口を斬られて大怪我を負っただけでして。このところの打ち毀しの荒れようとうってかわって、粛々と、打ち毀しがなされた有様にて」

（不謹慎な……）

　とおのれを責めながらも、勘働きにそれほどの狂いがない、相田は、訝しげに首を傾げた。

蔵人は、抱いていた疑問が、一挙に氷解していくのを感じた。いまや、こころのなかでは確信と変わりつつある、解けかかったその疑問を口にした。

「やはり打ち毀しをかける輩が、二組いるのだ」

「何か確証が見つかったのでござるか」

蔵人のことばに、相田は身を乗りだした。

「確証は、まだ、つかんでおらぬ。が、敵は動くことで、おのれのことを天下に示そうとしているようにおもえる。行動する。そのことだけしか、おのが目的を果たす手段を持ちあわせていないのだ。動けば動くほど、必ずどこかにほころびが生じる。奴らが正体を現すときは、間近に迫っている」

相田は、うむ、と唸った。納得しかねている様子が垣間見えた。それも一瞬、顔を上げ、蔵人を見つめていった。

「結城殿。先日、御頭より内々の指示がございましてな。身共ともども一部の同心たちは、結城殿からの要請があれば、ただちにその命にしたがえ、とのことでありました。その数、火盗改メ同心のほぼ半数にあたりまする。いつでも支度はととのっております。いますぐ、この場からでも動くことできます。何か、ありませぬか」

相田が一膝にじり寄った。蔵人は、相田をじっとみつめて、告げた。

「ほどなく仁七と柴田が、詮議を終えて立ち戻るはず。そのあと、助勢をお願いいたすことに」

「いつでも、お役に立ちます。腕がなります」

片袖をまくり上げ、相田は破顔一笑した。

笑みをかえした蔵人は、仁七のことをおもいおこしていた。仁七の探索の次第で、玄心の狙いとするところが明白になる、と蔵人は推断していた。

蔵人は、玄心が打ち毀しの一派であることは確かなこと、とみていた。もう一組は、御宮番頭・山崎兵庫に率いられた、仙波東照宮御宮番の者ども、と推理していた。

推理の根拠はいくつかあった。ひとつは、油問屋伊勢屋に打ち毀しをかけた暴徒を退却せしめた、山崎兵庫と仙波東照宮御宮番の評判の高まり方が、異常な速さで町人の間に流布したことであった。その噂も、

「打ち毀しの暴徒を、一挙に退却せしめた」

と事件にかかわるものだけではなく、

「さすが三大東照宮のひとつ、仙波東照宮御宮番の方々。いずれも折り目正しく、謹厳実直を、絵に描いたような日々のすごしぶり、と仮の宿舎の清蔵寺近くでは感心しきり、もっぱらの噂だそうで」

といった、御宮番の人品の評価にかかわる風聞まで、つたわっているのだった。

噂は、人の口から口へとつたわっていくものである。その伝播の速さには、おのずと限界がある。伝播の速度がふつうのときと違って、一気にひろがったときは、何らかの、人為的な手段が介入した、と推察すべきであった。

(仙波東照宮御宮番は、朱印高増を公儀へ懇願するために、江戸へ出てきたのだ。仙波東照宮御宮番の、よき評判が高まれば高まるほど、公儀は御宮番たちの懇願を無視できぬことになる。町民の声は、幕閣の要人たちといえども、おろそかにはできぬものだ)

今の時代、大商人たちに多額の借金を重ねている大名や旗本は、掃いて捨てるほどいる。町の声に大商人たちが同調しだしたら、公儀も、その意見を聞かざるを得ない仕儀に陥るのだ。

それだけではない。一連の事件には、今はなき天海大僧正の影がつきまとっている。蔵人のおもいこみにすぎないのかもしれぬ。が、蔵人の勘が、そうではないと告げていた。

仙波東照宮は、天海大僧正が創建した古社である。仙波東照宮を警固する御宮番には、天海大僧正ゆかりの者たちがその任につくと定められ、世襲されつづけて今日にいたっている。

三大東照宮のひとつと称される、仙波東照宮の警固の任にあたる者が、公儀の役人ではないということは、特別な扱いを受ける何らかの理由が、そこには隠されていると考えるべきであった。

さらにひとつ、蔵人が仙波東照宮御宮番を疑う理由があった。夜中、御宮番たちは、堂々と徒党を組んで江戸市中のどこを歩いても、お咎めを承けない立場にいる、という点であった。江戸南・北両町奉行所に協力するという建前ではあるが、御宮番たちが不穏な企みをめぐらしているとすれば、まさしく狼を野に放ったのと等しいことになるのだ。また、月番町奉行所、火付盗賊改方以外の者が、江戸の治安の一端を担うなど、ふつうではありえることではなかった。

ふつうではないことが重なっているのだ。が、蔵人は、

（まずは、玄心のことを、くわしく知りたい）

とおもっていた。思案をめぐらした蔵人は、玄心のことを何一つ知らぬにひと

しいおのれの有様を、あらためておもいしらされていた。

箱根権現は、芦ノ湖の東岸にある古社で、箱根神社とも呼ばれている。箱根山は、数人の仙人によって開山されたとの伝承が残る、峻険な、人跡稀な地と評された霊山であった。

仁七は、いま、その霊山・箱根にいる。仁七は多聞から教導を得た、にわか仕込みの薬の知識をもとに、江戸から来た薬の行商をよそおって、旅を重ねていた。修験者たちの泊まる宿坊に立ち寄っては、聞込みをかけた。

「江戸で、いま評判の名僧・玄心さまは、ここ箱根で修行なされた方だそうで」

薬を商いながら、そう話しかける仁七に、修験僧たちのほとんどが、

「玄心？　聞かぬ名だな」

と首を傾げた。

仁七は、玄心は、箱根山で修行していた時代は、違う法名を名乗っていたのではないのか、と思いはじめていた。もし別の法名であったとすれば、その法名を知らぬ仁七には、玄心の探索は不可能に近いものとなる。

仁七は、焦った。が、諦めるわけにはいかなかった。

「手がかりのひとつも摑んでみせる」

密偵としての意地があった。盗っ人として、さまざまな修羅場をくぐり抜けてきた生き様が、

「詮議の腕では、探索方のお役人衆には負けぬ」

との、決して譲らぬ男の矜持を、仁七のなかにつくりあげていた。

その矜持が、仁七を支えた。

仁七は、箱根の山々を休む間もなく歩きまわった。

箱根権現奥宮近くの、いまにも崩れ落ちそうな宿坊がわりの山小屋で、仁七はついに玄心の手がかりを得た。年老いたその修験僧は、玄心の名を聞くや、首を傾げた。

「玄心が、箱根で修行したと申しているとは面妖な。玄心が箱根ですごしたのは、わずかに数ヶ月たらず。わしは一月余、玄心と二子山にて過ごしたが、その折り玄心は『大山で修行を積んだ者』と申しておった。『箱根には、箱根修験道の臭いを嗅ぎにまいった』ともな。玄心の動きぶり、修行にはほど遠い、さながら物見遊山の体でな。日々の勤行はなまける。あまりの自堕落さに眉を顰めたこともしばしばあった。あやつは破戒僧じゃ」

と苦々しげに吐き捨てたものだった。

仁七は老僧の話に相槌をうちながら、やっと摑んだ手がかりに、心中で快哉を叫んでいた。これ以上聞き込んでも、箱根に玄心の手がかりが残されているとは、とてもおもえなかった。

（明早朝、大山へ向かう）

仁七の腹は、そう決まっていた。

四

塩問屋伯方屋が、打ち毀しにあった翌日の真夜中九つ（午前〇時）、上野の東叡山寛永寺は、物音ひとつ聞こえぬほどの静寂に支配されていた。数人の役人が隊列を組み、提灯を手に見回っている。

突然、無数の鳥が羽音を立てて飛び立った。夜中に鳥が羽ばたくなど、あってはならぬことであった。

当然のことながら、見回りの役人は色めき立った。呼子を吹き鳴らし、境内を走り回った。深夜の大捕物、とおもわせるほどの大騒ぎだったが、結局、何の異常も見いだせなかった。

「気まぐれな鳥が、一騒ぎしただけのこと」

と、ひとしきり探索をつづけたあと、見回りの差配役はそう結論づけた。

が、騒ぎの報告を聞いた寺社方の与力が、鳥が飛び立ったあたりを気にかけた。鳥が一斉に羽ばたき、飛翔した木々の近くに宝物蔵があったからだ。

「お務めにいささかの手落ちもあってはならぬ」

と寺社方与力は配下の同心たちとともに、宝物蔵の鍵を、寛永寺鍵番の者に開けさせ、なかをあらためた。

宝物蔵に一歩足を踏み入れた寺社方与力は、あまりの光景に驚愕し、立ち竦んだ。

くわっと目を見開いた生首が、入口を睨むかのように置かれていた。それもただ置かれていたのではない。生首が載せられていたのは、首なしの死体であった。生首の下には、胴体に立てかけるかたちで絵馬が置かれてあった。

絵馬には黒い桔梗が描かれ、その上に朱文字で、

[報償として宝物、ほしいままに頂戴仕り候　黒桔梗]

と書かれてあった。

神田明神のこともある。寺社方与力は寺社奉行と相談の上、ひそかに火付盗賊改方に寛永寺宝物蔵が荒らされたことをつたえ、

「差配違いには目を瞑ることにいたす。勝手に詮議なされるがよい」

と含みある扱いをした。


急を知らせにきた相田倫太郎とともに、蔵人は寛永寺へ向かった。

蔵人が駆けつけたとき、長谷川平蔵は宝物蔵にいた。平蔵の前で、石川島人足寄場付同心・大場武右衛門が首あらためをしていた。

ためつすがめつ、大場は生首を見つづけている。

やがて……。

得心がいったのか、大場は、うむ、とひとり大きくうなずいた。平蔵を見上げて、いった。

「甲州無宿・徳松に間違いありませぬ」

平蔵は小柴に、徳松の生首と死体の片づけを命じた。

傍らに控える蔵人に絵馬を手渡して、

「結城。またしても黒桔梗じゃ。生首を晒したはこれで三度目。火事騒ぎで逃亡

させた寄場人足ども、かくまいつづけるのも面倒と、次々と首切って晒すとは、人のこころを持たぬ奴よ」

　吐き捨てた平蔵の面（おもて）には、苦いものが浮いていた。

「逃亡した人足どもの生き残りも、どこぞで始末されているかもしれませぬな」

　蔵人のことばに平蔵は、

「おそらく、な」

　と応じ、宝物蔵の奥へと入っていった。蔵人もつづいた。

「三割ほど宝物が減っているそうな。どこから忍び入ったか、皆目見当がつかぬ。何もかも神田明神のときと同じじゃ。違うのは」

　先を行く平蔵が立ち止まり、蔵人を振り返った。

「深更だというのに、無数の鳥が飛びたったということだ。夜回りの者たちが『すわ、異変勃発』とばかりに、広い寛永寺の境内を駆けめぐり、蟻の這い出る隙間もないほど、警戒のかぎりを尽くした。が、何の異常も発見できなかった」

　蔵人は黙している。平蔵は、並べられた宝物に視線を走らせながら、ことばを継いだ。

「鳥が察知した気配を人が見逃す。よくあることだ。が、おかしいとはおもわぬか。徳川の治世も二百年。いかに平安の世といえども、警固にあたるは直参旗本の面々だぞ。しかも勤むる場所は、徳川幕府の総帥、将軍家の菩提寺、寛永寺だ。腕に強弱の違いはあっても、よりすぐりの、武道の心得のある旗本たちが揃っているはず。なかには裏火盗に列する木村や真野ぐらいは出来る、寺社方の役人もいるはずだ。それが黒桔梗の気配すら察し得ない。なぜだ」

たしかにおかしなこと、といえた。が、平蔵同様、蔵人にも、なぜ鳥が飛び立ったか、そのわけはわからなかった。

宝物蔵のなかは、塵ひとつ落ちていなかった。

「寛永寺の坊主ども、お務め大事の者が揃っているとみえて、よく掃除が行き届いておるわ。これなら宝物をいくら動かしても、あとで掃除さえしておけば、どこに何があったか、その場所さえ見いだせぬ」

平蔵は宝物蔵のなかを、何度も見て回った。

が、整然と整理された宝物蔵のなかからは、何の手がかりも見つけだせなかった。

鳥が群れをなして飛び立ったあたりに、蔵人は立っている。ゆっくりと周囲を見渡した。こんもりと茂った木々が枝を広げて、大きさを競い合っている林のなかは、鳥たちの安息場としては、最適の場所とみえた。

蔵人は、鳥が飛翔したあたりへ歩をすすめた。

少し行って……。

蔵人は、足を止めた。低木が群がるところをじっと見つめる。蔦がからまった石壇らしきものが、そこにあった。

蔵人は、石壇とみまがう、四角い石の建造物へ近づいていった。からまった蔦を引きちぎる。

「何をなされておる」

突然、背後から咎めだてする厳しい声がかかった。蔵人が振り向くと、数人の警固の役人が、硬い表情で見据えている。

振り向いて、蔵人がこたえた。

「火付盗賊改方長官・長谷川平蔵様の手の者にて、結城蔵人と申す。この石壇らしきものが何かを見極めんがため、蔦をとりはらっておりました。この石造物は何でござるか。古井戸にしては立派すぎる造り。祈禱のための石壇ともみえますが」

警固の役人たちの顔つきが、柔らかなものに変わった。見回りの頭格とみえる役人が、告げた。

「古井戸でござる。遠い昔に涸れ果てた井戸、と聞いております」

蔵人は、古井戸に覆いかぶさるように枝を伸ばした大木を見上げて、問うた。

「深夜、鳥の群れが飛び立ったは、この木のあたりでござるか」

「そのように聞いておりますが」

蔵人はそのときの風の吹き様、月が出ていたのかどうか、そのときの有様について細かく問い質した。そのほとんどに役人は首を傾げ、答えることができなかった。

やがて、役人は多少、面倒くさくなったのか、

「存分に検分されよ」

と言い置き、立ち去っていった。

蔵人は、涸れ井戸を見つめた。寛永寺の境内は広い。なぜこの場所に休む鳥たちだけが飛び立ったのか。涸れた井戸の底から、何やら物音が響いたのではないか。古井戸に何かがいた、とでもいうのか。

が、蔵人はそこで、あることに気づいた。古井戸の口を覆った石蓋には、蔦が

からみつき、這い回っている。古井戸に入るには、その蔦を取り除かねばならない。

涸れた古井戸は、密閉された場所でもある。

（そんなところに潜り込んで、何の意味があるというのだ）

蔵人は、おのれがありとあらゆるものに、疑心暗鬼になっていることに気づいた。

蔵人は古井戸のそばから離れた。鐘の音が大きく響いた。すぐ近くで撞いている音色だった。寛永寺の鐘楼で打ち鳴らされている鐘の音だ、と蔵人が気づいたとき、何かが蔵人のなかで弾けた。

（やはり古井戸なのだ。古井戸に鳥たちを飛び立たせた理由があるのだ。鐘の音が余韻を長く響かせるように、古井戸のなかで発せられた音が反響して、鳥たちを驚かせたのだ）

蔵人は平蔵のもとへ駆け戻った。組み立てた推理を平蔵に告げ、

「古井戸の石蓋を取り除きたい」

と申し入れた。が、平蔵の力をもってしても、古井戸の石蓋を開くことはできなかった。

「古井戸には霊が棲みついていると申しまする。もし棲む霊が悪霊であれば、石蓋を開くことは、悪霊を解き放つことになります。古井戸の石蓋を開くことはなりませぬ」

寛永寺の高僧の強い意向であった。寺社方も、何の根拠もない平蔵の申し入れには冷ややかだった。

蔵人は無念のおもいを胸に、古井戸のそばに立ち尽くした。石蓋でかたく閉ざされた石造りの古井戸にからみついた蔦が、何者の侵入も許さぬ、強固な防御壁がわりに張りめぐらされた鉄の網、とみえた。

蔵人は、身じろぎもせず、古井戸を凝然と見据えつづけていた。

五

寛永寺から、そのまま千駄ヶ谷の明泉寺の張込みに向かった蔵人は、交代の折り、木村に、

「明朝、打ち合わせたきことがあるゆえ多聞殿と雪絵さんに、おれが帰るまで待つよう、つたえてくれ」

と告げた。

いま、蔵人は、多聞の診療所の奥の間で、多聞、雪絵と向かい合っている。

蔵人は、寛永寺で古井戸に疑惑を抱いたときから、玄心の張込みをつづけている間、ずっと思案しつづけてきたことを口に出そうとしていた。

「多聞さんと雪絵さんに一働きしてもらいたい」

多聞と雪絵が緊張に身をひきしめ、蔵人を見つめた。

「雪絵さん、薬草採りのさなか知り合った、浪野という郷士の娘のことについて訊きたい」

「浪野さんが何か」

雪絵のことばの端が重く沈んだ。

「浪野というもの、仙波東照宮御宮番ゆかりの者、と多聞さんから復申を受けているが」

雪絵が、一瞬、視線を落とした。雪絵のなかの惑いが、おもわずさせた所作であった。

無理もない、と蔵人はおもった。多聞から、浪野は、雪絵にとってはじめて出来たこころ許せる友らしい、との話を聞かされていた。

七化けお葉と、二つ名で呼ばれた女盗っ人だった過去を持つ雪絵であった。心安らぐことのない、修羅の日々を過ごしたであろう雪絵に、こころを許せる友を持つ余裕などなかったはずである。

蔵人は、出来ることなら雪絵に浪野を探索させることなど、命じたくはなかった。だからこそ張込みのさなか、一晩にわたって迷いつづけたのだ。

が、空が白々と明けそめたころ、蔵人のこころは決まった。

（残虐非道な黒桔梗は、仙波東照宮御宮番頭・山崎兵庫ではないのか）

との疑惑が、蔵人に、

（情けは情け。お務め第一と考え、一件を落着することこそ、いま、おれがなすべき第一のこと）

と決意させたのだった。蔵人は、じっと雪絵を見つめている。

雪絵が顔を上げた。すでにその面から迷いは消えていた。

「浪野さんは、仙波東照宮御宮番頭・山崎兵庫さまの、身の回りの世話をなされているお方でございます。いま仙波東照宮に残られ、留守を預かっておられる副頭・間宮市兵衛（まみやいちべえ）さまの孫と聞いております」

「両親はどうしたのだ」

蔵人の問いかけに、

「母御さまは数年前、病で他界されたと聞いております。父御さまは、二年前、役儀のことで意見の衝突があり、同役の方と遺恨の果たし合いをなされて」

「敗れて、死んだか」

蔵人のことばに雪絵がうなずいた。

「多聞さん、雪絵さん。おれは仙波東照宮御宮番に、焦臭いものを感じとっている。晋作を夜、張り込ませているが、それだけでは足りぬ。雪絵さんが浪野なる女性と知り合ったをさいわい、清蔵寺を訪ねて様子を探ってほしいのだ」

多聞も雪絵も、蔵人のことばに黙って聞き入っていた。

しばしの沈黙があった。

ややあって、多聞がいった。

「雪絵さんより、浪野どのの体調がすぐれぬ由、聞いておりまする。往診にかこつけ、これよりただちに清蔵寺へ出向きまする」

診療所の表戸に、

「都合により本日休診つかまつる」

との貼り紙をし、多聞と雪絵は出かけていった。蔭ながら見送った蔵人は、胸中で、

（すまぬ、雪絵。いまのおれには、騒動の種を一時も早く見いだし、これを断つ。その一事しかないのだ）

そうつぶやいていた。

多聞とともに清蔵寺を訪れた雪絵は、取次の者に、

「雪絵と申します。先生とともに近くへ往診に来たので立ち寄りました。浪野さまにお取り次ぎください」

と告げた。取るものもとりあえず出てきた浪野に、

「浪野さんの体調がすぐれぬことを、先生に申し上げたところ、診てしんぜようと仰ったのでまいりました。薬草採りの約束もなかったので、在宅されておられるはずとおもって訪ねてきました。突然のこと、失礼かとおもいましたが、お躰が心配で」

と雪絵がいった。

通された奥の間で、浪野の診察を終えた多聞は、困惑を露わに雪絵を振り向いた。

「懐妊しておられる」

雪絵はおもわず息を呑んだ。予期していたことであったが、多聞の口からあらためて聞かされると、動揺を押さえきれなかった。

「浪野さん……」

雪絵がこころの高ぶりを押さえて、呼びかけた。

浪野が雪絵に顔を向けた。蒼白な顔色だった。切れ長な奥二重の、日頃は優しげな光をたたえた目が据わっている。おのれを襲った衝撃に、懸命に耐えているのが、傍目にもよくわかった。

「このこと、口外無用に願います。わたしひとりのなかで、始末いたしますれば」

浪野が硬い声でいった。

「ひとりで始末するなんて、それはとても無理……」

一膝すすめた雪絵を、多聞が制した。

「雪絵さん。人にはそれぞれ事情があるもの。これ以上の立ち入りはならぬ」

多聞の目に厳しいものがあった。雪絵は黙り込み、視線を伏せた。

多聞が浪野を見つめて、いった。

「医者は患者の病状は他言せぬもの、と相場が決まっておる。安心されよ」

浪野が微かに笑みを浮かべた。

多聞と雪絵は清蔵寺を後にした。ゆったりとした足取りで歩いていく。

多聞が雪絵に小声で告げた。

「尾行がついておる」

「気づいておりました。清蔵寺の総門を出てまもなく、塀が切れたあたりからひとり、少し離れてひとり。あわせてふたりが尾けております。いかがいたしましょう」

「小細工をすることはない。このまま診療所へ帰る。どこからみても、わしと雪絵さんは、町医者とその助手じゃ。診療所へもどれば、患者のひとりも待っておろうよ。ただ」

「ただ……」

「好意で立ち寄ったとしか見えない、町医者とその助手に、尾行をつけねばならぬほどの秘密が、仙波東照宮御宮番にはある、とみるべきであろうな」

雪絵はだまってうなずいた。たしかに多聞のいうとおりだった。異常なほどの警戒ぶり。雪絵もそう感じとっていた。

（何かあるのだ。そういえば浪野さんの薬草採りも、ふつうではないほどの熱心さがあった。薬草採り……まさか）

閃いたことに、雪絵は衝撃を受けていた。浪野の採っていた薬草のなかに、和泉屋の発していた臭いのもととなるものが、含まれていたのではないか、との疑惑に、雪絵はおののいていた。

（このこと口にはできぬ。わたしひとりで、なんとか突きとめられぬものか）

雪絵は、そのことだけを考え、歩きつづけた。

清蔵寺の境内で剣の鍛錬を終え、汗を拭った山崎兵庫に、立ち戻った御宮番ふたりが近寄り、何ごとか告げた。

「そうか。まこと町医者とその助手であったか。ご苦労であった」

鷹揚に応じた兵庫だったが、

（町医者の、診療所を兼ねた住まいのある新鳥越町二丁目から、ここ根岸の里まで、かなりの距離がある。近くにしばしば往診に出向いてくる患者がいるという

話だったが……なにやら気にかかる）
心中では、そうつぶやいていた。

その夜、居間にもどった兵庫は、行燈（あんどん）に灯りをつけようとして、人の気配に振り返った。

座敷の一隅に坐している、黒い影があった。兵庫は眼を凝らした。

「浪野ではないか」

歩み寄った兵庫に、浪野がいきなり抱き縋（すが）った。

「抱いて。抱いてくださいませ」

しゃにむにしがみついてくる浪野に、兵庫は戸惑った。

「どうした。何があったのだ」

「抱いて。抱いてください。お願い」

いうなり浪野は、兵庫に唇を押しつけてきた。重ね合った唇の奥から浪野が舌をのばし、兵庫の舌にからめた。かつてないことであった。悩乱が兵庫をとらえた。

「浪野」

兵庫は、浪野を押し倒し、襟元を押し拡げた。むっちりとした、白い、つきたての餅に似た浪野の豊かな乳房が弾けて、揺れた。

兵庫が浪野の乳首を口に含んだとき、

「あっ……兵庫さま。ああ……」

浪野は、喘いだ。その、歓喜を秘めた喘ぎ声は、次第に高まっていった。

第七章　追行

一

仁七は大山にいた。

大山は、江戸庶民の間に流行した「大山詣で」で親しまれた霊山であった。三角形の大山の頂上は、遠く相模湾や、相州・武州一帯にひろがる平野などが見渡せる、絶景の地でもあった。

大山に鎮座する、石尊大権現、不動明王を本尊とする大山寺や大山阿夫利神社が、雨乞いや雨止めの祈禱を得意としたため、大山は、雨降山、阿夫利山とも呼ばれた。

大山周辺には、多数の修験者が住みつき、修験道の盛んな地でもあった。

江戸幕府は、大山を関東の高野山と位置づけるべく、さまざまな支援を惜しまなかった。幾筋もの、大山詣でのための大山街道がつくられ、参詣月には多数の参詣客が、群れをなして大山へ向かった。

仁七は、この大山でも狐につままれたような気分でいた。玄心のことを聞き込む仁七に、修験者たちの大半が、

「玄心？　聞かぬ名だな」

と首を傾げた。箱根山でも、玄心は余所者だった。数ヶ月ほど箱根に物見遊山気分で滞在した、と老修験者から仁七は聞き込んでいる。

大山でも似たようなものだった。が、玄心は、大山には半年ほどとどまって、大山寺五壇護摩供養などに立ち合っていた。ただし、祈禱僧としてではない。境内に坐して、祈禱にあわせて、呪文を唱えつづけたにすぎない。

玄心を知る修験者たちは、聞込みをかけた仁七に、異口同音に、

「玄心は秩父・両神山にて修行した者。玄心のことは、両神山にて聞かれるがよかろう」

と応じた。

（玄心の過去がさっぱりつかめない。秩父・両神山へ行けば、何らかの手がかりがあるかもしれない）

そうおもったものの、仁七はたしかな手がかりを得られるとの、自信はなかった。

江戸で噂されていた玄心にかかわる話が、旅を重ねるにつれて、打ち消されていく。

仁七は、遠く離れた江戸の地にいる玄心に、鼻面を引き回されているような、厭な気分にとらわれていた。

「玄心の正体、石にかじりついても突きとめてみせる」

おもわず口をついて出たことばに、仁七は、なぜか依怙地になっている自分に気づかされ、苦い笑いを浮かべた。


柴田は、喜多院や仙波東照宮のぐるりをくまなく歩き、それとなく聞込みを行っていた。

仙波東照宮の宮司、神官などの神職、御宮番などの要職は代々、天海ゆかりの者の子孫が務めると定められていることも、柴田は川越の城下の旅籠で、世間話をよそおって聞きこんだ。

公儀御文庫に蔵された冊子に記されていたことだったが、あらためて現実のことととして聞かされると、不可思議なおもいを抱かざるをえなかった。

仙波東照宮は、三大東照宮のひとつとされながらも、日光、久能山両東照宮とはまったく異質の宮、との感があった。

柴田は探索をすすめるにつれ、

(仙波東照宮には、天海ゆかりの者たちだけで守らねばならぬ、秘め事があるのだ)

とのおもいを強くしていた。

不思議なのは、御宮番に賦与されている石高が、わずか二石であるにもかかわらず、総勢八十七名が、その任についているということであった。

御宮番は、川越から秩父一帯に住みついた郷士たちで組織され、日頃は田畑を耕し、農民同然の暮らし向きであった。

この者たちは、天海が喜多院に入ると時を同じくして、川越に入り、武州・仙波から秩父一帯にかけて住みついた。いずれも荒れ地を開墾し、新田をつくりだして、土着の者たちの暮らしに入り込んでくることはなかった。むしろ土着の村人たちが、天海に付き従ってきた者たちの学識の博(ひろ)さに畏敬し、教えを乞いにたずねていくことが多かった、とつたえられていた。

天海は、仙波東照宮を創建するや、ただちにこの者たちを、御宮番などの要職に任命した。

山崎家は天海の血流をつぐ一族といわれ、仙波に住みついたときから、頭領として一党を指図し、

「山崎さまは、御宮の殿様」

と代々近郊の農民たちから慕われてきた。川越藩は、山崎家が率いる一党にたいし、それこそ、

「腫(は)れ物に触る」

扱いをしていた。かつて、川越藩の下級武士と御宮番のひとりが、祭りの夜、混みあった居酒屋で、

「刀の鞘に触れた」

「ぶつかったのはそちらであろう。酒に呑まれて足下がふらついておるぞ」

との口論の果てに、

「武門の意地。刀にかけても」

と双方いきりたち、同行の者たちの制止も聞かず、果たし合いとなった。

勝負はあっけなかった。斬りかかった川越藩の下級武士は、一太刀もあわすこ

となく、身をかわして横胴をはらった御宮番の一刀に腸を断ち切られ、絶命した。

小身の者といっても川越藩士である。ふつうなら、最悪でも、

「喧嘩両成敗」

と、斬った御宮番にも、お咎めがあるは必定であった。

が……。

斬られた武士は病死として扱われ、御宮番には、何のお咎めもなかったのである。お咎めがないどころか、

「このこと内聞に願いたい。いろいろと差し障りのあることゆえ」

と川越藩の目付役が、土産物まで携えてわざわざ山崎家を訪れ、挨拶までした、との風聞がいまでものこっている。

柴田は、

(川越藩のやりよう、理にかなわぬ)

と判じていた。藩士と、御宮番とはいえ郷士の斬り合いである。ほかの藩なら郷士は捕らえられ、斬罪に処せられて当たり前のことであった。

まさしく、

「天海に付き従ってきた、山崎家率いる郷士たちは、川越藩から特別の者として

扱われている」

そのことの証ともいうべき出来事が、この郷士と下級藩士の、果たし合いの一件だった。

柴田が、仙波東照宮や山崎兵庫にかかわる探索を開始して二日目には、早くも尾行がついていた。襲ってくる様子はない。柴田も、身の危険を感じぬ以上、無理に敵の正体を探る必要もないとおもい、そのまま探索をつづけていた。

川越での詮議をはじめて、十日が過ぎ去っていた。柴田は喜多院にある山崎家の墓所に入り、墓石に見入った。

墓石には、山崎家の家紋とおもわれる、右三つ巴（どもえ）の紋章が彫り込まれていた。柴田はしげしげと家紋を見つめた。建てられて百余年、いや、それ以上の歳月を経ているであろうとおもわれる、風雨にさらされた墓石の、家紋のあちこちは削り取られ、定かでない部分があちこちに見うけられた。

と……。

家紋に注いでいた柴田の眼が、大きく見開かれた。右三つ巴の家紋の真ん中に、円形に深く彫り込まれた部分があった。一見しただけでは、そこは、墓石の一部が偶然にも円形に剝（は）がれ落ちたとしか見えなかった。

が、さらにじっくりと見入った柴田の眼は、穿（うが）たれた円の奥底に細かに彫り込まれた、桔梗の紋章を見てとっていた。

（隠し家紋）

柴田の脳裏に、唐突に浮かび上がったことがあった。

黒桔梗のことであった。

（黒桔梗は、黒い桔梗が描かれた絵馬に、朱文字で文言を書き置き、事件の現場に必ず残している。桔梗の隠し家紋と黒桔梗。黒桔梗と仙波東照宮御宮番頭を代々務める山崎家のあいだに、繋がりがあろうはずもないが。しかし、桔梗の隠し家紋を墓石に彫る、山崎家の血流に、どんないわれが隠されているというのか）

桔梗の紋所は、君主・織田信長を本能寺に襲って、自刃（じじん）せしめた稀代（きたい）の逆臣・明智光秀の家紋でもある。明智光秀は豊臣秀吉との山崎の戦いに破れ、落ちのびる途上、待ち伏せしていた、土民の竹槍で刺し殺されたといわれている。

（山崎の戦い……山崎、山崎。土民に刺殺されたのは影武者で、明智光秀は生き延びて、山崎姓を名乗ったという風聞は、真実だというのか。いや、まさか、そんなこと、あるはずがない）

強く打ち消しながらも、否定しきれない思いが、柴田のなかに芽生えていた。

仙波東照宮御宮番頭の山崎家の墓石には、桔梗の隠し紋が彫られている。桔梗の紋所は、明智光秀の家紋であった。

御宮番頭・山崎兵庫は、天海大僧正の正当な血脈を継ぐ者と称している。その山崎家の墓石に、桔梗の隠し紋が彫られていた。

（ということは、天海大僧正は、明智光秀の世を忍ぶ仮の姿、ということになりはしないか。歴史は、時の為政者に都合よくつくられていく、とよくいわれるが、それにしてもわからぬ。どういうことなのだ。何をもって事実とすればよいのか）

柴田は次第に膨（ふく）れあがっていく疑問に、意識が混濁していくのを感じた。

柴田は、御宮番組下としてつとめる者たちの一族が、郷士として住み暮らす秩父へ足をのばしたのち、江戸へもどろうと考えていた。

喜多院、仙波東照宮など川越城下や近辺の探索をはじめて、かなりの日数が過ぎ去っている。川越周辺で調べうることは調べあげたとの自負もあった。柴田はこれ以上、この地での探索に時をかけたくはなかった。

（江戸幕府が開かれて、ほぼ二百年になる。天海大僧正に付き従ってきて土地に住みついた、仙波東照宮御宮番や要職にある者たちのその間の結束、並大抵のものではない。おそらく貧窮に堪えつづけたに違いない。秩父に出向けば、そのあ

たりのこと、探りうるかもしれぬ）

柴田は、仙波東照宮御宮番にかかわる探索が、大詰めにさしかかっていることをさとっていた。

二

玄心が、動いた。

黒の僧衣を身にまとい、網代笠をかぶった玄心は、いつものとおり樫の金剛杖と、三連に巻いた大数珠を手にしている。が、今日は、ほかに風呂敷包みをひとつ、大数珠を持つ手に下げていた。

新九郎が、数十歩遅れて木村が、玄心の後を尾けていく。ひとりで尾行した晋作が三人の浪人に襲われて以来、尾行はかならずふたりで行うという、元のかたちにもどっていた。

蔵人は、尾ける相手はまずは玄心ひとりと的を絞っていた。そうすることで、探索の網の目から逃れる、悪の芽がでてくるに違いない。

（少数精鋭で事をすすめている以上、多少の目こぼしは仕方がないこと）

と蔵人は割り切ることにしていた。

ただし、玄心が出先で何者かと出会ったときは、ひとりは玄心、ひとりはその何者かを尾けるとも決めてあった。蔵人のその方針は、新九郎にも木村にもつたわっている。

玄心は、はなから新九郎と木村の尾行に気づいているようだった。一度も後ろを振り向くことなく、一気に歩みつづける。

新九郎も木村も、姿を隠そうとはしていなかった。つかず離れず玄心のあとを尾けていく。

玄心は天王寺の総門の前に立ち、左右を見渡した。門前に数軒の茶屋が建ちならんでいる。玄心は、めざす茶店を見いだしたのか、とある茶屋へ入っていった。

新九郎は、大胆にも玄心の入った茶屋へ足を踏み入れ、玄心の坐っている緋毛氈（ひもうせん）をかけた床几（しょうぎ）の近くに腰を下ろした。

玄心は新九郎を一瞥（いちべつ）だにしない。玄心の隣りには、どこぞの藩の江戸勤番のものといった、みるからに垢抜けない風体の侍が坐っている。玄心とその勤番侍は知り合いではないらしく、一言もことばを交わすことはなかった。が、新九郎は、勤番侍と玄心の間に、同じ柄の、ほぼ同じ大きさの風呂敷包みがふたつ、並べて置いてあるのを眼にとめていた。

茶屋の親爺が茶と団子を載せた皿を傍らに置くと、玄心は団子を手に取り、頬ばった。腹を空かしているのか茶をすすりながら、団子三個をわずかの間に平らげた。

玄心は食べ終わると、懐から巾着を取りだし、小銭を取り出して、

「親爺、団子代、ここにおくぞ」

と奥へ声をかけ、風呂敷包みを手に立ち上がった。

その瞬間――。

新九郎は、さりげなく伸ばされた玄心の手が、勤番侍のそばにある風呂敷包みをつかみ取るのを、見逃してはいなかった。

勤番侍は顔を背け、玄心のほうを見ないようにしている。その様子が、新九郎には、かえって不自然なものにみえた。

玄心は、取り替えた風呂敷包みを手に、さっさと茶店から出ていった。

新九郎は動こうとはしなかった。静かに茶を呑んでいる。玄心は、一路千駄ヶ谷へ向かい、明泉寺の塔頭・紀宝院に帰院すると新九郎はみていた。

(玄心のことは木村さんにまかせればよい)

新九郎は、勤番侍の動きに気をそそいだ。

玄心が立ち去ってほどなく、勤番侍は風呂敷包みを手にとり、立ち上がった。よくみれば、かたちが変わっているにもかかわらず、勤番侍には気にとめた様子もなかった。

（風呂敷包みをたしかめるでもなく、何の動揺もない。察するに勤番侍と玄心は、あらかじめ段取りを打ち合わせた上で、風呂敷包みを取り替えたに違いない）

新九郎は勤番侍を尾けていく。

天王寺から、新茶屋町の通りへ出た勤番侍は、古門前町の町家の切れたあたりを左へ折れた。道なりに歩いていく。新九郎の尾行に気づいた様子はなかった。

すこし行くと、左右に寺社と武家屋敷が建ちならぶあたりとなる。ゆっくりとした足取りで勤番侍は右へ曲がった。そのあたりは寺が密集した一角であった。

新九郎は勤番侍を見失うまいと、少し早足となり、右へ曲がった。

刹那――。

凄まじい風切音とともに、新九郎の眼前に白刃が迫ってきた。勤番侍が気配を消して待ち伏せし、抜き打ちに斬りかかってきたに相違なかった。

新九郎は、必死のおもいで、刃から身をかわした。地に倒れ込みながら横に転がり、刀を抜いた。抜いた大刀を横なぐりに一閃する。半ば反射的に為した動きであった。

新九郎は、

(二の太刀は避け切れぬ)

と察していた。

新九郎にとって幸いだったのは、勤番侍の抜き打ちが、上段からの打ち込みだったことである。振り下ろした刀を、八双に構えるべく引きあげた勤番侍の脇腹に、わずかに無防備となる箇所が生じた。新九郎の横に薙いだ刃が、晒された勤番侍の脇腹を直撃し、物の見事に斬り裂いていた。

背中の皮一枚を残して、骨まで断ち切られた勤番侍は、おのが躰を支えきれず、腹から血を溢れさせながら、前のめりに崩れ落ちていった。

新九郎は、油断なく身構えながら、体勢を立て直した。警戒の視線を、倒れ伏した勤番侍に注いだ。新九郎に、勤番侍をたしかに倒したとの自信はなかった。不意をつかれた身を守るべく、必死のおもいで、躰が自然に動いて為したことであった。

新九郎の躰が、勤番侍の凄まじいまでの太刀筋をおぼえていた。待ち伏せの気

配すら察知させなかった勤番侍の練達が、新九郎のなかに死への恐怖と、戦慄の残滓をとどめていた。その脅えが、

（勤番侍は死んだふりをしているのではないか）

との疑心を生んだ。

新九郎は八双に構えて近寄り、勤番侍が跳ね起きて斬りかかってきても、十分に逃れうる間合い、と見極めたところで立ち止まった。

油断なく身構え、勤番侍が刀を握りしめた手を手首から斬り落とした。斬り落とすなり、新九郎は斜め後方へ跳んだ。斬った手応えは、たしかにあった。が、勤番侍が、残る左手で刀をとり、襲いかかってくることも考えられた。

八双の構えをくずさず、新九郎は、勤番侍を瞠目した。勤番侍の手首から断続的に血が噴き出し、刀が、柄を握りしめた手ごと地に転がっていた。勤番侍は身動きひとつしない。

勤番侍は、たしかに、息絶えていた。

新九郎は、しばし骸を見据えていたが、勤番侍の死を確認したのか、ゆっくりと歩み寄った。

勤番侍の骸の傍らに片膝をついた新九郎は、勤番侍の襟元をつかみ、その躰を

仰向けにした。勤番侍の懐をさぐり、巾着を抜き取った。辻斬りの仕業とみせるための細工であった。勤番侍が持っていたはずの、風呂敷包みが見あたらなかった。

新九郎は周囲を見渡した。

風呂敷包みは、勤番侍が潜んでいた、塀のそばに置かれてあった。

新九郎は立ち上がり、風呂敷包みを手に取った。

夕七つ半（午後五時）には、まだ間があった。かげってきたとはいえ、陽光は、十分に見極めがつくほどの明るさを保っていた。寺社の建ちならぶ一帯でなければ、人のひとりも通っておかしくない頃合いだった。

いつ人がやってくるかわからない。

長居は無用であった。

新九郎は、風呂敷包みを小脇に抱え、入ってきた通りへ出て、まっすぐにすすみ、堀川の手前を左へ折れた。根津権現の裏手の、あけぼのの里といわれるあたりをたどった新九郎は、尾けてくる者がいないことを確信した。

（どうやら人目にはつかなかったようだ）

新九郎は、明泉寺へ向かって足を早めた。

三

蔵人は、明泉寺総門を臨む、千寿寺の塀の切れたあたりに、身をひそめていた。

木村から、

「新九郎は、玄心と待ち合わせたとおもわれる勤番侍らしき者を尾けたまま、もどっておりません。玄心は先刻帰ってきて、紀宝院におります」

と交代のとき、通りですれ違いざま、そう復申されている。

蔵人は、新九郎の剣術の腕なら、よほどの名人上手でないかぎり、まずは心配あるまいと判断していた。明朝、張込みの交代の時に、路上でさりげなく復申があるはず、と考えてもいた。

と……。

蔵人は、背後に人の気配を感じた。刀の鯉口を切る。

（襲ってきたら抜き打ちに斬って捨てる）

蔵人はそう腹をくくり、うしろを振り向いた。

蔵人の視界に、千寿寺の裏門の脇に立つ大木の蔭に身を隠し、周囲の様子を探っている新九郎の姿が飛び込んできた。新九郎の立つ位置は、蔵人からは丸見えのところであった。新九郎は風呂敷包みを手にしている。蔵人は、緊急の復申があって新九郎がわざわざもどって来た、と推察した。もどってきたものの、（おそらく新九郎は、張り込むおれに近寄っていいかどうか、思案を決めかねているのであろう）

蔵人はゆっくりと立ち上がった。新九郎のほうへ歩いていく。新九郎の様子から、蔵人がやってくるのに気づいたことがわかった。

蔵人は、新九郎のそばを通り過ぎるとき、ついてこい、といわんばかりに顎をしゃくった。

歩き去る蔵人のあとを、新九郎が千寿寺の塀づたいに追った。

千寿寺の背後に、こんもりと繁った森があった。そこなら人に見られる心配はなかった。

立木が数本切り倒され、猫の額ほどの野原となったところで足を止めた、蔵人と新九郎は、切り株に腰を下ろした。

新九郎は、風呂敷包みと、懐から取りだした巾着を蔵人の前に置き、告げた。

「玄心と待ち合わせた勤番侍らしき者が、たがいに持ちあった風呂敷包みを、わざと取り違えました。この風呂敷包みは玄心が持参して、勤番侍の手に渡ったもの」

玄心が持ってきた風呂敷包みが、この場にあるということは、新九郎が勤番侍を襲って奪ったことを意味していた。

「その勤番侍を、斬ったか」

「待ち伏せしておりました。恐るべき使い手でございました。気配を完全に消しさっておりました。斬りかかられたときは、死を覚悟したほどの太刀捌きで」

蔵人に応えた新九郎は、そのときの恐怖をおもいだしたか、面に蒼ざめたものを浮き立たせた。

「御宮番のひとりかもしれぬな」

蔵人のつぶやきに、新九郎が中天に視線を泳がせた。記憶を辿っているかのような仕草だった。

「そういえば、どこぞで見たような気もしますが……細い眼に低い鼻、どこにでもいる、目立たぬ顔つきで」

「いずれわかることだ。これは」

と蔵人は巾着を取り上げた。

「辻斬りの仕業とみせかけるために、勤番侍のふところから奪ってきたもの」

新九郎の応えに蔵人は、うむ、とだけうなずき、巾着を開いて、なかみをおのれの掌にぶちまけた。

鐚銭が数枚はいっているだけの、貧しいなかみであった。

蔵人は巾着に銭をもどし、口を緒でくくった。巾着を風呂敷包みの傍らに置いた蔵人は、風呂敷の結び目をほどいた。

白い紙に何かくるまれていた。白い紙を開くと、なかは枯れ草であった。

「枯れ草？　それも、そこらに生えている雑草のような」

蔵人は、首を傾げた。新九郎も怪訝さを露わに、蔵人に問いかけた。

「これは」

「わからぬ」

そういって蔵人はことばを切り、あらためて、じっと風呂敷のなかみに見入った。

「枯れ草を白い紙につつむとは。しかも、この紙は真新しいものだ。真新しい紙を皺だらけにしてくるむほどの価値が、この枯れ草にあるというのか」

蔵人は首をひねった。咄嗟の判断がつかなかった。

蔵人は枯れ草を白い紙にくるみなおし、風呂敷を結んで、包みとした。顔を上げて、新九郎に告げた。
「委細はわかった。この風呂敷包みと巾着は持ち帰り、多聞さんに預けてくれ」
新九郎は無言で首肯した。

新九郎が去ったあと、蔵人は、張込みの場所を明泉寺の大屋根の上、紀宝院を見渡せるところにうつした。蔵人が、大胆にも明泉寺に忍び入ってまで張込みを行うと決意したのは、玄心との決着が間近に迫っている、と推断したからであった。

勤番侍が、玄心の仲間であることは明らかだった。その勤番侍が何者かに斬られたことを、いずれ玄心は知るはずであった。新九郎が勤番侍を尾行していったことを、玄心は知っている。玄心は、かつて晋作が尾行してきたことをはなから察知していたように、新九郎と木村が尾行してきたことも承知のうえで、勤番侍と待ち合わせたに違いないのだ。

新九郎の復申によると、玄心と勤番侍のあいだに会話はなかったという。が、勤番侍は新九郎の尾行に気づき、人気（ひとけ）のない寺社町へ誘い込み、待ち伏せて斬殺しようとした。会話はかわさなかったが、玄心が尾行されていることは承知していたとすれば、晋作を襲った三人の浪人と勤番侍に、何らかのかかわりがあり、玄心に張り込み、尾行がついているとの伝達があった、と考えるのが妥当であった。仲間のひとりである勤番侍が斬られたとなれば、

（玄心とその一味が、張り込む我々に、襲撃を仕掛けてくることはたしかだ）

蔵人は、玄心の張込みを長くはつづけられまい、と推考し、より玄心を知るべく、明泉寺へ忍び入ったのだった。

蔵人が大屋根に張りついて小半刻（三十分）ほどして、紀宝院の中庭に玄心が出てきた。樫の金剛杖を片手に持ち、一方の手に大数珠を携えていた。

蔵人は玄心を瞠目した。

玄心は金剛杖を八双にかまえた。大数珠を持つ手を上段の位置に据えるや、大数珠を振り回し始めた。

凄まじい風切音が鳴り響いた。玄心は大数珠を前方に投じた。大数珠は一本の鉄棒と化して伸びた。伸び切ったとおもった瞬間、大数珠は後方へ引かれた。大数珠が後方へ引かれる寸前に、金剛杖が袈裟がけに振られ、返す動作で逆袈裟に振り上げられた。金剛杖を片手で自在に操る。人とはおもえぬ、鬼神ともいうべ

き玄心の腕力であった。

大数珠は生あるもののごとく伸びては縮み、縮んでは伸びた。その間隙をぬって、金剛杖がうち下ろされ、振り上げられた。恐るべきは大数珠の伸び方に変化があることであった。玄心は、大数珠の握る位置を変え、ある時は二連、または三連の長さにして、大数珠を飛ばす距離を変えていた。

蔵人がはじめて見る技であった。おそらく鎖鎌の技を参考に、編み出されたものであろう。大数珠の飛ばされる長さが違うということは、間合いが計れぬということを意味していた。

大数珠が、最長となった長さで間合いを決めれば、攻撃を仕掛けることがかなわなくなる。ただ見合っただけのかたちとなり、玄心の攻撃を避けるだけになってしまうのだ。玄心以外の敵がいて、長槍などの武器で攻撃を仕掛けてきた場合、逃れる術がないまま討ち果たされてしまう。

二連、三連の長さの攻撃に間合いをあわせて戦うときは、突然最長となった大数珠の攻撃に、顔面をうち砕かれる恐れがあった。

よしんば大数珠を大刀で受け止めたとしても、金剛杖の攻撃で、骨を叩き折られ、ひるんだところに脳天への直撃を受けて、絶命するのが目に見えていた。

鎖鎌なら、大刀で鎖を受け、敵が鎖を手操りながら近寄り、鎌を振り下ろしてきたときに、脇差で刃向かう手がないではない。長さのある金剛杖の攻撃は、脇差では、防ぐのが精一杯のところであった。

蔵人は、おもわず、胸中で呻いた。

(玄心の技、どうやって打ち破るか)

その工夫が、蔵人にはつかなかった。玄心は、蔵人の予想をはるかに上回る武術の達人であった。

旅を修行の場とする雲水が、行く先々で、さまざまな危険に出会うであろうことは、何人(なんぴと)にも予想しうることである。その危険にそなえて、武術の修行を行う雲水も多い。が、玄心の技は、仏道修行のかたわらに雲水がなしうる鍛錬で、到達しうる域をはるかにこえていた。蔵人には、

(一時は、武術の修行に身心を賭(と)して邁進(まいしん)した者)

としかおもえなかった。

蔵人は身じろぎもせず、玄心の鍛錬に見入った。

四

東叡山寛永寺の本坊に、輪王寺宮をたずねた山崎兵庫の面には、厳しいものが浮いていた。

「それでは御上においては、朱印高増の再度の願いも却下されたと」

怒りを押さえかねたのか、半歩膝行（しっこう）した兵庫から視線をそらして、輪王寺宮はこたえた。

「老中首座・松平定信様はきっぱりとおおせられた。『幕府財政逼迫（ひっぱく）のおり、朱印高を増石するなどおもいもよらぬこと。いまの朱印高で、満足なお務めができぬなら、御役を辞退なさるがよかろう。仙波東照宮御宮番となれば、小普請組の旗本、御家人どもがよろこんで務めるであろう』とな」

兵庫の眼が細められた。感情を押し殺した、無機質な黒点と化した黒目が、輪王寺宮を見据えている。輪王寺宮はおもわず身震いした。山崎兵庫のこの表情には、残忍な獣が、いま、まさに、その正体を現そうとするかのような、不気味さがあった。

兵庫は瞬きもせず、しばし、輪王寺宮を見つめていた。

ややあって……。

兵庫は抑揚のない声で告げた。

「開府にさいしての、天海大僧正様の御上への貢献、老中首座様はどのように考えておられるのでございましょうか。それがしは天海大僧正様の血流を継ぐ者、また配下の者どもは、天海大僧正様が川越・喜多院にお入りになられたおり、付き従って来た者たちの末裔にございます。いわば一族も同様の者たちといえまする」

輪王寺宮は辟易していた。何度も同じ話を聞かされている。天海大僧正の血胤とおもうからこそ、その懇願するところを、再三公儀に取り次いできたのだ。

(麿に、感謝こそすれ、不平を唱えることなどもってのほか。それなのに、こやつはくどくどと文句を言い立てる。腹立たしいかぎりじゃ)

輪王寺宮は胸中で毒づいた。が、そのおもいを決して面には出さない。京の公家たちに代々受け継がれてきた、何ごとにたいしても感情を表に出すことなく、能面のような顔つきで相手と接するべき、との半ば習慣化された作法が、輪王寺宮の躰にも染みついていた。

山崎兵庫は、輪王寺宮のこころの奥にひそむ冷たさを見抜けぬまま、ことばをつづけた。

「その天海大僧正様かかわりのわれらにたいする、いままでの幕府のなされよう、もはや我慢できませぬ。じっと耐え忍んでまいりましたが、その忍耐ももはや限界に達しております。何らかの決着をつける覚悟で、江戸にまいっておりまする」

兵庫の語尾に、無念のおもいがこもって、揺れた。

「何らかの決着とな。何をなさる所存じゃ」

のんびりとした輪王寺宮の口ぶりだったが、その奥に、咎めるものが含まれていた。

「それは」

兵庫は唇を嚙みしめ、つづくことばを呑みこんだ。

「滅多なことを申されぬがよい。多少の乱れはあっても、徳川幕府の治世は揺るがぬ。いま一度老中首座様へ朱印高増のこと、願い出てみよう。もっとも、よき結果はのぞめぬとおもうがな」

そういった輪王寺宮にたいして、兵庫は無言のまま、平伏した。

清蔵寺へ帰った山崎兵庫を待っていたのは、配下の佐々木伊助の死体だった。

「天王寺近くの寺社のつらなる通りで、辻斬りにあったのではないかと、町方の者が申しておりました」

関口十蔵が告げた。

昨日、使いへ出たきりもどらぬ佐々木を気にかけた兵庫が、寛永寺へ出かける前に関口に命じ、月番の町奉行所へ出向かせたのだった。その結果の、佐々木の骸の発見だった。

兵庫は、佐々木の死体に残る切り口をじっとみつめた。佐々木の骸のかたわらに、斬り落とされた、刀を握りしめた佐々木の手が置かれてあった。

「脇腹から逆袈裟の一太刀。倒れ込みながら、剣を斜め横へ振るった太刀筋とみた。関口、おぬしもそう見たであろう」

「躰に残る太刀跡から見て、一気に刀を打ち振っております。瞬時の速さで大刀を使いこなし得るもの。皆伝、あるいは奥伝の域に達した者かと」

「佐々木は不意を狙って上段から斬り込んだ。その切っ先を、地に倒れ込んで避けた相手に斬られたのだ」

「佐々木の手首を切り落としたのは、佐々木に息があった場合の、逆襲にそなえての心得かとおもわれます」

「おそらく真剣での、命のやりとりになれた者の仕業なのだ。油断はならぬぞ」

関口のことばに、兵庫は鋭い声音で応じた。

「佐々木を倒したは、清蔵寺を張り込む輩の仲間かもしれませぬな。張り込む者をとらえて拷問にかけてみますか」

「伊勢屋の打ち毀しのおり、われらを尾行していた、火付盗賊改方の密偵がおったな。おそらく張り込む者も」

「火付盗賊改方の手の者かと」

「だとすると責め立てても何も吐くまい。むしろ張り込む者を捕らえたことで、火盗改メの疑惑を深める結果を招くだけのことだ」

関口は、黙り込んだ。

重苦しいものが、その場に沈殿している。兵庫も関口も、次なる手立てを思索していた。

ややあって、関口が口をひらいた。

「佐々木の巾着と、手にしていたはずの風呂敷包みが、持ち去られておりました」

「風呂敷包みが……」

こんどは兵庫が黙り込んだ。

関口はじっと、兵庫を見据えている。若き頭領がどのような判断を下すか、探っているような顔つきであった。

わずかの沈黙ののち、兵庫が、

「例の仕掛けを知っての上で、何者かが風呂敷包みを狙い、奪っていったともおもわれぬが」

そうつぶやき、関口に眼を据えた。

「朱印高増石の望み、断ち切られたも同然となった。われらが住み暮らす、唯我独尊の天地を探す時がきたぞ。これからは何の遠慮もせぬ。暴れに暴れて、奪えるだけの富と財宝を手にするだけだ。そのためにも風呂敷包みに仕掛けた物事、すぐにも手に入れねばならぬ」

「浪野どのに、玄心のもとへ出向いていただきましょう。玄心は佐々木を斬った一味の者に見張られております。浪野どののなら、祈禱依頼に紀宝院をたずねた武家娘にみえまする」

「すぐにも手配してくれ」

「さっそく手配いたします」

「それと」

といって、兵庫は口をつぐんだ。口にしてよいかどうか、迷っている顔つきだった。

「それと、何でございますかな」

関口がつづきをうながすように、ことばをついだ。

うむ、と兵庫がこころを決めたかのようにひとりうなずき、関口に告げた。

「今夜、第三の手立てを決行する。幕閣の要人どもに、わが一族の祖・天海大僧正様の偉業を、おもいおこさせてやるのだ」

「は。そのこと、ただちに準備に仕掛かりまする」

関口は、ふてぶてしい笑みを片頬に浮かべた。

江戸城の甍(いらか)が闇空を切って、黒い影を浮かび上がらせていた。

数人の見回りの者たちが、揺れる葉音に気づいて立ち止まった。暗雲が重くたれ込めて、みょうに蒸し暑い、風のない夜であった。

風も吹かぬのに木々の葉が揺れる。

あってはならぬことであった。

「曲者が忍び入ったかもしれぬ。方々、用心されよ」

見回りの頭格の者が刀の鯉口を切った。配下の者たちもそれにならった。周囲を見渡すべく、見回りのひとりが提灯を掲げた。

刹那——。

立ちならぶ大木の枝々から、薄墨色の忍び装束を身にまとった十数人が、突如湧き出て、見回りの者たちに襲いかかった。

見回りの者たちに抵抗する暇はなかった。飛び降りざま、忍び装束が一閃した大刀に、ある者は脳天を、ある者は肩口を断ち斬られて、わずかに呻き声を洩らして絶命し、地に伏した。

忍び装束は一斉に走って、闇に消えた。一糸乱れぬ動きだった。あとには、血を滴らせた見回りの者たちの骸だけが残されていた。

払暁の空が、陽の兆しに白みを増したころ、大手門外の姫路藩十五万石酒井雅楽頭の上屋敷は、混乱の極みにあった。

屋敷内に鎮座する平将門公塚の前で、見回りの者たち数名の骸が、発見されたのだ。見回りの者たちはいずれも喉を掻き切られており、何者かに襲われたものとおもわれた。

不思議なことに、姫路藩上屋敷では何一つ奪われていなかった。見回りの者に発見され、これを殺害した盗っ人たちが、何も盗らずに逃げた、とまずは推量された。

が、死骸を検分した目付役配下の者が、平将門公塚の塚石が、土台からわずかにずれているのに気づき、もとの位置にもどそうとした。

数人がかりで、渾身の力を込めて塚石を動かした目付役配下たちは、力余って、塚を横倒しにしてしまった。

「動かせば祟りがある」

とのいいつたえがある平将門公塚である。配下たちは怖れおののき、大慌てでこれを直そうとした。が、塚石のあったところを見た配下のひとりは、さらに仰天した。塚石のあったところに、人ひとり楽に通れるほどの穴が、ぽっかりと口を開けていたのだった。

（江戸城内から穿たれた、抜け穴かもしれぬ）

目付役から急報を受けた御留守居役は、ただちに公儀へ届け出た。

公儀から差し向けられた、大目付配下の探索の結果、平将門公塚の塚石の下に掘られた穴は、江戸城内の御金蔵へつづく抜け穴だと判明した。

おどろくべきことに、御金蔵に納められていた千両箱が三箱、なかみの一両小判三千枚ごと消え失せていた。

御金蔵には、黒い桔梗の描かれた絵馬が残されていた。絵馬には朱色の文字で、

［報償　望みのままに頂戴仕り候　なお見回りの者　襲って命奪い候　徳川幕府の武士どもは、おのれらがいかに武術しらずの腰抜け揃いかおもいしり　武士道地に落ちたこと察するべきであろう　恥を知る武士　もはや公儀にはおらぬものと判じ仕り候　黒桔梗］

と記されてあった。

江戸城内では、見回りの者たちの骸も発見され、まさしく右往左往の混乱ぶりであった。

が、老中首座・松平定信の、

「黒桔梗の跳梁跋扈（ちょうりょうばっこ）を許したるはわれらが恥。おおいなる屈辱。公儀の威信にかかわること。内密に処理せねばならぬ」

との下知で、事態は表面的には鎮まった。しかし、

「御金蔵の金子が奪われるなど、前代未聞のこと。すみやかに対処せねばなるまい」

と老中たちが招集され、評定（ひょうじょう）が開かれた。平将門公塚の下から江戸城御金蔵まで抜け穴が通じていることなど、十一代将軍・徳川家斉はじめ、老中ら幕政に携わる者たちの誰ひとりとして知らなかった。評定の結果、

「なぜ黒桔梗なる痴者（しれもの）が、平将門公塚より城内の御金蔵へ通じる、抜け穴の存在を知りえたか、不思議極まる話じゃ。が、その詮索はあとのこと。平安の世。抜け穴など、不要でござる。二度とこのような不祥事が起きぬよう、まずは抜け穴を埋めることこそ、第一の大事」

との定信の提議にしたがい、ひそかに抜け穴を埋める工事がはじめられた。

五

張込みからもどった蔵人を、待ちうけていた者がいた。柴田源之進と仁七がふたり揃って、蔵人のすまいの、台所からつらなる板の間に坐り、雪絵の用意した朝餉を食していたのである。

柴田と仁七は探索の旅の途上、秩父・両神山の麓の村で偶然行き合い、以後、行をともにして江戸へ立ち帰ったのだった。

蔵人のために、雪絵が味噌味の根深汁を用意してくれていた。蔵人は、柴田たちとともに朝餉をとりながら、ふたりの復申を聞いた。

仁七の復申は驚くべきものだった。

玄心のむかしをたどって箱根、大山と旅を重ねた仁七は、大山で、

「玄心は秩父・両神山で修行を積んだ僧」

と修験者たちに聞かされ、一路、秩父へ向かった。

両神山は、三十四ヶ所の観音霊場の集まる土地の西に屹立する、秩父三霊山のひとつである。鋭い歯形に似た山頂には、龍神神社奥宮、山中には両神神社、両神大神社の三社が鎮座している。両神神社は大口真神（お犬様）信仰が盛んで、お犬様のお札を配布し、活動をつづけていた。

玄心が、修験者として本格的に修験道を修め始めたのは、二年ほど前のことであった。それまでは郷士で、非番のときには田畑を耕し、日頃は仙波東照宮の御宮番をつとめていたという。

仁七のこの話に、蔵人は、おおいに驚かされ、

「玄心は、仙波東照宮の御宮番だったというのか」

と鸚鵡返しに問うたほどだった。仁七は、応えた。

「それも副頭という立場だったそうで」

「副頭だと」

「いまは関口十蔵というお方が、玄心のかわりに副頭をつとめていなさるそうで」

「玄心が副頭を辞めた経緯を聞きこんできたか」

「へい。玄心は、出家する前は兵藤陣内という名だったそうで。その兵藤陣内と、ふたりいる副頭のうちのもうひとり間宮吉太郎というお方が、御宮番の行く末をどうするかということで激論となり、たがいに譲らず、ついには遺恨の果たし合いとなって」

「玄心が勝った、というわけだな」

　と、横合いから雪絵が口をはさんだ。

「その間宮吉太郎というお方には、娘さんがいらっしゃいませんでしたか。名は浪野。そのこと、聞きこんではおられませぬか」

　仁七は訝しげに雪絵を振り向き、いった。

「娘さんと十二、三になる男の子がいらっしゃるそうで。いまは、その吉太郎の父・間宮市兵衛というお方が、吉太郎にかわって副頭を引き受けられ、留守を預かっておられるようで」

　黙ってうなずいた雪絵に、仁七がつづけた。

「名はしりませんが、間宮吉太郎の娘と御宮番頭の山崎兵庫は、許嫁の間柄だそうですぜ。相思相愛の仲で、傍目にも似合いのふたりだと、郷士の女房どものあいだでは、なかなかの評判で。その娘さんを、雪絵さんは知っている。そういうことですかい」

　仁七の問いかけに、蔵人がこたえた。

「薬草採りの探索のおり、知り合った仲なのだ。仁七の話、実はおれも、驚きの連続でな」

　蔵人は、仁七と柴田の留守中の出来事を、かいつまんで話して聞かせた。

　仁七も柴田も黒桔梗の暗躍ぶりに驚愕の眼を剝いて、聞き入った。

　仁七の復申のあと、柴田が調べ得たことを話しはじめた。

　話が、山崎家の墓石に彫られた桔梗の隠し家紋に及ぶと、皆が黙して、柴田のことばのひとつひとつに聞き入った。

　柴田の話が終わったあと、蔵人が、誰にきかせるともなくつぶやいた。

「桔梗の隠し家紋の意味するところを、どう読むか。その読み方を間違えねば、山崎兵庫らの動きの裏にひそむものが、すべて見えてくるはずだ」

柴田も、仁七も、雪絵までもが蔵人を見つめ、つづくことばを待っている。

蔵人は、ことばをついだ。

「当時の武将たちにしてみれば、天海大僧正は明智光秀なり、と気づいていても、御神君のひとかたならぬ信任を得ている、天海大僧正の正体を、正面切って暴き立てる者は、誰ひとりいなかったであろう。御神君にしても、あからさまに天海大僧正は明智光秀なりとは、いいにくかったであろう。なにせ明智光秀は主殺しの大悪人、逆賊の極みともいうべき人物。君に忠を説く、武士道の精神からは、真反対に位置する者だからだ」

柴田らは、いつしか山崎兵庫と御宮番一党が置かれていたであろう立場を、おもいやっていた。蔵人も同じおもいで沈思の淵に沈みこんだ。

天海大僧正の徳川幕府への貢献は、大なるものがある。それは衆目が認めることであった。

が、明智光秀のなしたことは、主君織田信長に起因するさまざまな理由があったにしろ、人道に反することと永久に責められるべきものだった。明智光秀のやったことを許容し、重用した者は、みずから下剋上を認めることになるのだ。権力を握り、世を支配する立場にある者として、できることではなかった。

時の権力のすべてを掌握していた、といっても過言ではなかった、神君徳川家康にしても、天海大僧正としての功績に報いることは出来ても、それ以上のことは、周囲の目もあり、出来なかったに相違ない。

天海大僧正は明智光秀なり、と事を表沙汰にし、武将としての功に報いて、それなりの報償を与えたとしたら、その結果は、幕藩体制の崩壊、徳川家の破滅へとつながるは必至であった。

明智光秀の一族が生き残る道はただひとつ。おのれの血流を秘し、新たな名を名乗って世を渡るしかなかったのだ。が、明智の血胤を継ぐ者としたがう郎党が、明智の名を世に残したい、と欲したとき、どうなるか。そう考えたとき、蔵人の脳裡に、白い着物、白の羽織、袴を身にまとった山崎兵庫の姿が浮かび上がった。

「死装束」

と、はじめて兵庫に接したあと、唐突に浮かんだことばを、蔵人は、あらためておもいだしていた。

蔵人は、徳川家康の嫡男・岡崎信康の血脈を継ぐ、おのれの身におもいを馳せた。すでにその血脈はこの世から忘れさられ、血がつたわっている、との一事だけが語られるだけのものとなっている。ある意味で、気軽な身といってよかった。

（付き従う郎党たちの不満、いかばかりか。その不満を抑えきれず、不平を聞くことに耐えることができなくなったときは、血流を引く者はどうするだろうか）

蔵人は、おのれのこころに問いかけた。

（おのれの代で、さまざまな悩乱を背負った、呪われた血脈を断ち切ろうとするのではないのか）

蔵人は、胸中で呻いた。

（そのための、山崎兵庫の死装束なのだ）

まず間違いあるまい、と蔵人は判じた。

山崎兵庫は、いま、おのれの命を賭けた、最後の勝負に挑んでいるのだ。その勝負こそ、

［天海大僧正の貢献を、僧侶としての貢献とみるのではなく、武将明智光秀の手柄とみて、貢献に値する報償を与えよ。あくまでも表向きは、天海大僧正への報償として処してくれてよい。決して無理はいわぬ。ただ、おのれの一族、郎党の開府のおりの貢献を、いま正当に評価しなおせ、と徳川宗家、将軍家に迫る」

ことなのだ。

「それが、朱印高増の懇願、なのだ」

蔵人は、口に出してつぶやいていた。無意識のうちに発したことばだった。蔵人の独り言の意を、柴田も、仁七も、雪絵もまた汲みとっていた。

百九十年弱に亘る、怨念にも似た悲願の重みが、その場に重く垂れ込めていた。

静謐（せいひつ）のときが、過ぎ去っていった。

復申を終えた仁七と柴田が引きあげたあと、蔵人は新九郎が勤番侍から奪ってきた風呂敷包みをひらき、敷物がわりの白い紙に置かれた枯れ草を、凝然と見つめていた。

と……。

蔵人は、人の気配に気づき、顔を上げた。茶を置いて引きあげたはずの雪絵が、かたわらに控えていた。

「どうした」

「さしでがましいことかもしれませぬが、ふと気づいたことが」

「気づいたこと？」

「その枯れ草、遠目には干した薬草に見えませぬか。風呂敷に包みこめば、傍目には薬草を包みこんだものと、見分けがつかぬのではないかと」

蔵人は枯れ草を瞠目した。

しばしの沈黙が流れた。

蔵人が顔を上げて、雪絵を見た。

「雪絵、でかした。その指摘、的を射ていたかもしれぬぞ」

「は？」

「勤番侍の風呂敷包みのなかには、玄心の狐憑けのもととなる薬草が、入っていたのかもしれぬ」

雪絵の面に驚愕が走った。

「となると、枯れ草を包んだこの紙に、なにやら仕掛けがあるかもしれぬな。なぜ真新しい紙をわざとくしゃくしゃにして、反故紙のようにみせかけたか、だ」

蔵人は紙を手に取り、空にかざしてためつすがめつ眺め続けた。光のあたり具合で、微妙な濃淡があるように感じられた。

刹那――。

はっ、と閃くものがあった。

「火種は残っておろうの」

「台所の窯に」

蔵人はすっくと立ち上がった。紙を手にしたまま台所へ向かい、土間に下り立った。窯の前に片膝をついた蔵人は、くすぶる火種に紙をかざした。

あたためられた紙の上に、うっすらと、なにやら紋様らしきものが浮かび上がってきた。

「やはり、あぶり出しの仕掛け」

真っ白と見えた紙に、

「二十日　和泉屋」

との文字が浮き出ていた。

「二十日といえば明日のこと。打ち毀しを行う日と場所を連絡した、隠し文に相違あるまい」

蔵人は、大きな手がかりに出くわしたことに気をとられ、気づかなかった。背後に立つ雪絵の顔が、驚愕に歪んでいた。雪絵は、心中で、呻いていた。

（浪野さんが摘んでいた薬草。玄心の仕掛けのためのものも、含まれていたのだ）

信じたくなかった。が、女盗っ人時代に培った直感が、浪野の仕業と告げていた。これまで何度も、その直感の助けを借りて、修羅場を乗り越えてきた雪絵であった。雪絵は、おのれの勘働きを信じていた。

（このこと、ひそかに確かめねば……）

雪絵は決意を固めた。

その日の昼八つ（午後二時）すぎ、長谷川平蔵からの至急の書付を、相田倫太郎が多聞の診療所に届けに来た。相田から書付を預かった雪絵が、住まいをおとずれ、蔵人に手渡した。

蔵人は書付を開いた。書付には、

［江戸城御金蔵を黒桔梗が襲い、千両箱三個、三千両を奪った由。御金蔵には黒い桔梗が描かれ、例の朱文字の文言、黒桔梗との名が記された絵馬一枚、残されてあるとのこと。平将門公塚の塚下より、江戸城内の御金蔵地下へ通じる抜け道あり。この抜け道より黒桔梗は侵入したものとおもわるる　平蔵］

と、墨跡が鮮やかに躍っていた。

蔵人のなかで、急速に組み立てられていく推理があった。

神田明神。東叡山寛永寺。平将門公塚。いずれも江戸の鬼門を守護するために創建された建造物であった。

（寺院は戦時においては、砦として使い得る。各砦に抜け道をひそかに造る。戦国の世の心得としては、至極当然のことではないか。鬼門守護と称し、それらを幕府が大きく庇護した理由のひとつが、そこに隠されていたのだ）

平将門公塚の下に、抜け道の一方の口となる穴があり、御金蔵の床下に、ほかの一方の口が穿たれていたとすれば、神田明神、寛永寺の宝物蔵の床下の何処かに抜け道の口がつくられ、もう一方の口は、近くのいずこかに造られているに違いなかった。

寛永寺の涸れ井戸の底は、抜け道の通じるところであったのだ。夜間、鳥たちが群れをなして飛び立ったのは、石蓋で閉ざされていたとはいえ、井戸の口から漏れでた、人の足音の反響音に驚かされて、鳥たちがなした仕業であったに相違ない。

（江戸の鬼門守護にかこつけて設けられた抜け道のこと。まさしく、江戸幕府開府のおり、江戸の町々を曼陀羅図に見立ててつくりあげた、天海大僧正の末裔だからこそ知り得た密事）

蔵人は、いまは、はっきりと、

［山崎兵庫は黒桔梗である］

と確信していた。

平将門公塚からつづく抜け道を利用して、江戸城御金蔵を破った、山崎兵庫の戦いは、いよいよ最後の局面にさしかかった、と蔵人は推考した。

山崎兵庫の心根は、わからぬでもなかった。が、黒桔梗として、打ち毀しの黒幕として、山崎兵庫のなした行為は許し難きものであった。

（この世に害を流す悪の芽は刈り取る。それが、裏火盗の、おれの、務めだ）

蔵人は、そう、こころに強く言い聞かせた。

第八章　悲悼

一

　蔵人は、張込みの交代の折りに木村から、

「夕七つ少し前に、武家娘が玄心に祈禱を依頼にやって来ました。いつもなら、この刻限におとずれる依頼客は、即座に断られるのですが、応対に出た円尋が玄心に取り次ぐことなく、紀宝院に招じ入れました。その娘と玄心、特別な間柄におもえてなりませぬが」

　との復申を受けた。蔵人は、その娘は浪野に違いあるまい、と推察した。が、そのことは口に出さない。

　蔵人は、木村と新九郎に、告げた。

「明晩、和泉屋に打ち毀しの暴徒が押しかけるかもしれぬ。紀宝院の張込みは明日までのつもりでいてくれ。そのあとのことは、明後日の朝でも打ちあわせよう。玄心が外出したら、いつものように尾け回し、襲われたら、ただひたすら逃げる。明日は玄心を上手に泳がすよう、心がけることだ」

手短にことばをかわしあった蔵人たちは、たがいに背中を向け、歩をすすめた。

蔵人は、いつもと同じように行動すると決めていた。日頃と変わらぬ動きをすることで、風呂敷包みに仕掛けられた謎にはまだ気づいていない、と玄心たちにおもわせたかった。

蔵人は昨夜同様、庫裏の灯が消えて静寂があたりに立ちこめたころ、紀宝院を臨む明泉寺の大屋根に身を伏せ、様子をうかがった。

玄心は一刻（二時間）ほど、大数珠と金剛杖をふるって鍛錬をつづけた。玄心は、蔵人の張込みに気づいているに相違なかった。玄心は円尋に古材を地に建てさせた。大黒柱にでも使われていたとおもわれるその古材に、玄心は大数珠を叩きつけ、粉々に砕いてみせた。玄心は、古材の柱の何ヶ所かを砕き、数度の直撃で叩き折った。

蔵人は玄心の鍛錬に見入っていた。

（玄心の大数珠には、鉛の玉でも仕込まれているに違いない）

そう蔵人は推察した。

強靭さでは定評のある、蔵人の愛刀胴田貫といえども、玄心の大数珠をまともに受けては、刀身が折れる危険性があった。明日の夜は、否応なしに対決することになる玄心だった。蔵人は、いま、おれは玄心と斬り結んでいる、との心づもりで玄心の鍛錬を見つめた。玄心の大数珠の直撃に胴田貫は何度も折れ、金剛杖の一撃に、蔵人の脳天は叩き割られた。

玄心が稽古を終え、院内へ消えたときには、蔵人は体力を使いきっていた。脂汗が体中から噴き出していた。蔵人は、大屋根に横たわった。胴田貫で玄心を斬り倒すことのできる間合いまで、一度も近寄れなかったことに、蔵人は、愕然としていた。どうみても、今夜の勝負は蔵人の完敗であった。

蔵人は、空を見上げた。分厚く重なり合った雲の間から、満月が姿を現し、束の間の輝きを誇っていた。

（この、みごとなまでの満月も、やがて雲の牢獄にとらわれて、今夜は二度と姿を現さぬかもしれぬ。が、雲のうしろ、天上では、月はつねに変わることなく輝きつづけているのだ）

蔵人は、凝然と空を見つめつづけた。

やがて……。

満月に黒雲がかかり、しだいに半月となり、輝くところが少しずつ失せていった。

月が、すべてのかたちを失ったとき、蔵人のなかに、ひとつの答えが導きだされていた。

（敵がいかに強くとも、そのことと、おれの剣の業前とは、まったくかかわりのないことなのだ。おれは、おれの剣を振るえばよい。ただそれだけのことだ）

蔵人は、ぼんやりと夜空を眺めていた。玄心が動き出す気配はなかった。蔵人は玄心と立ち合う手立てを思案しつづけていた。何度考えても、

（玄心を倒しうる間合いに位置し、大数珠、金剛杖を胴田貫でまともに受けとめぬ方策をとる。そのことだけを心がける）

との手立てしかおもいつかなかった。蔵人は、腹をくくった。ほかによい思案が見いだせぬ以上、いまある策で戦うしかなかった。

翌日、蔵人は柴田に和泉屋を張り込む段取りをつたえ、清水門外の火付盗賊改方の役宅へ走らせた。柴田は相田倫太郎と打ち合わせの上、小柴礼三郎以下十数

名の同心たちを選び抜き、和泉屋の近くで待機するはずであった。

蔵人に命じられた雪絵の呼びだしを受けた仁七は、蔵人の代役をつとめることとなった。

蔵人の住まいで、筒袖の着物に軽衫袴を身につけ、深編笠をかぶり、腰に二刀をたばさんだ、武芸者風の出で立ちとなった仁七は、

「まさか、蔵人の旦那の身代わりになるとは。こそばゆい気分だぜ。それにしてもこんな重いものを、腰に二本も差していられるもんだ」

と雪絵に軽口を叩き、腰にさした刀の鞘に手をあて、ずり上げた。もっとも、仁七が差している刀は、造りは蔵人の大小と酷似しているが、なかみは竹光という、多聞、仁七と雪絵が刀屋を走り回って見つけだしてきた、急あつらえの代物だった。

蔵人は、多聞、晋作とともに船宿水月に出向き、柴田と助勢の相田ら火盗改メ同心たち十数名と落ち合って、今夜の段取りを打ち合わせた。仁七は、雪絵に見送られ、偽蔵人としての役割を果たすべく、明泉寺へ向かった。

新九郎、木村と蔵人は、和泉屋近くの蕎麦屋で待ち合わせた。多聞と晋作は、堀川の岸辺の舫杭につながれた小舟近くで釣り糸を垂れ、釣りを楽しむふうをよ

そおって、蔵人たちの到着を待っているはずであった。

柴田と相田ら火盗改メの同心たちは、長谷川平蔵が贔屓にしている小料理屋へ繰り込み、夕餉を食しながら会合をもつふうを装って、押し出す時を計っていた。

蔵人の予想通り、玄心は数人の浪人とあい、それぞれが別々に歩き去るという手立てをとって、新九郎たちの尾行をまこうとした。

木村は、

「いや、尾行をしくじったように見せかけるのは、うまく尾行するより大変でござった。おもわぬ手間をとり申した」

と苦笑いを浮かべた。新九郎も同じようなものだった。

「まずは腹ごしらえとするか」

蔵人はそういい、新九郎と木村を見やった。

山崎兵庫は、関口十蔵ら二十数名の御宮番をひきいて、和泉屋近くの町家の蔭にいた。いつもより多い人数で出動したのには、理由があった。

「後顧の憂いをなくすため、打ち毀しに加担した暴徒たちの、御宮番にかかわる者以外の輩（やから）を皆殺しにする」

そのための手配りであった。

山崎兵庫は、和泉屋から響いてくる、剣戟（けんげき）の音に不穏なものをおぼえ、偵察を走らせた。

真夜中のことである。町家は眠りについているかにおもえた。

和泉屋に打ち毀しをかけることをいいだしたのは、玄心であった。和泉屋は、玄心のほどこした、狐払いの祈禱がうまくいっていないことを不満として、玄心の要求する祈禱料五百両の支払いを拒んだ。そのことが、玄心の怒りをかった。

「大黒屋など、祈禱料の支払いを拒んだ御店（おたな）には打ち毀しをかけ、家人、奉公人を皆殺しにし、財物を根こそぎ奪ってきました。和泉屋もそうせねば、向後のためになりませぬ」

浪人に変装した配下の者に、伝言を託してきた、玄心の望みのままに打ち毀しを仕掛けさせた兵庫だった。いつもと違うのは、兵庫が、御宮番たち以外の者の処断を決めたことである。和泉屋へ斬り込んだ兵庫ら御宮番たちが、打ち毀しにくわわった、山崎の郎党以外の暴徒たちを殺戮するあいだに、玄心たちが逃げ出すとの手筈になっていた。

剣戟の響きは、玄心たちが、家人たちを皆殺しにするときに発している音とおもえないこともなかった。

副長の関口などは、そう判断し、

「偵察の必要なし」

と主張し、そのまま一気に和泉屋へ斬り込もうとしたが、兵庫が、

「慎重の上にも慎重にゆくべきであろう」

と譲らず、偵察を出したのであった。

偵察に出た井崎幸策が、闇のなかから忽然（こつぜん）と現れた。姿を隠しながらもどってきたということは、何か異変が起こった証でもあった。

兵庫の前に膝をついた井崎の顔は、醜く歪（ゆが）んでいた。

「和泉屋の裏口は、すでにどこぞの手の者に固められております。雲水に変装して、打ち毀しにくわわった白坂孫兵衛殿の血塗れの骸が、裏口前に転がっておりました」

「御頭。まずは斬り込んで助勢せねばなりますまい」

関口が刀の鯉口を切った。

「ならぬ」

兵庫が告げた。有無をいわせぬ厳しさが音骨にあった。

「遠巻きに見届ける。けして手出しはならぬ。玄心らが倒されたら、引きあげる敵を尾行する数名以外は退却するのだ。表と裏の二手にわかれ、様子を探る。関口、裏へまわれ。わたしは、表へ向かう」

関口がうなずき、手を掲げた。それが合図となった。関口の組下の者が、関口とともに裏へ走った。

表を臨む町家の蔭へ来て、兵庫は瞠目した。

打ち壊され、強引に開けはなたれた大戸の前で、玄心と、中背で一見細身と見える、筒袖に軽衫袴の町の武芸者とおぼしき風体の、総髪に結い上げた浪人が対峙していた。がっちりした玄心の体軀にくらべ、浪人の躰はいかにも貧弱な遊冶郎のものとおもえた。

が、兵庫は、その浪人が、着痩せした外見に似ぬ、鍛え抜かれた体軀の持ち主であり、なみなみならぬ剣の腕前であることを見抜いていた。浪人の手にした大刀が、肉厚の刀身を誇る、頑健な実戦刀の胴田貫であるにもかかわらず、浪人は、いかにも軽々と持ち支え、身構えている、兵庫からみれば、その一事だけでも驚嘆すべきことであった。

玄心も、浪人の腕のほどは察しているらしかった。その証に、いつもは数回振り回して投じる大数珠を、何度も振っている。

浪人は低く下段に構え、その切っ先を地面すれすれに置いていた。浪人の奥二重の、切れ長で涼やかな眼が、じっと玄心を見つめていた。不思議なのは、生死をかけた戦いのさなかだというのに、浪人の眼が、厳しさのなかに、みょうに甘やいだ優しさをたたえていることであった。

(その優しさが、玄心の打ち込む気を削いでいるのだ。勝ち負けを度外視し、おのれの剣技を、ただまっとうすることだけに、こころを注ぐ者と決着をつけるには、勝ち負けにこだわる者と勝負するときの、二倍以上の気を要する。相手と生死をかけて戦っているのだ、とおのれに言い聞かせる力が、さらに必要となるのだ)

浪人は、根が生えたごとく、低く下段に構えたまま、身動きひとつしない。兵庫には、呼吸すら止めているかにみえた。

一方の玄心は大数珠を振りつづけていた。派手な風切音だけが響きわたっている。兵庫は、大数珠を下段に構える胴田貫に巻き付けるには、浪人の構えた位置が低すぎると見立てていた。また、大数珠の攻撃を、浪人の躰に向かって仕掛けたら、浪人は地に転がって避け、金剛杖の一撃をくわえるまでの瞬時の間に、胴田貫の一閃を、玄心の生き胴に叩きつけるであろうとも読んでいた。

（このまま大数珠を振り続けることは体力の消耗を招くだけだ。が、勝負を急ぐわけにはいかぬはず。大数珠を投じたときが、勝負の決するとき、だ）

兵庫は心中で呻いた。玄心の大数珠を振る手の肘の位置が、かすかに下がったのを見届けたからだった。疲れのため、玄心の腕力がわずかに弱まった、とみるべきであった。

次の瞬間。

裂帛の気合いを発し、玄心が大数珠を投げた。

刹那——。

浪人の躰が、さらに低く沈み込んだかとおもうと、胴田貫が跳ね上げられた。胴田貫の切っ先は地を削ぎ、削がれた土が礫となって、玄心の顔面を襲った。大数珠が躰を襲う前に、浪人は地に倒れ込み、玄心に向かって斜め前方に旋転していた。浪人は旋転しながら、胴田貫をふたたび跳ね上げた。

玄心は土の礫を顔面に受け、おもわず顔をそらせていた。胴田貫は、隙だらけとなった玄心の、腰から脇腹にかけて斬り裂いていた。

玄心が蹈鞴（たたら）をふんでよろけたとき、浪人は跳ね起きて玄心の背後に位置し、胴田貫を再び下段に構えていた。

玄心は腹からずり落ちる腸（はらわた）を、大数珠を持つ手で押さえて、振り向いた。

「みごと、だ。おれに、引導を渡した、おぬしの名、知りたい」

「結城蔵人」

「はじめて、見る、秘太刀」

玄心が、蔵人を見据えた。眼は血走り、すでに躰は小刻みに痙攣（けいれん）していた。

「わが鞍馬古流につたわる、秘剣『花舞（はなまい）の太刀』」

「は、な、舞、の、太刀……。太刀筋、しかと、みとどけた」

玄心の眼が、くわっと見開かれたかとおもうと、いきなり金剛杖を振り上げた。蔵人に数歩迫って、振り下ろす。が、玄心の死力をふりしぼった動きもそこまでだった。金剛杖を地面に叩きつけた玄心は、振り下ろした勢いにまかせて、顔面から地面に倒れ込んだ。俯せ（うつぶせ）に倒れた玄心の脇腹から腸が蠢（うごめ）き出て、血が溢れ、またたくまに血の池がつくられていった。

蔵人は、玄心との間合いをはかって数歩後退り、下段に構えたまま、動かない。

玄心と蔵人の死闘を見届けた兵庫は、和泉屋の大戸の前に立つ、数人の男の姿を目の端にとらえていた。そのなかに、見知った顔があった。血刀を下げ、浪人風の出で立ちではあったが、浪野の知り合いの雪絵とともに、診察と称して清蔵寺にやって来た大林多聞と名乗った町医者に相違なかった。大林多聞は、結城蔵人同様、打ち毀しを仕掛けた暴徒を始末した一党のひとりと、みるべきであった。

兵庫は、大林多聞に疑惑を抱いたおのれの推断に狂いがなかったことを、あらためて確信していた。

「前田、鈴木、飯倉、木津。打ち毀しを妨げた奴らを尾行するのだ。帰り着く先を調べるだけでよい。深追いは無用」

兵庫は、和泉屋の前に転がる玄心の骸に視線を走らせたのち、ゆっくりと立ち上がった。

「引きあげる」

兵庫は踵を返した。御宮番たちがあとにつづく。足音ひとつ立てぬ、みごとな退却ぶりであった。前田ら四人は、気配を消してその場に居残り、蔵人らの動きに眼を注いだ。

二

雪絵は、御宮番たちの宿所となっている清蔵寺の客殿に忍び入っていた。客殿には山崎兵庫、関口十蔵、浪野といった御宮番の幹部や、それに準ずる立場の者が寄宿しており、番士たちは庫裏（くり）で寝泊まりしていることを、先日浪野を訪ねたおり、雪絵は見届けていた。

雪絵は、蔵人たちが和泉屋へ出かけたのを見届け、仁七を送り出したあと、

（大林さんが何度も試験されたが、まだどんな薬草が使われたか、わかっていない。いまとなっては無用のものかもしれない。しかし、なんとしても玄心の狐憑けのもととなった薬草を手に入れたい）

とのおもいにかられて、清蔵寺へ向かったのだった。また、ともに薬草採りをやっていた浪野が、人のこころを狂わす効能のある薬草を採っていたことも、突きとめたかった。

清蔵寺の総門を見張ることができる、大木の蔭に身を潜めた雪絵は、宵五つ半（午後九時）に、山崎兵庫ひきいる御宮番らが出かけたのを見届けたのち、塀を

乗り越え、清蔵寺へ潜入した。かつて女盗っ人としてならした雪絵にとって、大木にのぼり、枝から塀屋根に飛び移るなど、朝飯前のことであった。

境内にひそみ、しばし様子をうかがったのち客殿に忍び入った雪絵は、山崎兵庫の暮らす座敷に入り込み、違え戸棚や文箱などを、手当たり次第にあらためた。どこにも薬草らしきものは見あたらなかった。

床の間に鎧櫃が置いてあった。その上に鎧兜が飾られてある。雪絵は、鎧と兜をそっと畳の上に置いた。鎧櫃の蓋を、ゆっくりと開いた。

雪絵の眼が大きく見開かれた。見たことのない、干した薬草が鎧櫃におさめられていた。

雪絵が、鎧櫃のなかの薬草を手に取ろうとしたとき、突然、廊下側の戸襖が開かれ、同時に、

「曲者」

との声が上がった。薬草を一摑み手にして袂にしまった雪絵が振り向くと、御宮番ふたりが刀を抜きつれていた。雪絵は懐剣を抜きはなつや、裾の乱れるのもかまわず、一気に御宮番へ向かって走った。雪絵の予想外の動きに、御宮番は虚をつかれたかたちとなった。雪絵は真白な太腿も露わに、一跳びに御宮番の胸元

に飛び込んだ。

瞬時のことであった。

胸下を懐剣で深々と抉られた御宮番のひとりが、刀を取り落とし、雪絵を抱くようなかたちとなった。雪絵は、抱かれながら躰を回転させ、斬りかかろうとする残る御宮番に向かって、おのれが刺した御宮番を突き飛ばした。骸をぶつけられた、残る御宮番がよろけた隙をつき、雪絵が懐剣を腰だめに体当たりした。懐剣は御宮番の腹に突き立っていた。刃を上に向け、持ち上げるように、胸に向かって切り裂いた。鈍い、肋骨を切り折る音がひびき、雪絵の手に、ずしりと重い感触が残った。呻き声を発して、倒れた御宮番に一瞥をくれ、逃れようと踏み出した雪絵の足が止まった。

開けはなたれた戸障子の前の廊下に、懐剣を構えた浪野が立っていた。

「浪野さん」

「……雪絵さん、なぜ」

雪絵と浪野の視線がからみあった。ふたりとも動かない。いや、動けなかった。

わずかののち、浪野が懐剣をしまった。

「あなたは……」

「こちらへ。わたしが逃がしてあげます」

浪野が踵を返した。雪絵は、つづいた。

浪野は、雪絵を自分が住み暮らしている座敷の押入に隠した。

「しばらくここに隠れていてください」

雪絵は浪野のいうなりに押入に身を入れた。不思議と、浪野にたいする疑念はおきなかった。浪野を疑って表へ出ても、かなりの人数が居残っているとおもわれる御宮番たちの追撃を、振り切れるとはおもわなかった。

（一度は、はじめてあった得難い友、と信じた浪野さんに、たとえ裏切られてもあきらめはつく）

雪絵は、自分のこころが、次第に落ち着いていくのを、はっきりと感じとっていた。

「曲者。曲者」

大声で叫ぶ浪野の声が聞こえる。御宮番たちが駆けつける、乱れた足音が聞こえた。

「黒装束の曲者が、境内の方へ走り去りました。鎧櫃に隠した例のものが、盗まれた様子。取り返さねば。早く、早く」

浪野が御宮番たちを急きたてた。

駆け去る御宮番たちの足音が聞こえた。


浪野と雪絵は、清蔵寺の塔頭・寂叢院の植え込みの蔭にいた。走り回る御宮番たちの足音が洩れ聞こえている。

「ここ寂叢院には、通りに出られる裏門がわりの潜門があります。騒ぎが鎮まるのをみはからって、逃げてください」

浪野が小声で雪絵に告げた。

「浪野さん、何とお礼を申していいやら」

浪野が微かに笑みを浮かべた。

「江戸で知り合った、ただひとりの友達ですもの。礼などいりませぬ。それに、あなたひとり逃がしても、兵庫さまは何の痛痒もお感じにはなりません。では」

立ち上がりかけた浪野に、雪絵が声をかけた。

「お子は、お腹の子は、いかがなされました」

浪野が雪絵を見つめた。

「いまだ、お腹のなかに」

雪絵は、黙って、浪野を見ている。いうべきことばがみつからなかった。

「生まれてはならぬ子なのです。この子を産むことはできないのです。わたしが兵庫さまのそばにいるかぎり。けど、わたしは兵庫さまのそばから離れられない」

浪野の声がかすかに涙でくぐもった。

「どうして産むことが……」

問いかけた雪絵のことばを浪野が断ち切った。

「これにて。無事に逃げられるよう祈っております」

浪野はゆっくりと立ち上がった。


兵庫は関口十蔵と伊吹余市を前に、腕組みをして黙り込んだ。和泉屋から引きあげてきた兵庫を待ち受けていた伊吹が、浪野が忍び入った女を逃がした、と告げたのだった。

伊吹は、浪野と武家娘風の女が、塔頭・寂叢院へ入っていくのを目撃していた。そのときは、曲者が黒装束の者だと信じ込んでいた伊吹は、浪野のところに来た客だとおもい、その場は見過ごした。が、虱潰し(しらみつぶ)しに調べても曲者の足跡ひとつ見つからない。曲者に殺された御宮番の傷をあらためたら、懐剣による疵痕(きずあと)だとわかった。懐剣ということになると、刺殺したのは女という推察が成り立つ。

そこで、伊吹が浪野と一緒にいた武家娘のことをおもいだした。曲者が黒装束の者だといったのは、浪野である。なぜ、浪野がそんなことをいったのか。一緒にいた武家娘を逃がすために、嘘をついたに違いない、ということになった。

浪野は頭領・山崎兵庫の許嫁である。勝手に処断するなど、できる話ではなかった。

「どういたしましょうか」

関口十蔵が焦れたようにいった。伊吹の話を聞いた兵庫が、眼を閉じて腕組みをし、しばしの間、ひとこともことばを発しないことに、いささか業を煮やした結果のことだった。

兵庫は、しずかに眼を見開いて、いった。

「私に、まかせてくれ」

「しかし、生半可(なまはんか)なことでは皆が承知しませぬぞ」

関口が膝をすすめた。猪首(いくび)の、ずんぐりむっくりとした躰を反り返らせて、小さな眼を、鋭く光らせた。

兵庫が、丸顔の、低い鼻に金壺眼(かなつぼまなこ)、分厚い唇が嫌みな、さして特徴のない関口の面を見据えた。

「御宮番頭は私だ。私が、まかせろといっているのだ」

抑揚のない物言いだった。関口は黙り込んだ。兵庫のことばのなかに、いいようのない威圧を感じたからだった。関口は兵庫の剣を怖れていた。火事場から逃亡させた寄場人足たちの首を、容赦なく斬り落としたときの手並みと、表情ひとつ変えなかった非情さに、おじけをふるってもいた。関口は、兵庫ほどの剣の使い手を、他に見たことがなかった。

これ以上逆らえば、斬られるかも知れぬ。関口は、正直、そう感じていた。

「ひとりに、してくれ。時を見て、私が浪野を処断する」

いうなり兵庫は、再び眼を閉じ、腕を組んだ。関口は兵庫に一瞥をくれ、立ち上がった。伊吹もあわてて立ち上がり、座敷から出ていく関口のあとを追った。


重苦しく重なり合って、空を覆っていた雲も、払暁になって吹き始めた強風に押し流され、晦冥(かいめい)のなかに溶け込んだ、旭の紅色を浮きたたせていた。

いま、山崎兵庫と浪野は、日光御門主御隠殿近くの、根岸の里にいた。山谷堀からつらなる堀川の岸辺には、小舟が舫杭につないであった。兵庫が夜釣りを楽しむために用意してある小舟であった。江戸へ来たばかりのころ、兵庫と浪野はよく、この小舟に乗って釣りを楽しんだものだった。

兵庫が浪野を清蔵寺から連れ出して、すでに半刻（一時間）ほどのときが過ぎさっていた。兵庫と浪野は、葦のおいしげる岸辺にたたずみ、ことばをかわすこともなく立ち尽くしている。

浪野が、ぽつりとつぶやいた。

「浪野は、幸せでございました。兵庫さまのおそばで過ごした歳月、幸せでございました」

兵庫は、浪野を見つめた。

「浪野。私は……」

「兵庫さま、わたしは、雪絵さんを、忍び込んで薬草を盗んだ雪絵さんを、逃がしました」

浪野はまっすぐに兵庫を見つめていた。思いつめた、強い意志を秘めた目であった。はじめて見る浪野の目の色に、兵庫は、驚き、戸惑った。

「浪野。なぜだ」

「手討ちにしてくださいませ。兵庫さまの手にかかって死ぬのは、本望。手討ちに」

浪野の目に、尋常でないものが宿っていた。

「浪野。私には、おまえを手にかけることは、できぬ。私は、おまえを」

呻吟に似た兵庫の声音であった。

「兵庫さま」

浪野は兵庫にひしとしがみついた。

次の瞬間——。

脇差を抜き取った浪野は、兵庫から逃れるように身を翻した。少し離れて立ち、脇差の柄を両手で握りしめて、おのが胸乳の下に突き立てた。

「浪野」

躍り込んだ兵庫は、浪野の手から脇差をもぎ取り、躰から抜き取った。

「兵庫、さま」

浪野はかすかに笑みを浮かべるや、がっくりと膝を折った。浪野の躰を片手で抱きとめた兵庫は、手にしていた脇差を、捨てた。

「浪野」

浪野を両手で抱きかかえた兵庫は、浪野に頬を寄せた。兵庫の眼に、みるみるうちに浮かび出たものがあった。それは、一粒の水滴となって、瞼の淵からこぼれ落ちた。

小舟に乗り込んだ兵庫は、舟板に浪野をしずかに横たえた。

「私には、止めを刺すことはできぬ。ふたりの、思い出ののこる小舟に乗って、どこぞへ漂い流れてゆくのだ。運があらば、だれかが小舟を見いだし、浪野を介抱してくれるかもしれぬ」

そうつぶやき、兵庫は浪野の髪のほつれをなおした。

未練を振り捨てるように立ち上がった兵庫は、岸辺に下り立った。舫杭につないだ太縄をほどく。ふたたび、舟板に横たわる浪野をしばし見つめた兵庫は、ふう、と息を吐いた。

意を決したかのように、強く唇を嚙みしめた兵庫は、渾身の力を込めて小舟を流れのなかへ押しやった。小舟は、別れの挨拶をするかのように数度左右に揺れ、堀川を漂いはじめた。

（浪野……）

兵庫は、わずかの間、立ち尽くしていたが、未練を打ち捨てるかのように強く頭を打ち振って、拾いあげた脇差を鞘におさめ、踵を返した。

兵庫が歩き去るのを見届けて、群がる葦のなかから姿を現した者がいた。雪絵だった。雪絵は帯を解き、長襦袢も、腰に巻いた湯文字さえも脱ぎ捨て、一糸まとわぬ裸となった。躊躇のない動きだった。脱ぎ捨てた着物を帯で背に結わえつけ、雪絵は川に身を沈めた。

抜き手をきって泳ぎはじめた雪絵は、のんびりと漂い流れる小舟を追った。追いつき、縁に手をかけた雪絵は力を込めてわが身をずりあげ、小舟に乗り込んだ。幸いにも、小舟には棹と櫓が残されていた。

雪絵は浪野の手首に手をあて、脈をはかった。しっかりと脈打っていた。

（これなら、たすかる）

いそいで湯文字と長襦袢を身につけた雪絵は、櫓を、櫓床の櫓杭に嵌めこんだ。舷に結びつけてある早緒を、腕に巻きつけた雪絵は、小舟を自在に操るべく櫓を漕ぎだした。

三

清蔵寺へひとり立ち帰った兵庫は、和泉屋の打ち毀しを妨げた一党を尾行した者たちの報告を受けていた。裏口から出た者を尾行した関口の組下の者が三名、表から尾けた兵庫の組下の前田ら四名の、あわせて七名のうち帰ってきたのは、わずか二名だった。

前田と関口組下の鹿村義蔵がそのふたりで、尾けたのは十数名の一群だった。一群は尾行に気づくことなく、うちそろって、清水門外の火付盗賊改方の役宅に消えた。

残る五人は、三々五々と散っていった、秘剣花舞の太刀をあやつる結城蔵人をはじめとする浪人たちを尾けていった。が、明け方となっても、もどってこなかった。

「おそらくは尾行に気づかれ、捕らえられたか、あるいは斬り殺されたに相違あるまい」

兵庫は、そういって関口を見やった。

「御頭のお察しのとおりかとおもわれます」

応じた関口に兵庫が告げた。

「火盗改メが隠密裡に動いているとなると、浪人たちも、おそらく火盗改メに何らかのかかわりがある者であろう」

「火盗改メごとき、何の怖れることがござりましょうや。寺社奉行が動き出したならともかく、差配違いのことでもあり、火盗改メの奴どもは、表立っては何の手出しもできませぬ。しばらくの間、ほとぼりをさまし、時期をみはからって、また打ち毀しを仕掛ける。江戸に集まる富を奪って奪って、奪いまくってやりましょうぞ」

口角泡を飛ばした関口に、兵庫がつめたくいった。

「そう、うまくはいくまい。神田明神にひそかに火盗改メの探索の手が入った、と輪王寺宮様も仰っておられた。ということは、寺社奉行は差配違いにもかかわらず、一連の事件の探索を火盗改メに任せた、とみるべきではないのか。宝物蔵を荒らした寛永寺はもちろんのこと、この清蔵寺にも、いつ火盗改メの手が入るかもしれぬ」

「そのようなことは」

「ないとはいえぬ。物事には潮時というものがある。われらは、江戸城御金蔵、寛永寺、神田明神で盗み取った黄金宝物はもちろんのこと、打ち毀しで奪った銭、米、油などを舟で運び、秩父の山の奥深くにでもしまい込んで、一族郎党の必要なときにいつでも使えるようにするべきであろう」

「それでは」

関口が膝をすすめた。兵庫がつづけた。

「今夜、空家となっていた清蔵寺の塔頭にひそかにしまい込んだ、黄金、宝物、米など奪ったものすべてを、小舟で運び出す。荒川を遡り、かねて打ち合わせておいた秩父山中は木暮の里に陸揚げする。舟の手配を急げ。火盗改メやかかわる浪人ども、今夜は追及の手をゆるめるはず。今夜のうちにすべて終わらせるのだ」

「は。ただちに」

関口は大きく首肯した。

関口が、御宮番らの控える庫裏へ、手配のために向かったのを見送った兵庫は、多聞が、結城蔵人の一党のひとりであることを口にしなかった理由を、おのれのこころに問いただしていた。

（私の望みを叶えてくれそうな相手に、はじめてめぐりあったからなのだ。大林多聞という町医者が、その男の仲間だと皆に告げれば、配下の者たちは必ず襲撃を仕掛けるに違いない。無用なことだ。すでにわれらの敗北は決まっている。いや、二百年前に、すでにわれら一族は戦いに敗れ、表舞台から消え去っているのだ。私は、戦国の武将の末裔らしく戦って死にたい、と願ってきた。戦うべき相

手が、やっとみつかったのだ。私の死花を賭けた血闘、だれにも邪魔はさせない）

山崎兵庫の死花を咲かせるための血闘の相手、それは玄心を倒した、結城蔵人に他ならなかった。兵庫は、蔵人の秘剣・花舞の太刀を思い浮かべた。どうやって倒すか、血闘に勝利するための秘策を思案した。

（ただでは死なぬ。堂々の試合で命を落とすこと。それだけが、私の望みなのだ。勝負に勝ったときは、次なる血闘の相手を見つけだす。敗れて、この命が果てるまで、いつまでも戦いつづけるのだ）

兵庫は、天海大僧正すなわち明智光秀の血胤であった。明智の血はおのれで断つ。そう覚悟を決めて出てきた江戸であった。玄心や関口など、明智の郎党の末裔たちが願う、

［明智家の再興］

など兵庫にはどうでもいいことであった。が、まわりで明智家再興を言い立てる者たちのうるささと、怨念にも似た執念深さが兵庫には耐えられなかった。

兵庫は、明智家再興に執念の炎を燃やしつづける明智家郎党も、この江戸で始末するところに決めていた。明智家再興にこだわらぬ、貧しいが平穏ないまの暮らしを望む郎党たちには、その子孫たちまでもが暮らしに困らぬほどの、金銀

こさせる意図もあった。明神の襲撃は、天海大僧正こと明智光秀の、江戸幕府にたいする功績をおもい明神の宝物蔵からの宝物強奪、打ち毀しであった。江戸城御金蔵、寛永寺、神田財宝を残してやりたかった。そのための江戸城御金蔵破りであり、寛永寺、神田

「明智一族ここにあり。一矢を報いる」

との兵庫の矜持の具現でもあった。

兵庫は、江戸でなすべき事はほぼ終わった、とおもっていた。［黒桔梗］と名乗って悪の限りを尽くしたことにも、後悔はなかった。

おのれの目的とした、残された郎党たちが、かなりの年月を安穏に過ごせる黄金と宝物は、盗み、強奪とけっして誇れる手段ではなかったが、とにかく確保した。残るは関口らの処断であった。これは兵庫が自ら手を下さずとも、火盗改メや結城蔵人一党の働きによって、目的を果たせそうであった。

兵庫は、蔵人との対決をおもって胸躍らせ、浪野の安否を推し量って懊悩した。揺れ動くこころの狭間で、変わらぬことがひとつだけあった。兵庫は、華麗な死花を咲かせることだけを、それだけを望んでいた。

蔵人は、多聞の診療所の奥の間で、多聞と雪絵とともに夜具に横たわる浪野を見守っていた。柴田、木村、新九郎、晋作の四人は住まいへもどり、仮眠をとっているはずであった。

尾行してきた御宮番五人は蔵人、新九郎、晋作の三人で待ち伏せ、剣戟の末、これを斬り倒していた。骸は斬り捨てたところにそのまま放置してある。いずれ月番の南町奉行所の手先のだれかが発見し、始末するはずであった。

浪野の救出は、多聞と蔵人以外知らぬことであった。浪野が御宮番頭・山崎兵庫の許嫁であることをおもんぱかって、蔵人がなした気配りだった。

浪野の刺し傷は、さして深いものではなかった。止血をし、浪野の傷の手当をした多聞は、

「数日もすれば起きあがれるようになる」

と見立てた。浪野の心痛と自害の衝撃にもかかわらず、お腹の子は流れることもなく、母の胎内で順調に生きつづけていた。

「怪我人は宵前には気づくはず。それまで仮眠をとられるがよい。わたしも眠らせていただく」

多聞がいい、別の間へ去った。雪絵に、

「なにかあったら起こしてくれ」

と言い置いた蔵人は、一隅に横たわった。

しばらくして、雪絵が夜着をそっと掛けてくれた。蔵人は気づかぬふりをした。横になったものの蔵人の意識は、冴え渡っていた。玄心との死闘の余韻が、蔵人の神経を高ぶらせていた。

玄心が大数珠を投げる。瞬間、胴田貫の切っ先で土くれを跳ね上げた蔵人は、飛来してくる大数珠から逃れるべく、身を投げ出して斜め前に転がった。土の礫を顔面に受け、躰をそらせた玄心の腰が、間近に迫った。蔵人は、腰骨の上すれすれに胴田貫を叩き込み、転がる勢いにまかせて、脇腹へ向かって斜め一文字に斬り裂いた。

目を閉じた蔵人の瞼の裏に、何度も何度も、飛来する大数珠が浮かび上がった。そのうちに蔵人の意識は次第に濛昧となり、いつのまにか眠りについていた。

蔵人が目覚めたのは昼八つ（午後二時）をすぎたころであった。

雪絵と浪野が話をしていた。蔵人が起き出すと、ふたりの話の腰を折る怖れがあった。蔵人は、寝たふりをして話に聞き入った。

浪野は身籠もっている子を産めぬ理由を、雪絵に語っていた。

山崎兵庫は、天海大僧正こと明智光秀の血流を継ぐ者であった。御宮番たちは明智光秀の郎党の子孫であり、明智家再興を願う者がほとんどだった。

兵庫は、明智家再興を望んではいなかった。むしろ、御宮番としてひっそりと暮らすことが一族郎党のためと信じていた。が、血気にはやる関口十蔵や玄心たちが、

「明智家再興が無理なら、せめて仙波東照宮の朱印高を、かろうじて大名と認められる一万石に増石するよう、幕府に申し出るべきだ。万が一、拒否されたときは、打ち毀しを仕組んで仕掛け、さらに山崎家にひそかにつたえられた絵図にしるされた、江戸の鬼門守護のために創建された平将門公塚、東叡山寛永寺、神田明神へ通じる抜け穴を利用して千代田城御金蔵、寛永寺、神田明神の宝物蔵を荒らし、金銀財宝を奪い取って、一族郎党のために使うべきだ」

と執拗に騒ぎ立てた。平穏をのぞむ御宮番の旗頭が、浪野の父・間宮吉太郎だった。吉太郎と玄心はたがいの意見をぶつけ合い、結果、共に天を戴かずと、果たし合いとなったのであった。吉太郎の敗北は、玄心、関口十蔵一派の専横を産む結果となった。

兵庫は、玄心らの強引さに押し切られたかたちで、江戸行きを決めた。が、そ

のおり、兵庫が、心中でひそかに決意したことがあった。

「明智光秀の血を引く者がいるから、大名並みの朱印高を、望む者が出てくるのだ。明智光秀直系の血は、私の代で終える」

そう決めた兵庫は、浪野に告げた。

「私の子を産んではならぬ。明智光秀の血流を残してはならぬのだ。万が一、子ができたら中条流にて始末することだ」

兵庫の堅い意志は、見つめる兵庫の真摯な目と物言いで、痛いほど浪野につたわった。

「わたしのお腹にいるやや子は、産まれてはならぬ子なのです。望まれぬ、呪われた子なのです」

浪野は嗚咽した。

「産むのです。恋しい兵庫さまのお子でしょう。微力で、あまり役に立たないかもしれませぬが、わたしもできるかぎりのお手伝いをいたします。お子を産んで、ひっそりと育てるのです。山崎兵庫さまの生まれ変わりとして」

強い口調で雪絵がいった。

「兵庫さまの生まれ変わり」

浪野が、問いかけた。声音に訝しい響きがあった。

じっと浪野を見つめて、雪絵が告げた。

「わたしが見るかぎり、山崎兵庫さまは、すでにおのれの命は捨てておられます。白ずくめの出で立ちで過ごしておられるのも、いつ果ててもよし、との覚悟の表れかと」

しばしの沈黙があった。

やがて、きっぱりと浪野がいった。

「産みます。産んで、立派に育てます。愛しい兵庫さまが残された、形見の子ですもの」

雪絵が微笑んだ。

蔵人は、雪絵と浪野の話を盗み聞きながら、長谷川平蔵に願い出て、浪野を誰ぞの養女とし、夫と死に別れた武家の妻女、というかたちをつくりあげてやらねばなるまい、と思案しはじめていた。

四

和泉屋の打ち毀しを、蔵人たちが未然に防いで、二日が過ぎ去っていた。

蔵人は平蔵の急な呼びだしをうけ、船宿水月にいた。二階の神田川に面した座敷の、床の間を背にした位置に、将軍補佐にして老中首座の松平定信が坐っていた。その傍らに平蔵が控えている。定信と対峙して、蔵人が坐していた。

「仙波東照宮御宮番頭・山崎兵庫が、天海大僧正の血脈を継ぐ者であることはわかった。その山崎兵庫が、黒桔梗と名乗り、天海大僧正が書き残し、代々家系を継ぐ者につたえた古文書に記された、千代田城御金蔵より平将門公塚、寛永寺、神田明神の宝物蔵を経由して、いずこかへ通じる抜け道を利用し、此度の御金蔵破りなどを行ったことも理解できた。面妖なのは、十一歳で出家したといわれている、天海大僧正に血流をつなぐ者がいるか、ということじゃ」

打ち毀しに始まり、石川島人足寄場の人足たちを、火事騒ぎにかこつけて逃亡させるとの騒動を仕組み、江戸城御金蔵を破るなどの、跳梁跋扈をなした黒桔梗の動き、仙波東照宮御宮番の暗躍、それらの背後に潜む、天海大僧正にかかわることなど、一連の事件について述べた蔵人の話を聞き終えたあと、定信は小首を傾げた。横から平蔵がことばをはさんだ。

「御神君と出会うまでの、天海大僧正の過去は定かならず、とも古文書にはつたえられておりまする」

「若き日の天海大僧正が、どのような暮らしをしていたかははっきりしない、というのが、本当のところと考えるべきであろうな」

定信が、うむ、と納得したかのように首を縦に振った。定信には、おのれが得心するまで話が前にすすまぬ、との欠陥があった。ひとつずつ、何ごとも完全なものに仕上げる、との定信の信条が、性癖と化して身に染みついてしまっていた。

定信の、その性癖を見抜いていた蔵人は、定信のなかでひとつの結論が成り立ったのをみとどけて、問うた。

「神田明神、寛永寺の宝物蔵荒らし。平将門公塚を出入口とする江戸城御金蔵破り。それらの事件が起きる前に、幕閣内において仙波東照宮にかかわる何ごとかがあったのではありませせぬか」

定信は、目線を宙に据えた。記憶をたどっている顔つきだった。

「そういえば、神田明神の宝物が盗み出される数日前に、輪王寺宮家を通じて仙波東照宮御宮番が願い出ておった、朱印高増石のことを『認められず』と却下したな。仙波東照宮御宮番め、なかなかしぶとい輩での。再度輪王寺宮をつうじて朱印高増石を願い出おったが、『幕府財政逼迫の折り、いまの朱印高でまともな務めができぬのなら御役、返上なさるがよろしかろう』と申し添えてはねつけた。そういえば、そのあとまもなくであったな、江戸城の御金蔵が襲われたのは」

　そういって定信は、黙り込んだ。ややあって、

「さきほど結城の報告にあった、天海大僧正は明智光秀なり、との説、まことであろうか。まことであるとすればゆゆしき大事じゃ。御神君は、徳川幕府開府のため、主殺しの謀反人にして天下の反逆者明智光秀を、天海大僧正につくりかえ、重用したことになる。君に忠を第一義とする武士道精神を、御神君みずからが踏みにじられたということになるのだ」

　平蔵も蔵人も黙っている。定信のいわんとすることはわかっていた。生まれ落ちたときから、大名家でぬくぬくと育った定信には、汚濁にまみれた世の駆け引きなど、無縁のものであり、理解の埒外のことであった。

　しくじれば死が待つ戦国の世である。神も、親も、子も、その生き死にまでも、利用できるものはすべて利用し、おのれの国土、おのれの命を守らねばならぬ厳

しさに、皆が追い込まれていたときである。道義、正義などにこだわれば、生きてはいけぬ時代であった。

そのことを理解する力は、定信のなかにはなかった。げんに、かつて、あれほど無能と罵倒し、責め立てた平蔵を、おのれの役に立ってもらわねばならぬときになると掌を返して、

「長谷川、やはりおまえしかおらぬ」

と呼びだし、つい先頃までの険悪なかかわりは忘れたかのように、振る舞っている。定信のなかには、この世の生死の淵を歩きつづける者たちのことを、わかろうとする心根すらなかった。定信は、徳川幕府の威信をいかに守り、その繁栄をどれほど永く保ちうるか、ただそのことだけに腐心していた。

「このこと。表に出すわけにはいかぬ。山崎家の墓石には、桔梗の隠し家紋が彫られていたというではないか。山崎家は天海大僧正の血流を継ぐ家系。その山崎家が、明智光秀の家紋の桔梗を隠し彫りしていた。だれが考えても天海大僧正は明智光秀なり、と推断するではないか。この一事を、いかなる手立てを講じても、秘密裡に葬らねばならぬ」

定信は、平蔵と蔵人に鋭い視線を走らせた。

「よいか。千代田城御金蔵破り、寛永寺宝物蔵、神田明神宝物蔵の宝物盗りなどは起きなかった。公儀の威信にかけて起こってはならぬことなのだ。長谷川、結城、そのこと、よく心得てくれ」

　蔵人も平蔵も、ことばを発しない。定信のいわんとするところはわかっていた。はたして、定信は、そのことを口に出した。

「江戸に出てきて清蔵寺に宿泊する、仙波東照宮御宮番は全員頓死する。食い物にあたったとでも、理由はあとからつければよい。清蔵寺の住職以下坊主ども、寺男のはしにいたるまで寛永寺に生涯軟禁する。清蔵寺は、天台宗関東大本山東叡山寛永寺の方針ということでこれを取り壊す。寛永寺宝物蔵、神田明神宝物蔵よりどこぞへ通じる抜け道は、もうすでに埋め始めている。すべて跡形もなく処置するのだ」

　一気に言い立てた定信は、あらためて平蔵に目を据えた。

「長谷川。結城とともに、仙波東照宮御宮番らの始末をつけい。寺社奉行には、余計な手出しをせぬよう、わしから申し聞かせておく。清蔵寺に火をつけてもかまわぬ。取り壊す手間がはぶけて、かえってよいかもしれぬ」

「清蔵寺の坊主どもの扱い、いかがいたしましょうか」

平蔵が問いかけた。定信は、しばし黙り込んだ。ややあって、いった。

「騒ぎに巻きこまれるは仕方なかろう。どうせ寛永寺に軟禁する者たち、成り行きにまかせることとしよう。よいか御宮番頭・山崎兵庫と御宮番ら、ひとりも逃すでないぞ」

平蔵と蔵人は、無言で平伏した。


数日のちの深夜、清蔵寺のあちこちから火の手が上がった。

火の手の上がったのは、庫裏と客殿、そのぐるりの塔頭などであった。庫裏と客殿は火炎に囲まれたかたちとなった。

客殿の座敷で、兵庫は身支度をととのえていた。駆け込んできた関口十蔵が吠えた。

「火の上がり具合から見て、明らかに付け火。表には待ち伏せしている者がいるは必定。この上は押し出して、斬って斬って斬りまくり、逃れ出るのみかと」

「関口」

この場に似ぬ、おだやかな兵庫の口ぶりだった。

関口は、怪訝（けげん）なおもいにとらわれた。兵庫が何を考えているのか理解できなかった。

「戦国の世なら、家臣は主君に、斬り死に覚悟でともに戦い、逃れ出ようと申すであろうか」

「それは」

兵庫のことばに虚をつかれ、関口はいいかけて息を呑み、黙り込んだ。

「たわけ。明智家再興を言い立てるときは、戦国の世のことを、君とは何か家臣とはどういうものかなどと、事細やかに述べ立てる者が、事が起きればともに斬り開いて、と申すのか。あらためて聞く。戦国の武将なら、敵に急襲された折り、まず何をなす」

「まず第一に主君の命をお守りし、落ちのびさせる。そのことあるのみ」

「ならば、そうせい。私をこの場から逃がすことこそ、関口、副頭たるおまえの務めだ」

「は。一命を賭して」

「ここは清蔵寺ではない。本能寺とおもえ。祖先明智光秀公が、主君織田信長こそわが敵、と思いさだめて急襲した本能寺だ。因果応報。光秀公がなしたことと逆の立場に、血胤たる私がいる。私が落ちのびねば、明智家の血が絶えるぞ。早く私を逃がすのだ」

関口の面は覚悟した死に引きつり、蒼白と化していた。

「御宮番のほとんどは秩父へ出払い、残るは十二名のみ。死力を尽くして戦います。まずはこちらへ」

関口は、先に立ってすすんだ。

火の手につつまれた客殿の雨戸が数枚、一挙になかから蹴破られた。

関口十蔵ら御宮番たちが半円を組んで、境内へ飛び出してきた。それを迎え撃つかのように、あちこちの植え込みの蔭から姿を現した者たちがいた。結城蔵人にひきいられた、裏火盗の面々であった。浪人に変装した、相田ら火盗改メの同心たちは、清蔵寺のあちこちに火をつける役回りであり、平蔵ともども蔵人らの攻撃から逃れ出た者を、迎え撃つ第二陣の役目も担っていた。

蔵人らと関口たちが激しく斬り結んだ。御宮番たちの業前は、なかなかのものであった。数人は蔵人ら第一陣の網の目から逃れ去った。蔵人は、半円の隊形を組みつつ走り去る一群の中央に、白装束に身をつつんだ、山崎兵庫の姿を見いだした。

兵庫を追おうとした蔵人の前に、関口が立ちふさがった。

上段に振りかぶった関口にたいし、蔵人は青眼で応じた。じりっじりっと、間合いを詰め合う。たがいに一歩踏みだした瞬間、裂帛の気合いを発して関口が斬りかかってきた。蔵人はわずかに横へ身を翻す。上段から大刀を振り下ろした関口の脇の下へ、蔵人の両肘が入った。青眼のかたちのまま突きだした胴田貫は、関口の脇腹から背中へと貫通していた。関口は低く呻いて、小刻みに躰を震わせる。蔵人が胴田貫を躰から引き抜くと、関口はその場に膝をつき、崩れ落ちた。

あちこちで戦いが繰り広げられていた。蔵人が視線を走らせると、斬り結んだ大刀を強く弾(はじ)き返され、おのが躰を支えきれず、倒れ込む多聞の姿が見えた。蔵人は一跳びして、多聞に止めを刺そうと迫った敵の、刀を持つ手を斬って落とした。斬られた手首から血を吹き散らし、御宮番は転倒して、激痛に腕を押さえてのたうちまわった。

「一命を拾いもうした」

起きあがった多聞が、面目なさそうに口ごもった。蔵人は、横から斬りかかってきた別の御宮番の攻撃をかわし、横殴りに斬って捨てた。

清蔵寺が燃えていた。

類焼を避けるために、風のない日を選んで仕掛けた夜襲であった。そのために、定信と打ち合わせた夜から、数日が過ぎていた。

着流しの浪人姿の平蔵と、筒袖に軽衫袴といった出で立ちの蔵人は、炎に包まれ、まもなく燃え落ちるであろう清蔵寺を、凝然と見つめていた。木村と晋作が手傷を負っていた。火盗改メの同心のなかには、戸板で運ばれるほどの深手をおった者も数名いた。それらの怪我人は、多聞の応急の手当てを受け、清水門外の役宅へ運ばれていった。

山崎兵庫ほか数名が、血路を開いて逃れ出ていた。新九郎や柴田、相田ら火盗改メの配下たちが、兵庫の行方を探索しているが、どこへ消えたか足跡すら見いだせなかった。

清蔵寺の伽藍（がらん）が焼け落ちたのを見届けた平蔵は、蔵人を見やった。

「事は、御神君ゆかりの仙波東照宮に及ぶこと。これ以上の詮索は無用であろう」

蔵人は、無言で首肯した。

平蔵が、背後に控える配下の同心たちを振り返って、告げた。

「引きあげる」

五

翌日昼九つ半（午後一時）すぎ、多聞の診療所へひとりの雲水が訪れた。網代笠に隠した顔に、真新しい火傷の跡があった。昨夜、清蔵寺から逃れた御宮番のひとりの変装姿とおもわれた。

応対に出た雪絵に、雲水は表書きのない書状を差し出し、

「返事をいただきたい」

と告げた。

左封じの書状。明らかに果たし状であった。

雪絵はまず多聞に相談した。蔵人に果たし合いなどさせたくない、とのおもいがとらせた動きだった。

が、多聞は、

「探索にかかわることかもしれぬ。まずは御頭に取り次ぐべきだ」

といい、雪絵に書状を蔵人にとどけるように命じた。

雪絵から書状を受け取った蔵人は、封をはがし書状を開いた。

にその旨をつたえた。

「委細承知、と使いの者につたえてくれ」

蔵人はそういい、書状を懐にしまった。雪絵は診療所へもどり、表で待つ雲水

蔵人は庭に面した濡れ縁に坐り、どこを見るともなく、視線を泳がせながら風に揺れる混林を見ていた。

書状には、

［新当流の剣士として一命賭けた勝負いたしたく　果たし合い申し入れ候　時明朝七つ　処　鐘ケ淵　古隅田川と綾瀬川の流れ合するあたり　明智兵庫］

と記されてあった。明智兵庫と明記したことから、兵庫の覚悟のほどが推し量られた。

（兵庫は、明智光秀の血筋にあることを厭いながらも、明智の家系を捨て去ることが出来なかったのだ）

蔵人は、つねならぬ宿命を背負わされて生を受けた兵庫の、宿命を避けることができなかった生き様をおもいやっていた。

（人は、おのれが生まれ落ちる家を、血筋をえらぶことはできぬ。おのれの意志

で、おのれの命を断つことだけが、この世に生を受けた者の、おのれひとりで為し得る、唯一のことなのだ）

蔵人は、兵庫は死花を咲かせる決意を込めて、果たし合いを申し入れて来たに相違ない、と判じていた。寄場人足たちの首の切り口からみて、兵庫が達人の域に達した剣の業前であることは明らかだった。

（おれが、勝てるか）

と、蔵人はおもった。が、

（ぜひにも、勝たねばならぬ）

と蔵人は強くおのがこころに言い聞かせた。

死花を咲かせたいがために、死に場所を求めて剣客（けんかく）たちの間を彷徨（ほうこう）しつづける。そんなくだらぬことを、兵庫には、させたくなかった。奇妙な感情だった。蔵人は、兵庫に、ある種の、特別なおもいを抱いているおのれに気づいていた。ともに名門の血を引く者として、分かり合うものが、蔵人のなかにはあった。

蔵人は立ち上がり、刀架に掛けた胴田貫を手にして、庭に下り立った。

新当流は、戦国の剣豪・塚原卜伝（つかはらぼくでん）を始祖とする剣の流派である。実戦向きの剣術で「一つ太刀」の妙術を得意とする。目録には、虎決、性眼鬼込、無生剣、鞘打、ヤミノ行連、天狗タヲシ、袖取など百カ条の秘伝が記されている。

蔵人は、清蔵寺で斬り結んだ、御宮番たちの太刀筋をおもいおこして、胴田貫を打ち振った。御宮番たちの得意としたのも、また新当流であったからだ。

いつしか蔵人は、ただ無心に胴田貫を打ち振っていた。新当流のことはすでに忘れさっていた。鞍馬古流につたわる、さまざまな秘剣をおもいうかぶままに試して、胴田貫を振るっている。蔵人は、いま、一介の剣客として練磨にはげんでいた。

翌朝七つ(午前四時)、鐘ヶ淵の、古隅田川と綾瀬川の流れが合するところの河原で、蔵人と兵庫は、大刀を抜きあって対峙していた。

葦のおいしげるあたりに身をひそめ、雪絵と浪野が、蔵人と兵庫を瞠目していた。浪野の懇願に負けて、行をともにした雪絵であった。たがいに愛しい人の生死を見極めたいとおもいつめた、必死の道行きであった。

蔵人の身を気づかう多聞、柴田、木村、新九郎、晋作ら裏火盗の面々も、別の葦の群がるあたりで。戦いを見守っていた。

住まいを出たときから蔵人は、あとをつけてくる多聞や雪絵たちの気配を察していた。

（無用な手出しをすることは、あるまい）

と判じた蔵人は、皆のするがままにまかせたのだった。

白い着物に白袴の兵庫は、身を翻して河原から川へ向かって走った。そのさまは、まさしく身軽に跳躍する白狐に似ていた。柿渋色の筒袖に、焦茶の軽衫袴といった出で立ちの蔵人の動きは、払暁の闇にまぎれて定かではない。

兵庫は腰まで川に沈めていた。蔵人も、川に入った。八双に構えた兵庫にたいし、蔵人は下段に構えている。胴田貫は、水中に没していた。蔵人の構えは、花舞の太刀を仕掛けるためのものとみえた。

「玄心を倒した秘太刀、水中では使えまい」

兵庫が薄く笑った。

「わが鞍馬古流の太刀筋、そうやすやすと破られぬ」

いうなり蔵人の躰が水中に没した。

「なに」

虚をつかれた兵庫が、蔵人の動きを求めて視線を走らせた。その眼が、川面に揺らぐ胴田貫の刃をとらえた。兵庫には、胴田貫が、川の流れにまかせて揺らぎながら流れゆく、真白な木の葉のようにみえた。

その木の葉の、優雅ともおもえるゆるやかな動きに、兵庫はおもわず見入っていた。

突如――。

兵庫の眼前で水飛沫（しぶき）が舞い上がり、顔面を襲った。瞬時、大刀を横に振って飛沫を払った兵庫の脇腹を、水中から跳ね上がった蔵人の胴田貫が、逆袈裟に斬り裂いていた。

血飛沫が飛び散って、川面を紅く染めた。

「鞍馬古流秘伝の一。『流葉（ながれば）の剣』」

胴田貫を八双に構えて、蔵人が告げた。蔵人は、まだ警戒を解いていなかった。

「『流葉の剣』。負、け、た……」

呻いた兵庫の躰が、大きく揺らいだ。

突如――。

「兵庫さま」

浪野の絶叫が響き渡った。引きとめる雪絵の手を振り切って、浪野が河原へ走り出ていた。躊躇することなく川に駆け入り、倒れかかる兵庫を抱き支えた。

「浪野。そちを捨てた私を、支えて、くれるのか」

浪野をみつめた兵庫の面には、微かな笑みが浮かんでいた。

「ややが、お腹に」

兵庫の顔に、驚愕が走った。

「ややが。浪野、それではあのときの頑(かたく)なな、ものの言い様。私のこころを汲んでのことか」

「兵庫さま。ややと私と三人。あの世で仲良う」

「浪野」

浪野が、兵庫の躰をしかと抱きしめた。兵庫が強く浪野の肩を抱きかえす。兵庫は、もはや、涙を隠そうとはしていなかった。兵庫の両眼から、滂沱(ぼうだ)のごとく涙が溢れでた。浪野もまた、涙に濡れた眼で兵庫を見つめ、健気にも精一杯の明るさで微笑みかけた。

抱き合った兵庫と浪野は、川の深みへ向かってすすんでいく。ふたりに何の躊躇もなかった。川の深いところ、そこは古隅田川と綾瀬川が合して、強く渦巻くあたりであった。

姿を現した新九郎たちが、兵庫と浪野を追おうと駆け寄った。

「追うな」

蔵人の声に含まれた、厳としたものを受け止めて、新九郎は、足を止めた。つづいた晋作たちも、動きを止めた。

「追ってはならぬ。明智兵庫と浪野どのの、これがこの世の、三々九度の婚礼事。祝いの旅立ち、送ってやるのが武士の情けだ」

兵庫と浪野の肩が、やがて顔が、水中に没していった。が、ふたりの動きに変わりはなかった。立ち止まることなく、川の深間に入りこんでいった。

やがて……。

兵庫と浪野の躰は、完全に水中に没しさった。

兵庫と浪野の姿が、水面の奥深く吸い込まれたのちも、蔵人は立ちつくして、流れゆく川の面をじっとみつめていた。その眼に光るものが浮かんでいるのを、雪絵は見逃さなかった。雪絵もまた、湧き出る涙を必死にこらえていた。

兵庫と浪野が、隅田川の深みに身を没した日の昼前から降りはじめた雨は、二日目の朝まで降り続いた。

それまでの雨が嘘のように晴れ渡ったその日の午後……。

蔵人と雪絵は、鐘ヶ淵の、明智兵庫と浪野が水中に消えたあたりの河原にいた。

蔵人と雪絵は、摘んできた二輪の野の花を川へ流した。

そんな蔵人と雪絵を、土手の大樹の蔭から見つめる深編笠の浪人がいた。深編笠の端に手をかけて持ち上げ、ふたりの様子に見入った浪人の面は、長谷川平蔵その人のものであった。ふらりと蔵人の留守宅を訪ねた平蔵は、多聞から蔵人が向かったとおもわれるところを聞き、鐘ヶ淵まで足をのばしたのであった。

蔵人と雪絵の様子をしばし見つめていた平蔵は、深編笠の端を下げ、もとにもどした。ふたりに気取(けど)られぬように気配を消した平蔵は、そっと踵を返して歩き去った。

川面に浮かぶ二輪の花は、つかず離れず流れていく。

二輪の花々に見入っていた蔵人が、ぽつりとつぶやいた。

「しょせんこの世では、添い遂げられぬ身かもしれぬ。しかし、あの世では……」

雪絵は、はっと視線を蔵人に走らせた。蔵人は水面(みなも)を漂い、流れ去る花々に目を注いでいる。

何度もためらいながらも雪絵は、ついに蔵人の手におのが手を重ね合わせた。蔵人の手がわずかに動き、雪絵の手を握りしめた。雪絵は、握った手に籠められた、蔵人のおもいをこころで嚙みしめていた。

二輪の花は浮きつ沈みつ、つかず離れず、川面を流れにまかせて漂っていき、やがて、兵庫と浪野が没したあたりへ、吸い込まれるように消えていった。

蔵人と雪絵は、身じろぎもせず、二輪の花の消え去ったあたりを、時のたつのも忘れて見つめている。

【参考文献】

『三田村鳶魚　江戸生活事典』稲垣史生編　青蛙房
『時代風俗考証事典』林美一著　河出書房新社
『江戸町方の制度』石井良助編集　人物往来社
『図録　近世武士生活史入門事典』武士生活研究会編　柏書房
『日本街道総覧』宇野脩平編集　人物往来社
『図録　都市生活史事典』原田伴彦・芳賀登・森谷尅久・熊倉功夫編　柏書房
『復元　江戸生活図鑑』笹間良彦著　柏書房
『絵でみる時代考証百科』名和弓雄著　新人物往来社
『時代考証事典』稲垣史生著　新人物往来社
『長谷川平蔵　その生涯と人足寄場』瀧川政次郎著　中央公論社
『鬼平と出世　旗本たちの昇進競争』山本博文著　講談社
『歴史読本　2001年7月号』新人物往来社
『考証　江戸事典』南条範夫・村雨退二郎編　新人物往来社
『新編　江戸名所図会　～上・中・下～』鈴木棠三・朝倉治彦校註　角川書店
『武芸流派大事典』綿谷雪・山田忠史編　東京コピイ出版部
『さきたま文庫27　喜多院〈川越〉［上］歴史』さきたま出版会

『さきたま文庫36　仙波東照宮』さきたま出版会
『明智光秀転生』伊牟田比呂多著　海鳥社
『江戸切絵図散歩』池波正太郎著　新潮社
『大日本道中行程細見圖』人文社
『寛政江戸図』人文社
『明和江戸図　江戸日本橋南一丁目　須原屋茂兵衛　板』古地図史料出版
『嘉永・慶応　江戸切絵圖』人文社
『天保十四年（一八四三年）富士見十三州輿地全圖之内　相模・伊豆・甲斐・駿河・遠江五國圖』人文社
『天保十二年　喜多院境内圖　星野山喜多院藏』川越大師喜多院
『修験道の本』『天台密教の本』『真言密教の本』ブックス・エソテリカシリーズ　学習研究社
『陰陽道　古都魔界ツアー㈵　京都　江戸』吉田憲右著　勁文社
『江戸切絵図で歩く　広重の大江戸百景散歩』人文社

コスミック・時代文庫

裏火盗裁き帳（うらかとうさばきちょう）

四

2023年12月25日　初版発行

【著者】
吉田雄亮（よしだゆうすけ）

【発行者】
佐藤広野

【発行】
株式会社コスミック出版
〒154-0002 東京都世田谷区下馬 6-15-4
代表　TEL.03(5432)7081
営業　TEL.03(5432)7084
FAX.03(5432)7088
編集　TEL.03(5432)7086
FAX.03(5432)7090

【ホームページ】
https://www.cosmicpub.com/

【振替口座】
00110 - 8 - 611382

【印刷／製本】
中央精版印刷株式会社

ISBN978-4-7747-6522-8 C0193